언젠가 너였던 나

언젠가 너였던 나

1판 1쇄 발행 2022년 12월 23일

지 은 이 유정아
펴 낸 이 신혜경
펴 낸 곳 마음의숲

대 표 권대웅
편 집 김도경 최현지
디 자 인 유미소
마 케 팅 노근수

출판등록 2006년 8월 1일(제2006-000159호)
주 소 서울특별시 마포구 와우산로30길 36 마음의숲빌딩(창전동 6-32)
전 화 (02) 322-3164~5 팩스 (02) 322-3166
이 메 일 maumsup@naver.com
인스타그램 @maumsup
용지 (주)타라유통 인쇄·제본 (주)에이치이피

ISBN 979-11-6285-138-8 (03810)

언젠가 너였던 나

유정아
산문집

마음의숲

프롤로그

지금 여기의 나는 과거의 '나'들의 총합인가? 그렇다면 미래의 나는 지금 여기의 나까지를 포함한 나일 것인가? 미래의 우리는 지금 여기에 이른 우리가 어떤 태도로 나아갈 때 보다 아름다울 수 있을 것인가?

작금의 여성주의적 시선들은 역사가 축적해 길어 올린 것이지 뜬금없이 외부로부터 침입한 것이 아니다. 한 평범한 인간의 궤적 안에서도 그 시선들은 자라왔다. 여성인 나만이 아니라 남성이나 그 시각에 반대하는 누구라 할지라도 자신 안에 상처받은 약자가, 소수자가 들어있다. 그 작은 목소리에 귀 기울이는 것이 여성주의이다. 단어에 '여성'이 들어가 있을 뿐 여성주의는 여성만을 위하자는 것이 아니다. 강자와 승리자만의 세상은 오래 가지 못함을 역사는 말해준다. 잠시 생각을 멈추고 한 사람 안의 시선과 목소리의 궤적을 좇아가다 보면 내 안의 그것들을 들여다볼 수 있을 것이다. 그러한 조용한 시간이 모여 보다 부드럽고 온화한 미래가 열리길 바란다.

2022년 겨울

유정아

2부 성당 — 존재 속의 사색

3부 봄 — 사색 속의 진리

4부 표절 — 진리 속의 공감

1부

아욱
— 생활 속의 존재

부치지 않은 편지—아욱

아욱에 대한 어떤 이야기가 떠올랐어요. 때는 독일의 수도원에 힐데가르트 폰 빙엔(Hildegard von Bingen, 1098-1179)이 살았던 12세기 중반. 장소는 아직 칭기즈칸(1162-1227)이 세계를 제패하기 위해 이 지역을 휩쓸기 전의 중앙아시아.

어느 날 황야의 한쪽 목초지에 차려진 흉노의 천막에서 붉고 찬 기운의 남자아이와 검고 울지 않는 여자아이가 한꺼번에 태어났어요. 물론 세상으로의 완벽한 동시 입장은 아니어서 여자아이가 먼저 엄마 뱃속에서 나왔고 조금 시차를 두고 남자아이가 떨어져 나왔지요. 뱃속에서 둘 중 누가 먼저 잉태되었는지는 알 수 없었어요. 다만 자신과 세상이 합쳐진 숨을 먼저 내뱉은 건 검은 여자아이였어요. 여자아이가 태어난 지 8분 후에 남자아이는 마치 자신이 어미 뱃속의 온갖 뒤처리를 하고 나온

듯, 먼저 밀어 내보낸 울지 않는 여자아이를 걱정하는 듯, 세상에 나와 빨갛게 울어댔어요. 갓 스물을 넘긴 젊은 부부는 양팔에 안긴 두 아이를 기쁘게 내려다보았어요.

늘 말을 타고 이동하는 유목의 삶에서 두 아이를 한 번에 얻었다는 건 노동의 효율이자 방어의 효율을 의미했어요. 정주민이나 다른 유목민과의 싸움에서 승리의 가능성을 두 배로 높이는 것이지요. 아이를 받아준 이웃의 할미도 두 아이와 가족을 축복했어요. 흉노는 이렇게 함께 태어난 흔치 않은 남녀 쌍둥이를 '액막이받이'라고 불렀어요. 전생에 부부의 인연이 되지 못해 이생에서 앞서거니 뒤서거니 태어났다는 말도 있고 하니 서로의 액을 막아주고 아끼며 살되 나아가 그런 협동과 연대의 마음으로 가족과 공동체에도 좋은 일을 많이 하라는 의미였다고 해요.

검은 여자아이는 세상에 8분 먼저 나왔으나 짐승의 고기를 잘 먹지 않고 병치레를 하며 쑥쑥 자라지 않아 작은 편이었고 남자아이는 빨갛게 울어대던 힘으로 씩씩하게 자라나 또래에 비해 큰 편이었어요.

검은 여자아이는 말은 하지 않고 말(馬)만 탔어요. 자신의 피부색을 닮은 검은 갈기를 휘날리는 말. 그래서 여자아이의 이름은 '검은 고요'. 남자아이의 피부는 붉은 입술에서 번진 듯 붉은 기운이 감도는 흰빛이었고 붉고 섬세한 손은 찼어요. 남자아이의 이름은 '붉게 찬 손'. 그리고 붉게 찬 손의 말 이름은 '흰 성벽'이었어요. 검은 고요의 말은 애초 가족들이 붙여준 이름이 있었지만 그가 줄곧 소리 내어 불러주지 못하니 사람들은 이내 그 이름을 잊었고 그가 자신의 말을 바라보는 '세상에 하나밖에 없는 눈빛'이 곧 그 말의 이름이 되었지요. 밥을 먹다가도 잠을 자고 일어나서도 검은 고요의 눈빛에 그 기운이 감돌면 붉게 찬 손은 알 수 있었어요. 검은 고요가 검은 갈기를 휘날리며 자신의 말을 타고 초원을 달리는 꿈을 꾼다는 것을.

흉노의 자식들은 밥 먹는 것보다 말 타는 걸 먼저 배웠어요. 말 타고 싸워서 이기면 전진하고 밀리면 후퇴하는 삶, 이동하고 또 이동하는 것이 그들의 삶이었지요. 자주 말 위에서 자야하고, 안장 없이 말과 하나 되어 달리고, 말 타고 도망치며 뒤에서 공격해오는 적을 향해 윗몸만을 돌려 활을 쏘아야 하는 삶. 내내 말 위에 있느라, 문자도 역사도 남기지 못하고 문명도 사치도 모르는 채 정주하는 집도 짓지 않고 살다 사라지는 삶. 황폐한 삶이란, 그 삶 속의 사람이란 어떤 의미를 가지고 세상에 왔다가 가는 걸까요.

이븐 할둔(Ibn Khaldoun, 1332-1406)의 《역사서설》에 보면 이런 구절이 나와요.

> 전야민들은 여러 세대에 걸쳐 이 사막에서 자라났고, 마침내 그러한 습관은 그들의 성격과 선천적 자질이 되어버렸다. 어느 다른 민족도 그들과 동일한 환경을 공유하려고 하지 않고, 그들에게 매료되는 민족 역시 어디에서도 찾아볼 수 없다. 반면 그들 가운데 어느 누가 그와 같은 조건에서 탈출하는 길을 발견한다면, 그는 그 길을 포기하지 않으

려고 할 것이다.[1]

정확히 일치하는 지역은 아니지만 사막에서 낙타를 기르며 야만의 삶을 살 수밖에 없는 뱥들사람들(전야민)의 '가난한 생활, 힘든 조건, 열악한 거주지'와 마찬가지로 초원의 흉노의 삶은 선택사항이 아니었어요. 아무도 그 삶에 매료되지 않으며 그로부터 탈출의 길이 있다면 누구도 마다하지 않을 고통의 삶. 그러나 그것은 초원에서 태어난 그들에게 주어진 삶 그 자체일 뿐이었습니다. 아무도 부러워하지 않고 욕망하지 않는 삶의 형식에 처해진 그들은 그저 담담하게 주어진 삶을 처분해 나갔지요.

살아간다는 건 동시에 죽어간다는 것. 죽는 것 또한 삶만큼이나 자연스러워서 공동체는 동족의 죽음 앞에서 길지 않게 슬피 울고는 이내 그이의 시신을 토막 내어 뿌려서 자연으로 다시 돌아가게 하였습니다. 그것이 내일의 자신의 모습이기도 하였지요. 그러한 삶에 주어지는 유일한 축복이 있다면 무엇이었을까요? 또한《역사서설》의 한 구절을 빌려 감히 말할 수 있겠습니다.

용기는 그들의 성격이 되었고 담대함은 그들의 천성이 되었다.[2]

1 이븐 할둔, 김호동 역,《역사서설》, 까치, 2003, 135쪽.
2 위의 책, 130쪽.

이븐 할둔의 냉철한 통찰력은 이어집니다.

> 홀로 다닐 때에도 용기에 의해서 인도되며 자신에 대해서 믿음을 가진다. 황야 가운데에서 도회민들이 그들과 함께 여행을 하면 그들에게 의지하게 되고 그들이 없이는 아무것도 할 수 없게 된다.[3]

황야의 단독자에게 신은, 말갈기처럼 휘날리는, 바람을 가로지르는, 갸륵한 천성을 준 것이지요.

쌍둥이 오누이는 왠지 처연하게 사이가 좋았어요. 담대함과 용기가 천성이자 성격이었으나 서로에게 의지할 부분은 있었습니다. 검은 고요가 오랜 말타기 끝에 땅에 내려 휘청거릴 때면 붉게 찬 손은 자신의 손으로 검은 고요를 부축해 주었고 장화를 벗겨주었어요. 검은 고요의 발에 닿는 손은 매우 찼는데, 그럴 때면 검은 고요는 장갑을 벗고 따스한 두 손으로 붉게 찬 그의 손을 손목부터 손등과 손바닥, 다섯 손가락까지 부드럽게 주물러주었어요. 왜 이리 차냐는 눈빛으로 그를 바라보며. 검은 고요가 그의 말을 바라볼 때 세상에 하나밖에 없는 눈빛이라면, 그의 형제를 바라볼 때엔 '세상에 없는 눈빛'이라고 해두지요. 그 눈의 보이지 않는 뒷면에는 짙고 깊은 보랏빛 같은 것이 자리잡고 있다고 붉게 찬 손은 생각했어요. 검은 고요의 손과 눈의

---

3 위의 책, 130쪽.

온기로 붉게 찬 손의 양손은 잠시 따스해지곤 했어요. 그들의 삶의 의미를 묻는 건 대단히 오만한 일이고 사치스러운 일일 것이에요. 모든 섭리에는, 뜻에는, 맛이 있는 것이지요. 그것이 바로 의미(意味)입니다. 오누이는 맛을 느끼며 살고 있었어요. 다채롭다고 할 순 없지만 어떤 한결같은 비릿한 삶의 맛을.

소년은 자라면서 하고 싶은 말이 많았고 또 말할 수도 있었지만 쌍둥이 소녀가 침묵하니 저절로 말수가 적어졌어요. 쌍둥이의 작고 단단한 어머니 반차돌은 이 점도 탐탁지 않았어요. 말을 안 하는 게 아니라 못하는 것이건만 마치 일부러 자의로 안 하는 아이를 보는 양 검은 고요 앞에서 늘 못마땅하단 듯 혀를 찼어요. 말하고 싶어도 말 못하는 쓸쓸함을 가진 검은 고요보다 같이 대화를 나눌 상대 없이 쓸쓸해하는 붉게 찬 손을 더 딱하게 여기고 마음 아파했어요. 물론 반차돌에게는 딸이 험난한 초원 생활에 어울릴만한 강건함을 가지지 못한 것에 대한 걱정도 있었습니다. 성장이 더딘 딸을 아내 탓으로 돌릴 남편에 대한 걱정도 있었지요. 반차돌은 아이들의 먹거리를 늘 신경 쓸 수밖에 없었습니다. 검은 고요는 말과 양의 젖에도 입을 대지 않고 이따금 보이는 야채들을 더 선호했어요. 춥고 메마른 땅에서 야채는 고기보다 귀했지요. 반차돌의 딸에 대한 걱정 섞인 질타는 아마 더 깊어졌을 겁니다.

흉노의 가족들은 여름에는 북쪽에서 양을 치고 겨울이 오면 중국인의 흰 성곽을 지나 보다 따스한 남쪽으로 내려가 정주민촌 옆에서 지내곤 했어요. 어느 해 겨울 반차돌은 정주민촌 한 민가 옆을 지나다 참으로 구수한 냄새를 맡았어요. 고기를 끓이는 냄새는 아니었고 분명 처음 맡아보는 채소의 향이었어요. 천막으로 돌아가 막 짜놓은 양젖을 들고 다시 나선 반차돌은 그 민가의 여인과 말을 터서 냄새의 주인공을 알아냈지요. 동규라고도 하고 파루초라고도 부르는 채소였어요. 잎과 줄기는 죽으로 끓여먹고 씨는 차로 끓여마신다고 했습니다. 습기 많은 땅에 씨를 뿌리면 어렵지 않게 자라 뜨거운 여름에 잎과 줄기를 따서 죽을 끓여먹고, 몇몇 줄기는 남겨놓으면 열매를 맺고 꽃을 피우는데 그 꽃에서 씨를 받아 여름 가기 전에 또 뿌리면 추워지기 전 한 번을 더 수확할 수 있다고 친절히 가르쳐주었습니다. 반차돌이 가져온 양젖의 냄새를 맡은 까닭이겠지요.

반차돌이 양젖을 내밀며 교환에 대한 의사를 표하자 정주민 여인은 채반 위에 남아있던 생 파루초를 보여주었어요. 억센 줄기 위에 달린 잎은 펼치고 보니 손가락처럼 다섯 잎이었어요. 줄기의 거친 껍질을 벗기고 줄기의 연한 부분과 잎을 장국에 넣어 밥을 끓여먹으면 맛이 부드럽고 아이들 자라는 데에 좋으며, 자기는 젖이 안 나와 고생하다가 파루초 씨앗을 달여먹고 살아났다고도 전했습니다. 양젖을 짜내는 양을 내줄 수는 없지만 파루초의 씨는 얻을 수 있지 않겠나 싶어 물으니, 여기 머무는 겨울 동안 아이들 먹일 양젖을 매일 가져다준다면 겨울 지나 여기를 떠날 때 씨를 받아주겠다고 했습니다. 유목민의 양젖이 정주민의 아이를 키우고 정주민의 채소가 유목민의 아이를 키우는 교환 프로그램이 이루어진 것이었지요. 실크로드란, 개념의 확장이 필요한 길이기도 하지만 아름드리 미시사가 구석구석 숨어있는 재미난 길이기도 하다는 것.

그날 어미가 양젖과 바꿔온 그 다섯 손가락 이파리와 줄기를 넣은 죽을 두 아이는 너무나 맛있게 먹어치웠습니다. 두 오누이의 식성이 가장 일치하는 음식이었습니다. 날이 풀려 초원으로 떠날 때, 양젖을 넉넉히 받아먹은 자신의 아이들이 몇 달 새 무럭무럭 자라는 것을 본 정주민촌의 어미는 씨앗을 넉넉히 거둬주었고, 오누이는 그 씨앗들을 귀하게 받아와 그들의 황야 중 양지바른 곳마다 나누어 뿌렸습니다. 생명을 받아 키울 만큼의 덜 메마른 들이 있었던지 파루초 새싹이 모습을 보이자 오누이는 반색하며 배운 대로 키워 거두어 먹었다고 합니다. 파루초 덕분이었을까요? 어릴 때 작기만 하던 검은 고요는 흉노의 늠름한 처녀로 자라나 초원을 누볐습니다.

검은 고요는 낯선 땅에 당도했습니다. 말이 다른 곳이었지만 애초에 말이 없는 자에게 말은 알아들으면 될 뿐, 입을 열어 어색하기만 한 낯선 발음을 할 필요가 없었지요. 그들이 말하기를 이 땅은 '고려'라고 했습니다. 이전에는 '실라'였다고 했고요. '실라'라는 말은 예전 황야에 살 때 바람결에 들은 적이 있는 단어였습니다. 그들은 '신라'라고 적고 '실라'라고 말했습니다. 너는 어디서 왔냐고 물었지요. 검은 고요는 고요히 검은 눈을 들어 해가 지는 방향을 바라보며 그쪽에서 왔다고 표했습니다. 지는 해를 등지고 뜨는 해를 향해온 것만은 기억하고 있었기에. 그렇게 말을 타고 달려 이곳으로 오게 된 건 검은 고요에게 그리움이라는 삶의 다른 맛을 알게 하기 위함이었을까요? 너는 누구냐고 물었지만 그는 답할 수 없었습니다. 검은 고요를 무슨 수로 표현할 수 있겠습니까?

검은 고요는 두 아들을 낳았습니다. 쌍둥이 오누이에게 먹이는 건 차별없이 먹였으나 마음의 크기는 다르게 주었던 어머니. 가난과 전쟁을 겪는 것보다 다른 마음을 받는 것이 더 비참했던 그는 자신이 낳은 두 형제를 기르며 마음의 크기만큼은 다르지 않게 주겠다고 결심했습니다. 큰 노력이 필요하진 않았습니다. 같은 듯 다른 두 형제. 애정은 반분되는 것이 아니라 배가 되기도 한다는 걸 검은 고요는 알게 되었습니다.

검은 고요는 고향의 황야를 떠나올 때 파루초의 씨앗을 귀하게 간직하고 왔습니다. 붉게 찬 손이 울면서 받아준 씨앗이었습니다. 형제가 받아준 씨앗을 타향 집, 아니 이제는 제 자식을 키울 집 뒷밭에 골고루 뿌렸습니다. 씨앗들은 형제에 대한 그리움처럼 타박타박 흙에 박혔습니다. 해가 뜨는 동쪽으로 달려 당도한 남녘땅답게 씨앗을 뿌리고 한 주가 지나자 떡잎이 올라오고 곧 잎이 두 개에서 네 개로 자라나더니 하루가 다르게 성장해 국을 끓일 포기가 되기까지 몇 달이 채 걸리지 않았습니다. 그리움이 쑥쑥 성장해 큰 포기로 자라난 듯했습니다.

검은 고요는 파루초를 수확하고 씨를 받았습니다. 넉넉하게 받은 씨의 일부는 파종을 위해 남겨두고 젖이 잘 나오지 않는 자신을 위해 차를 끓여 마셨습니다. 아이들은 파루초 씨앗을 품은 어미젖을 먹다가 좀 커서는 어미가 끓여주는 파루초 죽을 먹으며 자랐습니다. 그렇게 흉노의 딸이 낳은 고려의 아이들이 제 어미가 중앙아시아 황야에서 먹고 자란 야채로 무럭무럭 자라났습니다.

검은 고요는 파루초를 죽에 넣기 전 손목 같은 줄기에 붙은 다섯 손가락 파루초 이파리를 꼭 펼쳐보곤 하였습니다. 손목은 손에 속하는 걸까 팔에 속하는 걸까 묻곤 하던 형제의 손을 생각하며. 파루초 잎은 이 땅에 와서 처음 본 단풍나무의 잎같이 생기기도 했습니다. 자신이 말을 내릴 때 와서 잡아주던 단풍처럼 붉고 차가운 손. 붉음의 창백함이라고 표현할 만한 그의 찬 손. 가끔 내가 그 손을 데려다 녹여주기도 했었는데. 뻣뻣한 줄기를 벗겨내어 장국에 넣으면 흐드러지게 풀리며 부드러운 맛을 내는 파루초를 보며 흉노의 딸은 또 생각했습니다. 내 쌍둥이 형제의 굳게 다문 입, 절대로 모르는 것을 안다고 말하지 않는 믿음직한 입이 허물어지듯 웃을 때를 파루초는 닮았다고.

아이들이 자라며 자신들이 좋아하는 야채죽의 야채 이름이 무엇인지 어미에게 물었습니다. 검은 고요는 자신의 이름은 못 전하더라도 그 야채의 이름만큼은 아이들에게 일러주고 싶었습니다. 형제와 함께 좋아하던 그 야채. 검은 고요는 온 힘을 다해 입을 벌려 발음해 보았습니다.

"아—혹—."

애정과 그리움과 사무침이 그의 입에서 터져 만든 말이었습니다. 아혹.

그렇게 중앙아시아의 동규 혹은 파루초는 이 땅으로 와서 '아혹'이 되고 '아옥'이 되었다가 오늘날 '아욱'이라고 부르는 채소로 남았다고 합니다.

검은 고요는 어떻게 됐냐고요?

늘 말 달리던 검은 고요는 말에서 내린 삶을 받아들였습니다. 한곳에 머무르며 아혹을 기르고 거두고 끓여먹으며 사는 삶. "탈출하는 길을 발견한다면 그 누구도 마다치 않는다"라고 한 이븐 할둔의 글처럼, 정주의 삶이 초원의 삶보다 좀 더 편안하다 느꼈을지도 모릅니다. 달라진 삶을 담담히 받아들이는 것 또한 용기와 담대함일 수 있습니다. 하지만 늘 가슴 한편에서는 말 위에서 보던 풍경이 그리웠고, 그 속도를 잊지 못했고, 빨리 살고 빨리 죽는 황야의 삶, 죽어서 자연으로 돌아가는 삶이 익숙하다 여겼습니다. 말 타고 이동하지 않는 여느 오후 자주 지루함을 느꼈습니다. 그런 날 까무룩 낮잠이 들면 말 타고 초원을 달리는 꿈을 꾸다가 아침 같은 황혼을 맞곤 했습니다.

자신이 낳은 두 아들을 깊이 사랑했지만 검은 고요가 더욱 깊이 사랑하는 건 그와 함께 세상에 나온 형제일지 모른다고 생각했습니다. 형제이자 자기 자신이라고 여겼던 소년. 말 못하는 자신의 몫까지 수많은 이야기를 머금은 채 굳게 다문 입술. 자신이 따스하게 잡아주던 붉게 찬 손.

검은 고요가 진정으로 그리워한 건 나였던 너, 남성과 여성을 넘어선 자신, 말하는 자이자 말 안 하는 자, 붉고 찬 자이자 검거나 따스한 자, 말과 함께 살아가던 저 너른 들의 존재들이었을 겁니다. 아욱은 형제의 굳게 다문 입술 같은 단어입니다. 그 입술 너머의 접촉이자 침묵입니다.

여기까지가 제가 당신과 아욱죽을 먹으며 속으로 시작했던 이야기입니다. 부추호박전은 생각보다 좀 거칠었고 제가 원해서 주문한 콩나물잡채는 간이 조금 셌지만 아욱죽은 꽤 맛있었습니다. 아욱을 주제로 하기로 한 다음 날 집에선 건새우를 넣고 아욱된장국을 끓여놓았죠. 아욱에 대해 찾아보다가 제일 웃겼던 건, 충청도에선 '집 나간 며느리 아욱국에 돌아온다'는 말이 있다는 거였습니다. 아욱국이 몸에 좋고 맛이 좋아 만든 말이겠지만, 이런 말은 집 나간 며느리를 참으로 무시하는 비하 발언에 다름 아닙니다. 집 나간 며느리가 동네북입니까? 가을 전어에도 돌아오고 아욱국에도 돌아올 거면 애초에 집을 나갔겠습니까? 며느리가 집을 나갈 때에는 말로는 못다 할 사정과 사연이 있어서 나가는 겁니다.

어쩌면 검은 고요도 아이들 먹을 아욱죽을 듬뿍 끓여놓고 밭으로 들로, 전야민의 근성을 버리지 못하고 나가고 싶었을 겁니다. 우리가 돌아올 때는 전어나 아욱국 때문이 아니라 삶의 관성의 맛 때문입니다. 용기나 담대함 같은, 우리 안에 내재한 비릿하고 처연한 맛을 구수한 관성의 맛이 자주 이겨먹기 때문입니다.

아욱으로 국을 끓여 삼 년을 먹으면 외짝문으로는 못 들어간다, 뭐 이 정도 문장이 아욱이 몸에 좋다는 뜻의 무난한 말이겠습니다. 아욱으로 계속 국 끓여 먹다간 지하정부 좁은 문(외짝인데다 반밖에 안 열리는)으로는 출입이 불가할 테니 지하정부 요원은 아욱을 조심할 것!

당신과 내가 아욱죽을 먹으며 남녘의 시골집을 방문하기로 작당한 건 참 어울리는 일이었습니다. 핏속에 '밭들사람'의 유전자를 간직한 검은 고요가 좋아할 만한 곳이 아니겠는지요. 그곳 텃밭에 아욱도 심겨 있을지 궁금합니다.

국어사전 참고

아욱 쌍떡잎식물 아욱목 아욱과의 한해살이풀.
아욱은 중국에서 '채소의 왕'이라고 불릴 정도로 영양이 매우 풍부한 채소다. 특히 칼슘이 풍부하여 성장기 아이들 발육에 이롭고 식이섬유가 풍부하여 변비 해소에 효과적이다.
높이는 50~70cm이고, 잎은 어긋나는데 단풍잎처럼 다섯 갈래로 갈라져 있다. 연한 줄기와 잎은 국을 끓여먹고, 씨는 동규자라고 하여 한방에서 이뇨제로 사용한다. *노규, 동규, 파루초(Malva verticillata).*

속담

"아욱으로 국을 끓여 삼 년을 먹으면 외짝문으로는 못 들어간다"는 말이 있다. 아욱으로 국을 끓여먹으면 몸이 불어서 외짝문으로 못 들어간다는 뜻으로, 아욱이 몸에 매우 좋다는 말이다.
"가을 아욱국은 사립문 닫고 먹는다"고 하지 않는가.

역사정보

아혹(15~18세기) > 아옥(15~19세기) > 아욱(19세기~현재)

현대 국어 '아욱'의 옛말인 '아혹'은 15세기 문헌에서부터 나타났다. '아혹'에서 모음 사이의 자음 ㅎ이 탈락한 '아옥' 형태 역시 15세기 문헌에서부터 나타나서 18세기까지는 '아혹'과 '아옥'이 공존하였다. 19세기에는 '아옥'에서 단어 내부의 모음조화가 파괴되어 두 번째 음절의 양성모음 'ㅗ'가 음성모음 'ㅜ'로 변화한 '아욱' 형태가 등장하였다.

여기서 모든 이야기는 시작됐다.

반동과 반성과 연대

나는 살면서 어느 순간부터 남자가 되고 싶었던 것 같다. 꽤 어린 시절부터였을 것이다. 여성의 주요 특성으로 간주되는 것을 많이 가지고 있지 않다고 여겼고 심지어 싫다고도 여겼으며 여학교에서 나 혼자 이질감을 느끼기도 했다. 90년대 회사 다닐 때 처음 받은 컴퓨터 수업 시간에 신원확인을 위해 화면에 뜬 첫 질문이었던 '당신은 남자입니까?'에 나는 순간적으로 '1. 예'를 누르고는 '2. 아니오'로의 수정 방법을 몰라 다음으로 나아가지 못했던 황당한 기억이 남아있다. 아, 나는 어쩔 수 없는 것인가……. 나의 깊지도 않은 정체성 혼란, 아니 정체성 부정은 수업 진행을 막을 만큼 삶의 진행도 불가하게, 지난하게 만드리라 예감했다.

그러나 결과적으로는, 꼭 그렇지는 않았다고 할 수 있다. '깊지도 않은'이라는 자조적 관형어에서 미루어 짐작할 수 있듯이, 남자가 되고 싶다는 나의 바람은 그저 사회의 주류인 성이 되고 싶다는 얕은 욕망에 지나지 않았다. 남동생에게 느꼈던, 남학생에게 느꼈던, 남자 동료에게 느꼈던, 그리고 남편에게 느꼈던 건 처음엔 부당하다는 감정이었고, 이는 억울함이나 분함으로 발전했으며, 그렇게 키워진 자들만이 갖는 자신감 앞에서 부적절하게도 소량의 열등감마저 느꼈다. 그 감정은 반대의 성 자체라기보다 그렇게 분류하고 차별해서 키운 사회의 시스템을 향해서였다. 그래서 갖게 된 것이 남자가 되고 싶다는 저열한 욕망이었을 텐데, 나는 어느 날 그 욕망과 그 욕망을 가진 나 자신을 통렬히 반성했다.

반성의 계기 또한 시간과 경험이 축적된 덕분이리라 짐작한다. 물론 20여 년 축적된 잘못된 생각을 바로잡는 데에 꼭 그만큼의 시간이 필요하지는 않았다. 20대 후반의 어느 시점이었다. 어쩌면 반성은 반동과 함께 성장해왔을지도 모른다. 어떤 부당함의 피해자가 되기 싫어 반대편에서 누리는 자가 되겠다는 생각이 반동이라면, 어느 누구도 부당함의 피해자가 되지 않는 세상을 꿈꾸는 건 반성이다. 그 통렬한 반성의 순간에 나는 내게 되물었다.

'너는 결국 차별하는 그들과 똑같았구나. 네가 차별받지 않으면 되었던 거고 네가 우성이 되고 싶었던 거고.'

다행히도, 감사하게도, 반동의 나에 머물지 않고 일말의 반성을 하고 난 이후 나는 감히 생각한다. 이 시대의 '말'도 많고

'탈'도 많은 페미니즘은 남녀 구분 없이 우리 모두에게 반동을 넘어 반성을 지나 연대로 가는 길일 뿐이라고. 아주 작고 소박한 출구일 뿐이라고.

가령 이런 것이다.

이 시대에 일하거나 관계를 맺거나 조직생활을 할 때 참 중요한 덕목으로 꼽히는 공감 능력, 소위 'empathy'라는 것. 진정 중요하지만 진정한 이해도 없이 중요하다고 말만 많아 진부한 유행어처럼 쓰이고 있는 이 공감 능력은 여성에게 높게 나타나는 편이다. 타인의 눈높이에서 생각할 줄 알고 타인의 마음을 헤아리는 공감 능력이 왜 여성에게서 높이 나타나는지 수업 시간에 학생들에게 물으면 대개 여성이 아이를 낳기 때문에, 모성애가 있어서 등의 대답이 돌아온다. 결론부터 말하자면, 아니다. 모성애는 복잡한 변인과 변수에 따라 있을 수도 있고 없을 수도 있는 결과이지 타고난 여성의 자질이 아니다. 지금까지 커뮤니케이션 학자들 사이에서 도출한 가장 정답에 가까운 추정은, 역사 속에서 여성이 남성에 비해 약자로 살아온 시간이 길기 때문이라는 것이다. 여성이라는 성은 수천 년간 상대적 약자로 살면서 목숨을 부지하기 위해서라도 상대의 생각을 읽고 마음을 헤아리며 살다 보니 공감 능력이 깊이 체화된 까닭이다. 그런데 이 시기에 대두하는 여러 주요 직업이나 조직에서 공감 능력을 특히 필요로 하는 일이 늘어나면서 여성이 상대적으로 주목을 받는 것이다. 그러니까 여성의 덕목이라고 여겨졌던 인간의 어떤 능력이 부각되면서, 여러 집단이 목소리를 낼 수 있는 채널과 자유가 합쳐져서 지금에 이르렀다고 볼 수 있다.

예전의 반동적인 나라면 '이제 조금 여성이 각광받는다고 투덜대는 남성을 타도하라!', '수천 년 억울했던 지난 역사 토해내라!', 또 다른 여러 구호를 만들어 외쳐댔을지 모르겠다. 그러나 이제 반성적인 나는 그 저열한 구호들을 삼키고 다른 이야기를 만든다. 만일 공감 능력이든 무엇이든 내세워 수천 년 앞으로의 역사에서 이전 수천 년의 남성처럼 때로 잔인하고 파렴치하게 힘을 가지겠다는 성이 여성이라면, 그것이 현재 페미니즘의 현주소라면, 그때는 그야말로 약자 남성이 되어 그 여성 권력에 대항해 싸우겠다고.

페미니즘은 여성도 남성같이 힘과 권력을 가지자는 것이 아니다. 과도기적으로 권력을 가져야만 바꿀 수 있다면 수단으로서는 가질 수 있겠지만 궁극에는 다 같이 힘을 빼자는 것이다. 힘과 권력의 개념 정의를 다시 하자는 것, 누구나 무엇이든 할 수 있는 세상을 만드는 것이 아니라 무엇을 하지 않아도, 못해도 살 수 있는 세상을 만들어보자는 것, 뺌으로써 더할 수 있는 다른 셈법을 가져보자는 것, 돌고 돌아 다시 남성의 세상이 올 것이라는 위로를 건네는 것이 아니라 그런 구분 없이 다른 차원의 세상을 향해 가자는 것, 좀 더 공상해 보면 남녀 구분 없이 '헤아리는 더듬이'를 가진 새로운 종의 출현을 기다려보자는 것이 내가 이해하는 페미니즘의 깊이이다.

'당신은 여자입니까?'로 묻지 않는 세상에서 늘 1번이 아닌 2번 '아니오'를 눌러야만 존재 증명이 되는 존재들에 대해 당신은 한 번쯤 생각해 본 적이 있는지. 아예 답할 수 없는 존재도 있다는 걸 헤아려본 적이 있는지.

앞에 쓴 '아주 작고 소박한 출구'란, 내가 내다보는 미래의 전도된 언어로 구사한 반동적 표현이다. 조금 크고 화려한 입구?

* 사족 하나.

반동은 반성을 품은 가능성의 단계이다. 혼돈(카오스)이 조화와 질서(코스모스)를 품은 세계이듯이. 반성을 지난다면 이 시대의 반동적 생각은 거듭날 수 있다고 생각한다. 친일과 독재와 힘 있는 자들을 향한 알 수 없는 사대와 가부장과 멸공 반공 따위들 말이다. 처절하고 통렬한 반성의 시간을 거치지 못해 그에 기생한 습속과 정신이 시대를 갉아먹는다.

반성을 지났다고 안도할 일은 아니다. 코스모스가 수많은 혼돈의 시절이자 장소이듯이. 자신이 반성을 마친 성찰적 인간이라고 자신하며 벌이는 반동적 행태는 당대의 인간들과 앞으로 나아가려는 당대 자체에게 크나큰 상처를 남긴다.

그러한 행태가 반동적 인간 대다수가 행하는 모습이라고 하더라도, 그것이 적법했다 할지라도, 반성하는 인간이라면 하지 말아야 할, 삼가야 할 일이 있다고 생각한다. 사회 안의 누구든지 공평하게 누리지 못한다면 나도 잠자코 누리는 것을 삼가는 마음. 누군가 그것을 할 수 없다면 나라도 같이 할 수 없어야 하지 않겠는가. 예의란 숫자가 많은 카드를 쥐고도 숫자가 적은 카드에 져줘야 하는 것이라는 경구를 되새길 일이다. 더 깊은 반성이 법보다 우선이다.

수염

내게는 수염이라고 할 수 있는 게 하나 있다. 생각해 보니 누구에게도 하지 않은 이야기이다. 창피하거나 숨기고 싶어서가 아니라 그저 너무 사소해서다. 아이들에게는 지나가며 말한 적이 있었던가? 기억나지 않는다.

수염은 내 얼굴과 목이 구분되는 턱선, 어린 시절 찢어졌던 상처를 꿰맨 부분의 왼쪽 끝에서 한 올이 난다. 수염의 개수를 올이라고 하면 되려는지. 수염의 단위가 생소한 이유는 수염이란 한꺼번에 나는 것으로 말하지 하나씩 세서 말하지 않기 때문일 것이다. 턱수염, 구레나룻, 콧수염 등 수염이 난 부위에 따라 지칭하는 말이 있을 뿐. 수염은 말하자면 집합명사라고 할 수 있으려나. 나의 수염 한 올도 분류하자면, 턱수염이라 할 수 있겠다. 그것을 솜털이라 하지 않고 수염이라 생각하게 된 이유는 유일하게 까끌까끌하며 선명한 검정으로 내 몸의 어디에서도 본 바가 없는 분명한 다른 털, 수염일 수밖에 없기 때문이다. 어느 날 우연히 턱을 손으로 쓸다가 이게 뭐지 뾰루지가 났나 하고 턱을 쳐들어보았고, 검은색의 선명한 그것을 겨우 보았고, 족집게로 뽑아내어 모근을 확인했고 이상한 기분을 느꼈는데, 그 자리에서 또 그것이 똑같이 자라나 뽑아낸 게 적어도 스무 번은 되는 것 같다. 가장 최근은 유럽여행 중 거슬려서 에든버러 호텔 세면대 앞에서 세면대용 불을 켜고 뽑았는데, 최초로 발견하고 뽑은 건 언제인지 정확히 기억나지 않는다. 결혼하고 출산도 하고 40살이 넘어서인 것 같기도 그 이전 같기도 하다. 이 알 수 없이 모호한 한 줄기 수염이 돋아나는 꿰맨 자국과 연결해서 나는 이 수염이 왜 나게 되었을까를 그저 짐작해 보곤 한다.

초등학교 6학년, 계절은 여름, 요일은 일요일, 시간은 아침이었다. 내가 입고 있던 옷이 노랑, 빨강, 파랑 얇은 가로 줄무늬의 소매 없는 면 원피스였으니 여름이었을 것이다. 일요일이었던 건 주 6일 근무였던 당시 아빠가 집에 계셨던 날이어서 기억한다. 아빠의 담배가 떨어져 내가 기꺼이, 아마도 심부름값을 받고, 자전거를 타고 담배 심부름에 나섰다. 그 선명히 기억나는 원피스에는 주머니가 없어서 나는 왼손에 돈을 쥐고 빨간 안장의 자전거를 타고 달렸다. 그 자전거는 반포로 이사 오기 전 녹번동에 살 때 가지게 된 나의 인생 첫 두발자전거였다. 난 자전거 타기를 연습하느라 녹번동 동네 바닥에 수없이 많은 무릎의 피를 묻혔었다. 그 피의 대가로 나는 바람을 가르며 자전거를 달릴 수 있는 사춘기 소녀로 진입할 수 있었다. 한 손으로도 타고 아파트 단지 요철에서는 앞바퀴를 가볍게 쳐들기도 하면서. 충격을 줄이고 부드럽게 타는 방법을 익히는 건 본능이다. 누가 가르쳐주지 않아도, 누군가가 타는 모습을 모방하는 게 아니더라도 저절로 몸이 하게 되는 것들이 있다.

한가한 휴일 아직 공기가 여름 태양에 덥혀지지 않은 시원한 아침에 나는 치마를 펄럭이며 다리를 들어 안장에 앉았을 것이고 치마에 바람을 안고 바람을 가르며 자전거를 달렸을 것이다. 바람을 안고 가르지 않으면 넘어지는 것들이 있다. 두 바퀴가 옆으로 쓰러지려는 힘을 이겨내며 직각의 달리는 힘이 있어줘야 하는 것.

우리 집은 강변의 맨 마지막 99동이었고 상가가 있는 단지의 중앙 부분으로 나가야 담배를 살 수 있었다. 98동을 지나 놀이터를 끼고돌면 90동과 89동 옆의 도로로 진입한다. 그 도로의 동과 동 사이 중간쯤에 요철이 있었고 요철과 보도블록 사이 요철이 완만해지는 부분으로 통과해야 하는 요령쯤은 익히 알고 있던 터였다. 그러나 그날은 심부름을 신속히 완수해야 한다는 생각에 속도를 더 냈으려나, 왼손에 지폐 말은 걸 쥐고 있어서 그랬으려나, 시원한 아침 공기에 정신이 팔렸으려나, 그 세 가지 다였을 수 있겠는데, 앞바퀴가 살짝 쳐들린 요철의 산등성이에서 핸들을 놓쳤던 것 같다. 자전거에서 분리된 몸은 턱부터 곧장 아스팔트에 박으며 곤두박질쳤다. 덕분에 한 번도 피를 묻히지 않았던 반포의 아스팔트에는 턱의 피를 묻히게 되었다. 그 때도 왼손에는 땀 묻은 돈을 놓치지 않고 꼭 쥐고 있었다.

이후는 기억나지 않는다. 내가 일어나 내 발로 피 흘리며 자전거를 끌고 집으로 돌아갔는지 지나던 동네 사람들이 집으로 연락해 주어 기겁을 한 부모님이 날 데리러 나왔었는지. 아무튼 다음의 기억은 동네병원 진료실이다. 딸의 턱에 바늘이 오가는 걸 보는 게 두려워 안에 못 들어가겠다는 마음 여린 부모님을 대신해서 들어온 다른 사람의 손을 나는 꼭 쥐고 꿰매지고 있었다. 그 손은 휴일이지만 일정이 있었던 아빠를 위해 집에 와 계셨던 회사 기사분의 손이었다. 내게는 생에 한 3순위로 기억나는 육체적 두려움의 순간이었다면(단연 으뜸은 두 번의 '출산'이다), 내가 쥐었던 손에게는 내 손톱자국으로 상처가 났을 정도로 압박의 순간이었다고 했다. 매달리기만 하면 그대로 떨어져 매번 0초를 기록하던 철봉을 그 악력으로 잡았더라면 나는 신기록을 세웠을 것이다.

일곱 바늘을 꿰맸다고 했고 며칠 후 실을 뽑아 상처는 잘 아물었으며, 다행히 얼굴과 목의 경계선이라 나만 아는, 혹은 턱 저 아래에서 나를 올려다본 적이 있는, 내게 큰 관심이 있는 자들만 아는 흉터로 남았다.

그런데 다른 곳도 아닌 그 상처의 왼쪽 끝부분에서 딱 한 가닥씩 끊임없이 수염이 자라 나오는 것을 봤을 때 나는 생각할 수밖에 없었다. 왠지 나를 꿰맨 남자 의사의 손끝에서 내 열린 상처로 어떤 남성적인 것 한 가닥이 들어온 건 아닌가, 혹은 내가 힘주어 쥐고 있던, 나중에 손톱이 박힌 자국까지 났다던 그 손과 내 손 사이에 어떤 교류가 있었던 건 아닐까. 물론 의사가 아니더라도 누구든 콧방귀를 뀔 이야기라는 것을 잘 안다. 그러나 역사 속에 없지 않았다는 수염 난 여성이나 콧수염이 좀 짙어서 수차례 왁싱을 하는 여성도 아니고 왜 하필 그곳에서 딱딱한 그것이 그리도 질기게 솟아 나온단 말인가.

어쩌면 그 수염은 이 역할을 하는 것일지도 모른다. 내가 좋아하는 클라우디오 마그리트의 에세이《다뉴브》에 나오는 글을 소개해 보자면,

보통의 타인에게 교만함을 보이는 것은 많은 사람들의 전형적인 태도이지만, 타인의 어리석음을 말하는 사람은 자신도 거기에서 예외일 수 없다는 사실을 알아야 한다. 호메로스처럼 훌륭하고 고매한 학자도 때때로 꾸벅꾸벅 졸았다는 것. 사람들이 누구나 겪는 위험이나 운명처럼, 어리석음 역시 누구나 가진 것이며, 지하철 옆 사람이나 이웃의 타인보다 자신이 때로는 더 똑똑할 수 있듯이 때로는 더 어리석을 수 있다는 것을 인식하고 있어야 한다. "왜냐하면 바람은 어디로 불지 모르고, 언제 어느 때 정신의 바람이 그를 버릴지 누구도 확실히 알지 못하기 때문이다." 세르반테스를 위시한 위대한 희극작가와 코미디언 들은 인간의 불행에서 웃음을 찾을 줄 안다. 그들은 자기 자신 안에서 인간의 불행을 인식할 수 있었기 때문이다. "이 준엄한 웃음은

인간 공통의 운명에 대한 따뜻한 이해에서 나온 것이다."[1]

여기에서 '바람'의 역할 말이다.

수염 있지 않은 자, 수염 있는 자를 이해하고, 수염 없지 않은 자, 수염 없는 자를 이해하라.

나 또한 수염 난 존재일 수 있었거나 있으리라는 사실. 정신의 바람, 육체의 바람이 방향을 바꾸면 나를 버리거나 덮칠 수 있다는 사실. 우리 모두는 어리석고 교만하고 불행하고 꾸벅꾸벅 졸고 웃음거리가 되는 존재이나, 그러나 우리 모두의 불행을 인식할 수 있고 그 웃음을 주고받으며 우리의 운명에 대한 따뜻한 이해에 도달할 수 있다는 사실.

수염 없는 삶을 택하겠다는 작은 의지 하나 수용할 수 없는 사회는 엄청난 바람이 불어 버림받아 보아야 한다. 세상에서 버려져야 할 것은 그 의지를 가진 존재가 아니라 바로 그 사회 자체이다.

수염이 집합적으로 난다고 해서 수염 나는 존재들이 다 한 묶음으로 집합적으로 묶이지 않음은 물론이다. 내 턱에 나는 바람의 수염 같은 것이 누구의 마음이나 몸에도 하나씩 있었으면 좋겠다.

1 클라우디오 마그리스, 이승수 역, 《다뉴브》, 문학동네, 2015, 일부 인용.

* 원고를 넘기고 편집도 다 끝나가던 가을 《돈키호테》를 읽다가 재미있는 사실을 알게 되어 덧붙인다. 그 두꺼운 책의 1, 2권 전체에 걸쳐 이런저런 수염 이야기가 많이도 나오더니 2권 막바지에는 급기야 수염을 걸고 결투를 벌이는 장면이 등장했다. 맹세의 의지처가 수염이라니 참 재미있는 일이다. 모두들 바람의 수염이 나서 그 수염을 걸고 서로를 이해하겠다는 맹세를 하는 상상을 해본다.

나나 먼저 잘할 일이다. 그 한 올의 수염을 걸고 제발 혼자 잘난 척하지 않겠다는 맹세를 앞장서 해야 한다.

남편이 된 여성의 어느 날

미래에 그녀=남편이자 아빠, 그=아내이자 엄마, 딸=미래의 가장, 아들=미래의 아내인 어느 날.

그녀는 달그락거리는 소리에 잠을 깼다. 아내가 부엌에서 아침 준비를 하는가 보았다. 연일 이어지는 술자리로 역시 늦었던 어젯밤 냉랭한 분위기로 돌아누워 잠을 자던 아내는 영 조심스럽지 않은 소리를 내며 할 일을 하고 있었다.

칼칼한 목 때문에 더 이상 누워 있을 수도 없어서 그녀는 자리에서 일어나 거실로 나갔다. 냉장고 문을 열려는데 아내가 꿀물을 내밀었다. 거실에는 네 살 된 딸이 블록놀이를 하고 그 옆에서 두 달 전 태어난 아들아이가 요에 누워 멀뚱거리며 세상 구경을 하고 있었다. 아이들과 놀아주지 못한 지도 너무 오래됐구나, 잠깐 생각이 스쳐갔다. 아들'아이'를 안으며 묵직한 책임감과 내 소유의 가족에 대한 따스함을 느꼈다. 그녀를 꼭 빼닮은 딸'녀석'은 놀이에 열중하느라 아빠를 쳐다보지도 않았다. 나도 딱 저런 폼으로 놀던 사진이 있는데…… 사진은 기억의 보조 프로그램이다. 정말 그랬었는지 기억이 나지 않지만 사진 속의 햇살과 표정은 내가 거기에 그렇게 있었노라고 증명해 준다. 내 집 거실에도 지금 그러한 아침 햇살이 비쳐 들고 대를 이은 딸아이의 무념무상한 표정이 있다.

조간을 보며 차려놓은 아침을 들고, 그 신문을 들고 화장실에 갔다가 출근을 하는데 아이에게 우유를 먹이던 아내가 내 뒤통수에 대고 묻는다.

"넌 사는 게 재밌니? 난 너무 힘들어."

아내의 얼굴을 한번 쳐다보고 현관문을 닫는다.

그를 사랑했었다. 사랑해서 결혼했고 아이를 낳았고 낳은 아이들을 키우며 살고 있다. 남들 다 하는 것이고 역사상 인간들이 다 해온 것이지만 개개인의 역사에서는 해본 적이 없는 생경한 경험이어서인지 낯설고 힘이 든다. 아내가 언젠가 그랬다. 첫아이를 낳고 어꾸어꾸 우리 아기 하는 엄마들을 보면 본인이 언제부터 엄마였다고 일말의 수줍음도 없이 저러나 싶다고. 삶은 연습장도 아니고 장난감도 아니며 처음 등장하는 출연 배우들과 어우러지는 리허설 없는 한판 연극이다. 늘 초연이다. 하지만 그녀와 아내는 이제 다소 익숙해진, 롱런하는 주연과 조연 사이라서 타성에 젖은 배우들이 그러하듯 서로에게 진부하다. 연극의 막이 내릴 때까지 이를 책임져야 한다는 생각에 처음의 뜨겁던 사랑도 대본에 있는 지문처럼 지켜야 할 의무가 되고 나니 시들해져 버렸다.

아내가 자세히 말을 안 하니 그녀는 그의 삶의 피로를 알 수가 없다. 아니 말을 한다 해도 그녀는 그였던 적이 없으니 알 수가 없을지도 모른다. 여성과 남성은 서로 '사랑'하거나 같이 '살' 뿐, 그리고 함께 '아이를 만들' 뿐, 서로를 '알' 수는 없는 존재들인지도 모르겠다. 그가 아이를 낳고 아직 부풀어 오른 몸으로 정신도 몸처럼 고양된 채 어떤 생각을 하는지 그녀는 되짚어 볼 경험이 부재하여 헤아릴 길이 없다고 생각하며 나름의 방법으로 가족을 이끌어 나가면 된다고 자위해 본다.

때는 바야흐로 봄이었다. 차를 세워놓은 곳으로 가려고 길모퉁이를 도는데 한줄기 냄새가 그녀의 코를 자극한다. 어릴 적 책에서 읽은 4차원의 세계로 빠져들듯 그녀는 그 자리에 우뚝 서고 만다.

기억이 난다, 이 냄새가. 냄새는 사진에 찍히지 않지만 전생인 듯 오롯이 기억난다. 그 4월의 밤, 마당을 밟고 서서 모처럼 세상을 맞이하듯 들이마셨던 이 아카시아 냄새. 거실에는 갓 출산한 둘째와 여전히 아기인 그 형이 있었고, 같이 만든 아이가 세상에 나왔어도 털끝 하나 부풀어 오르지 않은 남편은 아무 일 없었던 듯 세상에 나가 있던 밤이었다. 그녀가 여성이자 엄마이고 아내였던 때, 이렇게 준비 없이 모든 일이 일어나도 괜찮은 건지, 아이였던 내가 결혼과 출산으로 어른이 된 건지, 왜 여성인 나만 이런 육체적, 정신적 피곤을 도맡아야 하는 건지

도대체 알 수 없던 그날 밤, 마당을 메우고 있던 아카시아 향기는 처연하게 그녀를 유혹했었다.

영겁의 세월이 흘러 그녀가 여성이자 아버지이고 남편인 오늘, 왜 아카시아 냄새가 그 세월을 넘어 그녀의 코끝으로 왔는지 그녀는 알 것 같았다. 인간의 직관과 이해, 연민은 경험을 넘어서는 것, 내가 너인 적이 없어서 알 수 없는 것이 아니라 내가 너인 적이 없어도 알 수 있는 게 인간이라는 것을 그녀에게 말해주러 왔으리라.

한때 너는 나였고 그녀는 그였으며 나는 너였다. 그렇게 우리가 살고 있었다.

내가 살던 동네 화곡동

나의 어린 시절을 추억할 때 빼놓을 수 없는 공간이 화곡동이다. 담이 없던 화곡동 마당에 혼자 앉아 털 바지 안에 인형 다리를 넣어 아이처럼 업고 벽돌을 빻으며 소꿉놀이를 했다. 진짜 엄마가 되었을 땐 정작 아이를 그렇게 업고 밥하고 빨래하고 "여보, 밥 드세요" 같은 짓을 많이 하지 않았건만, 어릴 때 나는 앙큼하게도 그러고 놀았다. 담이 생기고 옆집에 정수라는 아이가 살게 되었을 때 그 아이와 난 인생의 첫 친구가 되었다. 큼지막한 미끄럼틀이 있는 길 건너의 놀이터에도 함께 다녔고 우리 집 안방 장롱에 달린 거울 앞에 서서 사진도 같이 찍었다. 어느 해 비가 많이 와서 개천이 넘쳤던 날엔 흐르는 물에 내 조리 한 짝을 잃어버려 울며 집으로 돌아오기도 하였다.

엄마가 나를 낳았던 집은 갈현동이라고 했다. 시부모 돌아가신 시댁 형제들, 장가 안 든 아주버님까지 함께 사는 집이었는데, 심통이 좀 있던 큰아버지는 내가 통통거리며 다니는 게 시끄럽다며 발끝으로 걸어 다니라고 했다고 한다(다행이다, 그 서러운 장면이 기억에 없어서). 그러다가 처음 세 식구 단출하게 나가 살게 되었으니 엄마는 오죽이나 좋았을까. 사진 속 세 식구의 얼굴은 저마다 행복하다. 자고 일어나 뻗친 머리를 다스리려 비니 같은 모자를 쓴 젊은 아빠는 인형을 등에 업은 첫딸의 볼에 입을 맞추며 '어꾸, 그랬쪄?'라는 표정이다. 집안일을 도와주던 할머니가 봉숭아물을 들여준다며 어르고 꾀어 억지로 할머니 방에서 몇 차례 자고 나니 동생이 생겼다. 주인공이 된 동생 옆 한 귀퉁이에 불쌍하게 앉아 사진을 찍은 것도 화곡동 안방이며, 리츠 크래커를 상 한쪽에 얹은 동생의 돌상을 차린 곳도 화곡동 마루였다. 동생이 태어나던 해 여름에 산 선풍기는 아직도 여름이면 친정에서 돌고 있다.

동생이 태어나 부산스러워지기 전, 담도 없던 넓은 세상에 나 혼자였던 때 같다. 실제의 기억과 사진 속 기억의 혼재일 수도 있는데, 두 돌이 지나던 즈음 겨울 마당에서 벽돌을 빻다가 올려다본 하늘. 공항과 가까워 비행기가 자주 다녀서였을까. 인형아기를 업은 꼬맹이 주부가 가사를 하느라 쪼그리고 앉았다가 일어날 때는 등을 두드리며 하늘을 보아서였을까. 그 하늘의 농도와 높이와 이유 모를 슬픔이 기억나는 건 참 묘한 일이다. 낮잠을 자다가 깨었을 때 느끼는 슬픔은 뭉근하고 질펀하다면, 그 하늘에서 느껴진 슬픔은 아찔하고 탱탱했다.

이후 서울의 동서남북으로 이사를 많이 다녔다. 홍익동, 녹번동, 한강을 건너 반포, 방배동. 그리고 결혼 후 한강을 다시 건너 청운동, 부암동, 평창동. 그러다가 또 사정이 생겨 신반포를 찍고 강 건너 바로 있는 강변의 이촌동을 거쳐, 부암동. 그러고는 지금 효자동에 살고 있다. 우리 아이들은 강남에 가서는 "이런 데는 사람이 어디 살아요?"라고 묻는, '강북 사람'이 다 되었다. 그 사이사이 아이였을 때, 사춘기였을 때, 어른이 되고 나서도 그 계절 겨울과 상관없이 하늘을 보면 어린 시절 화곡동에서 본 하늘이 생각날 때가 있다. 쨍한 여름 아이들의 함성과 물소리 가득한 수영장 탈의실에서 하늘을 올려다보았을 때, 여고 시절 가을운동회를 가느라 가뿐한 기분으로 집을 나섰을 때, 평창동 살던 시절 집 아래 카페에 앉아서 창공을 올려다보았을 때, 그리고 추석을 앞둔 즈음의 알싸한 공기 속에서도, 기시감이라고 하기에도 뭣한 그 어린 날의 슬픔이 떠오르는 것이다. 그것은 흑인영가 〈Sometimes I feel like a motherless child〉의 가사처럼 엄마 없는 아이가 되어버린 듯한 적막감과 비슷한 감정이다. 가끔 다리가 휘청거리기까지 하는 그럴 때 난 거의 '아, 그날의 하늘이야'라며, 하늘에 도장을 찍어버린다. 소아과에서 예방주사 맞듯 인생의 어쩔 도리 없는 비애를 하늘의 기억으로 치유하려는 걸까. '삶은 그런 거야, 다 누구든 어느 정도 아프고 힘든 거야, 혼자 견뎌내야 하는 거야'라고 자위할 수 있도록 말이다. 두 돌이면 한창 예방주사 맞을 시기이기도 한 것이다.

예방주사를 맞아도 앓을 것은 앓고 지나가듯이 많은 아픈 경험들을 지나왔다. 나도 그만큼 남들을 아프게 했을 것이다.

삶은 그저 안온한 소꿉장난이 아니란 것을, 엄중하게 내려다보던 하늘은 내게 알려주었다. 산다는 건 하나씩 이뤄가는 것이기도 하지만 한 발에 신은 신발을 잃고 엄마를 잃듯이 하나씩 잃어가는 것이기도 하다고, 어릴 적 나의 동네여, 당신은 그걸 내게 말해준 것이리라.

사람 사는 마을이여, 우리를 품고 있는 동네여. 누구나 엄마를 잃는 우리를, 내 아이들을 어여삐 여기시고, 당신들 품에 깊이 뿌리내려 살 수 있게 좀 도와주시오. 꼭 새 길을 내는 것만이, 새 길을 걷는 것만이 능사가 아님을 알겠나이다. 가끔 고개 들어 하늘을 보겠나이다.

그래, 우리 모두를 부탁해

난 엄마에 대해 단 한 번도 글을 써보지 않았다. 여러 권의 책을 썼고 수많은 에세이를 썼으면서 단 한 번도. 남의 어머니에 대한 글을 보고는 마음이 허물어져 눈물을 흘리기 일쑤면서 나의 엄마만 생각하면 마음이 차돌처럼 단단해졌다. 엄마는 차돌 같은 사람이었다.

나는 자라면서 엄마에게 칭찬을 받아본 기억이 거의 없다. 돌이켜보면 엄마가 별말이 없으면 그게 칭찬이었다. 중학교 입학해 처음 전체 석차가 나오는 월말고사에서 1등을 했는데도 엄마는 이랬다. "담엔 어떡할 거니?"

칭찬 대신 나는 많은 제지를 받았다. 콜라에 밥 말아 먹고 싶다고 하면 말도 안 된다며 제지, 엄마가 말고 있는 머리 롤 딱 한 개만 말아달라고 졸라도 애들은 그런 거 하는 거 아니라고 제지, 당시 모든 여자애들이 입었던 아동용 홈드레스를 입고 싶다 해도 그건 촌스러운 거라고 제지, 플루트를 배우고 싶다 하면 하던 피아노나 열심히 하라며 제지, 유학이 가고 싶다 해도 '한 아이 유학 보내려면 아들을 보내지 어찌 딸을 보내겠니'라며 너무 당연히 제지. KBS 입사 후 회사에서 부당한 처사를 당하고 집에 돌아와 눈물 철철 흘린 날에도 "네가 잘못한 게 있을 거야. 억울하다 생각하지 말고 반성부터 해"라며 절대로 내 편이 되어주지 않았다. 하고 싶은 것도, 갖고 싶은 것도, 세상에 억울한 것도 참 많은 욕망 덩어리였던 유별난 딸의 열정은 한 번도 신나게 솟구쳐보지 못했다. 엄마는 내가 생각할 때 참 가혹한 사람이었다.

그래서 친구들이 너희 엄마 반찬이 젤 맛있다고 칭찬해 주는 밥상을 받아도, 평화시장에서 남색이나 자주색의 괜찮은 옷을 사다 입혀도, 나를 칭찬하는 딴 사람들 앞에서 "아니에요" 하면서도 은근히 자랑스러워하는 모습을 보아도, 날 야단치고 난 뒤 돌아서서 누군가에게 내 사정을 호소하는 통화를 들어도, 내 아이들 미국으로 1년간 떠날 때 "네 유학비 대신"이라며 생각보다 큰돈을 건네주어도, 내 맺힌 마음은 풀리지가 않았다. '밥 대신, 따뜻한 말로, 내 앞에서, 그때, 나한테, 잘해 줄 것이지.'

엄마의 엄격한 교육 '덕분에' 나는 감정의 과잉이나 상투적인 반전 같은 걸 좋아하지 않는다. 따라서 《엄마를 부탁해》 같은 제목의 책 곁에는 가까이 가고 싶지도 않았다. 경제가 어려울 때 나타난다는 아버지 신드롬이 아니라 그 신드롬에 들어가지도 못하고 뒤에 있을 뿐인 2인자에 대한 관심이 지당하고 반갑다 여기면서도, '엄마'라는 단어에 뒤섞인 내 애증의 감정을 건드리고 싶지 않았달까. 그런데 아이러니하게도 엄마의 생일날 점심을 먹으러 가기 전 아이들과 들른 서점에서 생일 직전 실종된 엄마의 이야기가 담긴 그 책을 산 것이다. 그것도 엄마 선물로.

새 학기에 접어들어 이리저리 바쁘게 지내느라 두어 달 만에 들른 친정에서 부모님이 다 읽고 거실에 놓아둔 책을 집어 들고 나왔다(우리 엄만 실종되지 않았다! 여전히 남의 말 중간에 불쑥 끼어들며 활기차게 자식 손자 먹일 식사 준비를 하고 있었다). 그리고 그날 밤 책의 마지막 장을 덮었다.

아마 세상의 모든 엄만 책 속의 엄마 '박소녀'와 다르면서 또 같을 것이다. 그리고 이 시대의 딸들은 독신의 작가 딸과 세 아이를 낳고 제 일을 접은 약사 막내딸 사이의 어딘가에서 엄마를 필요로 했다 멀리했다 하고 있을 것이다. 우리는 한 남자의 아내이거나 아이들의 엄마이거나 어떤 존재의 애인이거나 아니면 이도 저도 없이 자유롭거나 간에, 나도, 작가 신경숙도, 엄마도 '딸'이라는 공통의 이름을 가진다. 지긋지긋하게 싫었던 이름, 딸. 우리 엄마는 "너 같은 딸 낳아서 너도 맘고생 좀 해보라"고 했었다. 남들은 모를 거라며. 난 그래서 딸을 낳지 않았다.^^

칠십이 낼 모레여도 여전히 가사를 하고 있는 여자가 읽은 티가 역력하게 책은 물기 묻은 페이지들로 두꺼워져 있었다. 그리고 그중 한 페이지엔 꾸욱 밑줄이 쳐진 박소녀의 글귀가 있었다.

"엄마는 알고 있었을까. 나에게도 일평생 엄마가 필요했다는 것을."[1]

엄마는 허락하지 않는 콜라에 밥 말아먹는 이상한 짓을 하게 해주셨던 나의 외할머니, 엄마의 엄마는 내가 유치원 때, 지금의 내 나이보다 열 살 어린 서른둘의 엄마를 두고 세상을 뜨셨다. 엄마는 그 이후 반평생 넘게 엄마 없이 지내온 것이다. 엄마 잃은 딸이었던 내 엄마에게 사사건건 쉽지 않은 나는 참으로 가혹한 딸이었으리라. 누군가에게 일평생 엄마가 필요하다는 것을 알아줘야 할 존재는 세상을 뜬 그의 엄마가 아니라 그 곁에 남겨진 사람들이다. 책을 부풀린 물기는 엄마의 눈물이었을지 모른다.

해마다 맞는 5월, 세월에 부탁해 본다. 엄마를, 엄마 잃은 존재들을, 세상의 모든 복원되지 못한 관계들을.

1 신경숙, 《엄마를 부탁해》, 창비, 2008, 일부 인용.

비와 나

고등학교 1학년 무렵 우리 집은 신반포의 한 자그마한 아파트에 세 들어 살고 있었다. 방배동의 새 아파트 입주와 이전 집에서 나오는 시기가 안 맞아 택한 1년 정도의 임시 거처였다. 아침마다 인근 학교 남학생들이 우글거리는 정류장을 지나 학교에 가면서 앞만 보고 똑바로 걸어가는 내공을 키우던 시절이었다.

우리 집 옆집엔 나이가 찼음에도 학교에 다니지 않는 소위 '좀 모자란 아이'가 살고 있었다. 가끔씩 알 수 없는 자신만의 소리를 내면서 복도를 뛰어다니던 소년은 동네의 천덕꾸러기였다. 파란 매미채를 얼굴에 뒤집어쓴 채 동네 조무래기들과 신나게 놀고 있는 그 아이를 내 방에 난 복도 쪽 창가의 책상에 앉아 《수학1의 정석》을 풀면서 내다보곤 하였다. '알아감의 기쁨'과 '알지 않아도 기쁨'의 간극을 생각해 보기도 했던 것 같다.

우리가 사는 이 땅이 그리 좁지도 않은 것 같은데 사람들은 왜 위로, 위로 켜켜이 층을 쌓는 걸까. 왜 사람 위에 사람, 사람 밑에 사람이 사는 걸까. 왜 어떤 소년은 보통과 다르게 태어나 나라에서 시켜주는 교육조차 받지 못하는 걸까. 사람들이 바글바글 사는 동네에서 저녁이면 달그락달그락 밥을 짓고 귀가한 가족들이 둘러앉아 밥을 먹고 상을 물리고 무더위를 견디며 잠을 청하고 다음 날 아침이면 일터로, 학교로 집을 나서고……. 위아래 양옆으로 사는 우리들이 이렇게 비슷비슷한 삶을 반복하는 의미는 무엇인지, 나는 저녁 식탁에 앉아 이웃에서 들려오는 저녁 소리를 들으며 생각해 보곤 하였다.

한낮의 무더위가 저녁까지 기승을 떨쳤던 어느 여름날, 밤이 되자 비릿한 냄새와 함께 세찬 비가 내렸다. 빗줄기의 시작과 끝을 알 수 없는 엄청난 소나기. 비가 바닥을 때리는 걸 보고 싶어 난 우산을 들고 아파트를 나섰다. 높은 곳에서는 비를 느낄 수 없었기에.

우산을 받쳐 들었지만 조리를 신은 발은 물론이고 온몸이 비에 젖었다. 사납게 바닥을 때리는 빗속에 서서 우산을 쥔 손에 느껴지는 무거운 비의 무게를 버티며 비를 바라보았다. 아이도 어른도 아닌 열여섯의 몸과 마음을 때리던 소나기. 삶은 무더위와 같은 것이나, 올 것이 오는 양 내리는 소나기처럼 살아내야 하는 것이리라. 지금도 여전히 후련하면서도 무거운 삶의 무게를 그날 비를 받쳐 들었던 손의 힘에 견주어본다.

작은 행복

아이들이 아직 어리던 어느 해 1월, 눈 내리던 저녁이었다. 눈을 기다리던 크리스마스에도, 해가 바뀌어서도 한 번도 내리지 않았던 눈인지라 반갑기는 했지만, 코딱지 좀 합친 만큼 듬성듬성 내려 내일이면 흔적도 없이 사라질 것이 분명했다. 그런 생각이 들자 눈에 별반 감흥이 없어 집에 들어앉아 있었다. 눈사람 만들겠다는 작은아이에게 "저런 눈은 눈사람도 못 만드는 눈이야" 했던 말에는 괜스레 눈에 대한 무시와 원망이 담겼다. 갑자기 추워진 날씨에 아이를 내보내고 싶지도 않았고 학원에서 돌아올 시간이 지난 큰아이 걱정도 되었다.

그런데 아이들 바이올린 선생님이 집으로 들어오시면서 첫째가 바깥에서 눈사람을 만들고 있다고 하시는 것이었다. 맨발로 쫓아 나오는 둘째와 함께 나가보니 아이가 가방을 둘러맨 채로 빌라 입구로 들어오는 계단에서 흩어져있는 눈을 모으고 있었다. 눈사람은 굴려서 만들지 저렇게 모아서 어찌 만드나. 하지만 이미 제작은 진행 중이었다. 계단의 양 끝에는 아이가 올라오면서부터 만든 작은 동자상 같은 눈사람이 둘씩 마주 보고 서 있었다. 아이는 입김을 뿜으며 열심히 각 계단의 눈을 양쪽으로 모아 두 손으로 주물러 다진 후에 조금 더 작게 주무른 머리를 얹어 '꼬마 중에서도 꼬마' 눈사람의 행렬을 만들고 있었다.

"J야, 뭐 하니?"

보면 모르나, 눈사람 만들지. 이는 바보 같은 엄마의 바보 같은 질문이었지만 이 우문이 없었다면 아이의 기막힌 대답을 들을 수 없었을 것이기에 결과적으로는 기막힌 질문이 되고 말았다.

"눈사람 만들어요. 눈이 부서져서 굴릴 순 없고 이렇게 모아서 만드는 거예요. 여기 사는 사람들이 집에 들어갈 때 보고 기분 좋으라고요."

내 아이지만 난 정말 가슴 깊이 감동받았다. 얘가 진정한 예술의 의미를 이야기하는구나 싶었다. 도매 급으로 다 매도할 순 없겠지만 요즈음 전시 공간의 현대 미술은 신선한 충격을 주는 작품은 있으되 심미적으로 보기에 좋은 작품은 많지 않다. 각 예술가의 철학적 고뇌와 사유의 산물로 태어났을 작품이 얼마만큼 수용자를 위무하고 즐겁게 해주고 있는지 의문이 든다. 예술이 우리의 삶과 마찬가지로 꼭 즐거워야 하는 거냐 누군가 묻는다면, 보는 이와 어느 정도 교감은 하고 있는지, 교감의 필요조차 없다고 생각하는 건 아닌지 예술의 현주소에 대해 되물으리라. 예술이란 것이 그 작품을 창작하는 예술가의 영역이고 그 너머가 수용자의 몫일지라도, 사회에 창작물을 내놓는 자의 어느 정도의 친절함이 그리웠던 것 같다.

엄마의 마음으로는 눈사람 쌍들의 행렬을 통째로 거대한 냉동고에 얼렸다가 대대손손 사시사철 그 의미를 되새기게 하고 싶었지만 저녁 먹고 나가본 입구에는 눈사람이 하나도 남아있지 않았다. 입주민의 '기분 좋기'보다는 '안전하기'를 바라는 경비 아저씨께서 빗자루로 싹싹 쓸어 치우신 것이었다. 그래, 예술은 어떤 이의 눈엔 예술로 보이지 않는 법이다. 아이는 상처받지 않고—이 의연함 또한 예술가의 바람직한 태도가 아닐는지— 제 동생과 함께 이젠 제법 쌓인 눈을 굴려 눈사람을 만들었다.

아이들은 추위에 떨며 잠시 벤치에 앉아있던 엄마를 마구 불러냈다. 엄마 차 앞에는 아이들이 만든 아름다운 눈 하트가 엄마의 달력을 밸런타인데이로 넘겨주고 있었다. 눈은 참으로 여러 가지를 할 수 있었다. 엄마는 생각했다.

'이렇게 좋은 눈인데 왜 나는 더 이상 눈사람 만들기가 즐겁지 않은 걸까?'

오래도록 따뜻했다가 추워지며 눈이 왔던 그날, 아이의 일기엔 이렇게 쓰여 있었다.

"잃어버렸던 겨울을 다시 찾았다."

눈사람과 눈 하트에 감동받았다고 해서 엄마도 눈사람 만들기에 잃어버렸던 재미를 다시 붙인다든가 하는 일은 절대 일어나지 않지만, 커가는 아이에게 배우는 삶의 의미들은 작고도 큰, 꼬마 눈사람 같은 행복이다.

열정과 은근 사이

커피에 대한 단상이라…….

85년 대학교 1학년이었을 때 보았던 영화 〈아웃 오브 아프리카〉의 메릴 스트립이 가장 먼저 떠오른다. 고향을 떠나 아프리카 땅에 자리를 잡고 홀로 살아가는 강인하면서도 사랑스러운 여인, 카렌. 세상에 대해, 피부색 다른 토착민에게나 자신의 사랑에 대해서나 편벽됨 없이 다가서던 그의 생업은 다른 게 아닌 커피나무를 기르는 일이었다. 당시 난 아직 부모의 품 안에 있던 풋내 나는 여학생 신분이면서도 여인의 홀로 서는 삶이 왜 그리 지레 눈물겨웠던지. 카렌이 커피 열매를 손바닥에 올려놓고 열성을 기울이는 초반부터 영화 끝날 때까지 눈물을 그리도 쏟아, 함께 갔던 남자애를 무척이나 당황케 했다. 카렌에게 커피는 새로운 삶의 씨앗이었고, 커피를 삶의 씨앗 삼는 그에게선 진한 향기가 났다.

열정을 가진 자, 그것을 내지를 때 술을 마시고, 그것을 은근히 삭일 때 차를 마시지 않는가. 그리고 커피는 열정을 내지르는 것과 곰삭이는 것의 경계선쯤에서 입에 대지 않나 싶다. 그것이 가진 카페인으로 인해 가슴이 약간 뛰는 듯 쓸려내려가고 머리는 맑아져서 열정의 대상에 쏟아부을 빈 공간을 마련해주는 검고 맑은 음료, 커피.

회사 다닐 적에 아침에 출근해서 한 잔, 점심 식사 후 한 잔, 하루에 두 잔씩 자판기 커피를 뽑아마셨다. 우르르 동료들과 함께였지만 함께 하는 식사와는 달리 두 잔의 커피는 다음 일을 준비하기 위한 개인적인 충전의 시간이었다. 그때 이미 난 회사를 그만두면 이 자판기 커피가 가장 그리우리란 걸 예감했다. 바삐 돌아가는 조직 속에서 완급을 조절하기 위한 나만의 의식. 커피는 그것을 의미했고 조직을 떠나면 길거리 자판기 커피 뽑아먹기 쉽지 않듯 그 고독 또한 내 손에 쉽게 잡히지 않으리라. 그리고 예감은 적중했다. 요즘도 가끔 그 명징(明澄)한 커피 한 잔이 몹시 그리울 때가 있다.

사람은 남녀를 불문하고 누구나 홀로 선다. 홀로 서야 타인과 더불어 살 수 있다. 카렌이 그랬듯, 홀로 가는 여정에 별처럼 반짝이는 인연들로 비단을 짠다. 홀로 서려 할 때, 또 홀로 서는 그들끼리 인연의 고운 천을 엮어갈 때, 이 세상 뜨거운 땅에서 자란 어떤 나무 열매에서 씨를 받아 열정을 지피고 거기에 발음도 고혹적인 '커—피—'라 이름하니, 그 섭리가, 우리 인간을 포함한 자연의 어우러짐이 참으로 눈물겨울 뿐이다.

학교 일일 교사를 다녀오고 나서

아이들이 태어나자 얼른 커서 말을 배우길 기다렸던 것 같다. 나의 유전자를 가진 어린 존재들과 할 커뮤니케이션을 기대하면서.

우리 인간은 여러 수단으로 소통한다. 음악을 작곡하고 미술 작품을 만들고 글을 쓰며 사회의 구성원과 자신의 생각, 감정을 교류한다. 일차적으로는 표정과 몸짓으로 다른 사람의 마음을 읽을 수 있다. 그러나 우리에게 말이 없었다면 구체적으로 서로를 이해하고 설득하여 무언가를 공유해나가기가 얼마나 힘들었으랴. 같은 언어를 사용하며 살아가는 우리 언어 공동체는 참으로 큰 인연 속에 있는 것이다.

우리는 말의 홍수 속에 살고 있다. 그러나 그 말들 중에는 다른 사람을 흠집 내는 말, 자신만을 합리화하는 말, 진실이 아닌 말, 안 해도 좋은 말, 말도 안 되는 말들이 너무나 많이 섞여 있다.

방송인으로 10여 년을 지내고 대학에서 스피치 커뮤니케이션을 강의하면서 말에 대한 숙고를 해본 나로서는, 우리가 어릴 때부터 제대로 된 말하기 교육을 받는다면, 그러한 어린이들이 자라서 어른이 된 사회는 훨씬 나은 사회가 되리라고 생각한다.

자신의 생각이나 감정을 백 퍼센트 다 표현하진 못하더라도 훈련된 언어로 자신을 최대한 적확하게 표현하는 사람이 늘어난다면 그건 공동체의 능력이 확장되는 일이다. 한 개인의 차원에서 봐도 물론 긍정적인 일이지만 공동체의 차원에서 보면 그건 하나의 가능성이 된다. 제대로 듣고 말하는 개인들이 모여 사회 문제를 토론한다면 보다 나은 결론을 도출할 것이다. 현 대한민국은 말이 토론 공화국이지, TV 토론 프로그램을 보고 있노라면 다른 사람의 말은 듣지 않고 무시하며 자신의 의견만 옳다고 말하는, 한마디로 '제대로 말할 줄' 모르는 이들이 얼마나 많은 국가인가. 제대로 말하기의 시작은 '제대로 듣기'인데 말이다.

그래서 둘째 아이 학교에 일일 교사로 초청된 날에는 내심 기대가 되었다. 아이들에게는 내 강의가 초등학교 들어와서 듣는 첫 번째 말하기 교육일지도 모르겠구나 생각하며 대학 강의 내용을 아이들 눈높이에 맞게 나름대로 정리해 보았다. 말하기의 기본은 크게 내용과 형식인데, 내용을 탕수육에 형식을 그릇에 비유해 설명하면 어떨까. 형식이란 말을 담는 그릇, 즉 목소리를 말한다. 목소리를 내는 과정을 아이들이 연주하는 바이올린의 동체가 울리는 이치로 말해주고, 성대를 곧게 만드는 바른 자세를 음료수가 쭉 빨려 올라오는 빨대로 이야기해 주자. 야무지게 생각하고 교실로 들어섰다.

쑥스러워 엄마를 제대로 쳐다보지도 못하는 작은아이와 아이의 낯익은 친구들이 모여있는 1학년 난반의 수업은 결론적으로 그리 성공적이진 못했다. 아이들은 K가 배우는 축구는 어떻게 배울 수 있는 것인지, 왜 K는 김K인데 엄마는 '유'정아인지, 방송국에는 어떻게 가는지 중구난방으로 물어댔다. 발성을 하는 기본자세를 알려주기 위해 배꼽 아래 3cm엔 뭐가 있는지 물어보자 '똥꼬'가 있다고 대답했을 때, 급기야 다 큰 대학생만 가르치던 일일 교사는 여덟 살 아이들 앞에서 맥을 못 추고 땀을 흘리며 웃옷을 벗기에 이르렀다. 내가 맞추었던 아이들 눈높이란 결국 어른이 생각하는 아이들 눈높이였을 뿐 진정한 아이의 눈높이는 되지 못했던 것이다.

더욱 노력해야 하는 것이리라. 한때 아이였던 적이 있는 어른은 어른이었던 적이 없는 아이 편이 되어주어야 하리라. 아이일 때 기억을 되살려 자라나는 아이들의 '제대로 된 어른 되기'를 열심히 도와주어야 하는데, 그것이 선부른 개입으로 끝나면 안 될 것이다. 아이들과 잘 통한다고 생각했던 일일 교사는 무참히 깨지고 다시 한번 단련을 준비한다.

우리의 말하기도 그러하다. 아무것도 완결된 것은 없으며 서로 진심을 소통하는 가운데 더욱 나은 생각을 갖게 되고 그러한 우리가 모여 성숙한 사회를 만들어나갈 것이다.

맥도날드에 가서 슬픈 세 가지 이유

가끔 아이들과 함께 맥도날드에 간다.

사실 일주일에 2박 3일 함께 지내는 아이들에게 패스트푸드를 먹이는 건 참 내키지 않는 일이다. 하지만 아이들은 집에서 만든 영양가 많고 기름지지 않은 음식을 먹으면서도 내일은 맥도날드에 한번 가자는 제안을 해서 음식 만든 사람의 기운을 쏙 빼놓는다. 그놈의 TV 광고 때문이다. 따끈따끈한 만화 캐릭터를 선물로 준다며 아이들을 상대로 호객행위를 하기 때문이다. 아이들은 그 끼워주는 선물에 침 흘리며 맥도날드에 가자고 한다. 음식점 광고의 조건반사는 음식이 아닌 플라스틱 장난감에서 일어난다.

맥도날드는 도처에 있고, 갈 때마다 사람들로 바글바글하다. 햄버거는 어쩌다 먹는 먹거리이련만 '어쩌다가' 햄버거 먹고 싶은 사람이 이리도 많아진 걸까?

자리를 잡고 내 아이들이 햄버거 껍질을 벗겨 감자튀김과 콜라를 곁들여 맛있게 먹는 모습을 보고 있노라면 이내 슬픔이 밀려온다. 습관처럼 찾아오는 슬픔의 정체는…….

첫 번째, 일단 내 아이들의 한 끼 식사를 패스트푸드로 쉽게 해결하고 있다는 죄책감이다.

아이들은 눈치채지 못하는 책임의 방기. 맛있게 먹는 아이들을 보면 약간의 배신감까지 들 지경이다. "엄마, 우린 이런 음식 싫어요. 집에서 밥해주세요." 이렇게 요구했으면 속이 시원하겠단 생각을 잠깐 한다. 엄마가 영양 생각하고 시간과 공을 들여 만드는 식사가 아이들에겐 몇천 원짜리 햄버거로 이렇게 허무하게 대체될 수 있구나 하는 씁쓸함.

두 번째의 슬픔은 다소 사적일 수 있겠다.

아이들은 너깃을 우적우적 씹다가 불쑥 생각이 나서 말한다.

"아빠랑도 지난번에 맥도날드 갔었는데……."

나만의 상황은 아닐 것이다. 사람들이 하루에 먹어치우는 햄버거 숫자만큼이나 많은 이혼가정이 있을 테니까. 그 복잡하고 어려웠을 속내를 뒤로 한 채 남들 보기에는 패스트푸드만큼 쉽게 헤어져들 있으니. 갑자기 패스트푸드에도 그런 다 말하기 힘든 그들만의 이야기가 있을지 모른단 생각이 들며 그에 대한 나의 손쉬운 폄하가 미안해진다.

당대의 주류인 보통의 가정은 보통의 모습을 하고 있지 않은 가족 구성원에게 아픔이 된다. 주류는 비주류에게 자신도 모르게 새로운 상처를 입히고 끊임없이 회의하게 만든다. 맥도날드는 같은 모습으로 크기나 위치만 달리한 채 존재하며, 헤어져 사는 아이들이 때론 아비 따라 때론 어미 따라 그곳을 찾는구나.

세 번째 슬픔은 획일과 관련한 것이다.

뒤에 아무런 음모가 없다 하더라도 거대한 획일은 경계할 일이라는 생각을 갖고 있다. 맥도날드는 세계 2백여 나라에서 2만 5천여 점포를 운영하며 그들의 맛을 세계인에게 확장시키고 있다고 하니 우리는 얼마나 순한 그들의 어린 양인가. 우리 아이들을 포함한 세상의 많은 아이들이 한 입맛의 포로가 되고 그 붙잡힌 입맛이 그냥 미각에 머무는 것이 아니라 강대국의 거대 자본에 사로잡힌 거라 생각하면 아찔해진다.

내가 맥도날드에서 느끼는 세 가지 슬픔의 이유는 거꾸로 생각하면 미덕이 될 수도 있다. 바쁜 일상에 아이들이 좋아하는 간편한 먹거리를 혹하게 포장해서 세상 어느 곳에 사는 부모 중 어느 한 쪽이 데려와도 아이들을 기쁘게 해주는 맥도날드는 고마운 존재일 수 있다.

하지만 햄버거를 씹으면서 한 번쯤은 곱씹어 봐야 하지 않을까? 내가 먹는 이것이 나와 우리에게 진정한 영양분이 되고 있는지, 이것이 세상의 육신을 살찌우는 것을 넘어서 세계의 정신을 비둔하게 하고 있지는 않은지.

가끔은 눈시울이

두 눈의 잦은 충혈 탓에 안과를 찾았다. 내가 가끔 거울을 들여다볼 때도 붉은 흰자위가 보기 싫지만, 만나는 사람마다 많이 피곤하냐고 늘 묻는 통에 도리어 더 피곤해지는 게 싫어서였다. 몇 년을 들어오던 소리에 어느 날 우발적으로 찾은 병원에선 우선 눈물 테스트를 해보자고 제안했다. 자극에 눈물 흘리는 것을 방지하기 위해 눈에 마취약을 넣고 3cm가량 길이의 종이를 눈에 매달리게 살짝 끼워놓고 기다렸다. 잠시 시간이 흐르면 눈 표면의 눈물이 자동적으로 종이에 묻어나, 긴 부분에 가늘게 표시되어 있던 눈금이 번지는 정도로 눈물의 양을 측정하는 거란다. 간단하기도 하지. 몇 분이 흐르고 의사는 내 앞에서 호들갑스럽게 외쳤다.

"세상에, 유정아 씨. 이렇게 눈물이 하나도 없는 사람은 첨 봐요. 이것 좀 보세요."

의사가 내 눈에서 떼어 내민 종이의 눈금은 파랗게 그대로였다. 내가 그렇게 메마른 사람인가? 의사의 말이 넌 피도 눈물도 없는 사람이냐는 소리로 들려 민망해진 나는 "내가 흘릴 눈물 이미 다 흘렸나 보죠, 뭐"라고 대꾸하고 입을 닫았다. 그러자 의사는 설명해 주었다, 눈물의 이분법에 대해서.

눈물엔 반사적 눈물(reflex tears)과 기본적 눈물(basic tears)이 있다고 한다. 반사적 눈물은 슬픔이나 감격, 통증이나 먼지 등 감정적, 외부적 자극에 의해 흘리는 것이고 기본적 눈물은 말 그대로 각막에 원래 존재하는 눈물이다. 내게 없다는 건 물론 후자인 기본적 눈물. 애초에 없는 눈물을 생성시켜 발라놓는 방법은 없지만 어쩌다 생긴 눈물을 내려가지 않게 하는 방법은 개발돼 있다길래 뭐냐 물었다. 개수대의 하수구를 막아놓는 식으로 눈물 내려가는 길을 작은 실리콘 조각으로 막는 것이었다. 테스트나 처방이나 간단하긴 매한가지였다.

눈물.

언제부턴가 난 감정적 눈물 또한 몹시 자제했다. 내가 선택했고 달리 해결의 도리가 없는 상황에 대해선 우는 게 비겁할 뿐 아니라 건강하지도 못하다고 여겨서였다. 한창때(?)는 회사에서도 이유 없는 설움에 화장실 가서 몇십 분씩 울기도 했고 영화 보러 가서는 전혀 울지 않아도 될 장면에서 격정에 겨워 눈물을 흘려대 같이 간 사람을 당황하게 만들기도 했었는데, 요즘엔 이래저래 이런 순간을 피하고 싶었다. 그러나…….

며칠 전, 휴가라고 사흘 겨우 내서 가까운 곳에 다녀온 후배가 밝은 얼굴로 출근해 자리에 앉으며 그랬다.

"며칠 쉬니까 다들 보고 싶은 거 있죠?"

"그래서 일상이 그렇게 무섭다는 거야."

지극히 아나운서적으로 후배의 말에 답하고 말았다. 갑자기 눈시울이 뜨거워졌기 때문이다. 우리가 함께 살아간다는 것이, 이렇게 서로 반가워들 한다는 것이, 우리가 만나고 있다는 것이 감사해서였다. 대체로 눈이 시리지만 가끔은 눈시울이 그야말로 조건반사로 울컥 젖어들 때가 있고, 그 순간은 내 육체의 눈을 위해서나 마음의 눈을 위해서나 참 하얗게 소중한 순간이다.

오늘도 난 쓰레기를 버린다

내가 사는 아파트 단지의 쓰레기 분리수거 날은 매주 화요일이다. 주차장 한편의 쓰레기장에는 화요일 아침부터 주민들이 삼삼오오 쓰레기를 가지고 모이기 시작한다. 한 보따리만 들고 나오는 집은 거의 없고 다들 양손에 가득 쓰레기를 가지고 나온다. 아기들 키우며 사는 집이 많아 저녁이 되면 아기 아빠들이 힘든 엄마 대신 주간 행사를 하는 집도 많이 눈에 띈다. 바깥일 하는 여자들 또한 이 밤을 놓칠세라 쓰레기를 밀어낸다. 그래서 화요일 저녁은 불 밝힌 주차장에 즐비한 쓰레기가 야시장을 연상케 하는 찬란한 밤 풍경을 연출한다.

난 특별한 환경보호론자도 아니지만 우리가 내다 버린 이것들을 볼 때마다 누구에겐지 모르게 미안하다. 주류를 이루는 물병을 포함한 페트병, 포장재, 신문과 비닐봉지. 그리고 그 옆의 음식물 쓰레기들. 예전엔 수돗물에 보리차 끓여먹고 시장 물건은 신문지에, 귀한 물건은 보자기에 싸던 때가 있었는데 하는 까다로운 할머니 같은 생각을 하기도 한다. 생각만 하지 실천하는 건 하나도 없으면서.

깜박 잊거나 바빠서 쓰레기 버리는 걸 못 하게 되는 주엔 마치 쓰레기와 더불어 살거나 쓰레기에 얹혀 사는 느낌이다. 내 한 몸 건사하면서도 이렇게 세상에 내지르고 사는 게 많음을 실감한다. 사실 우리가 시장에서 무언가를 사는 순간부터 쓰레기는 생산된다. 시장 골목 한쪽의 떡집 옆을 지나다가 맛있어 보이는 꿀떡 한두 개 그 자리에서 집어먹고 셈 치르고 나올 때 빼곤 내 기억에 쓰레기통 신세를 지지 않는 상품은 거의 없는 듯하다. 산다는 건(買), 또 산다는 건(生) 곧 쓰레기 버리기이다.

그래서 쓰고 버리는 삶이란 것에 질릴 때 가끔 소비를 하지 않아본다. 정신과 육체의 정화도 할 겸 사흘 정도 단식을 해보거나(그래도 물은 마셔야 하니까 물병은 쓰레기로 나온다) 구매욕을 자극하는 잡지가 코앞에 있어도 부러 보지 않는다(그래도 떨어진 로션은 사야 하니 리필이 안 되는 로션 병은 쓰레기의 전신이다). 일정 정도의 자유로움이 찾아오는 대신 일정 정도의 삶의 재미가 사라진다.

하긴 세상엔 내가 존경하는 헬렌 니어링 부부와 비슷한 삶을 사는 사람들도 꽤 있다. 나무집을 짓고 본인이 기른 야채나 과일, 곡식을 먹으며 음식 찌꺼기는 뒤뜰 짐승이 지나다니는 곳에 놓아두어, 애초에 덜 쓰고 덜먹고 덜 버리며 그래도 나오는 쓰레기는 스스로 유통시키는 사람들. 우리가 건설한 도시에 적응하기보다 우리가 딛고 선 이 땅에 닿아있는 사람들이다. 하지만 속세에 깊이 뿌리내리고 사는 우리 보통 사람들은 일회용품 사용이나 줄이고 분리수거나 제대로 하는 것 외엔 별도리가 없으니 오늘도 꾸꾸이 삶의 무게를 털어내듯 쓰레기를 버린다.

계란과자와 복숭아

지난 추석 연휴 기간 중 몇몇 친구들을 만났다. 명절 때여서 그랬는지 서로의 가족에 대한 이야기를 나누게 되었다. 십 년 넘게, 혹은 일이 년을 알고 지낸 친구라도 우리는 상대방이 아니어서 서로에 대해 모르고 있는 것이 얼마나 많은지 새삼 느끼는 시간이었다.

그 친구는 본인이 하는 일로 보나 가정환경으로 보나 아주 부유한 사람이다. 마음도 아주 넉넉해서 어렸을 때부터 외국에서 혼자 공부한 외로움 정도를 제외하곤 인생에서 아픈 구석이 없으려니 했었는데 이번에 이런 얘기를 해주었다.

초등학교 1학년 꼬마 시절 자기는 보이스카우트 제복이 그렇게 멋져 보였단다. 그래서 보이스카우트 가입에 관심 있는 아이들은 강당에 모이라기에 한걸음에 달려갔단다. 제복을 입은 위 학년 형들이 근사하게 서 있는 가운데 설명을 듣다 보니 가

입을 하려면 제복도 사야 하고 이것저것 돈들 것이 많아 보였다. 그 당시 친구네 집은 아버지의 사업이 하루아침에 안 좋아져서 어머니와 네 남매가 단칸방으로 이사를 가고 아버지는 쫓겨 다니시는 형편이었다. 조숙한 1학년 꼬마는 '아, 우리 집 사정으로는 이런 돈을 마련할 수가 없겠구나'라는 데에 생각이 미치고 그 강당에서 혼자 조용히 빠져나왔다는 것이다. 물론 어머니에게 보이스카우트 시켜달라고 말 한번 꺼내지 않은 채 본인의 작은 꿈을 접었고 미국에서 보낸 대학 시절까지도 이런저런 배타적인 사교 클럽에는 가입하지 않았다.

그 당시 같은 학교를 다니던 누나는 방과 후 집에 올 때면 꼭 계란과자 한 봉지와 복숭아를 가지고 와 막냇동생인 자기에게 먹으라고 주었다. 맛있게 받아먹으며 누나는 안 먹느냐고 물으면 자기는 학교에서 많이 먹었노라고, 너 많이 먹으라고 했단다. 후에 알고 보니 고학년 학생들에게 급식처럼 나눠주던 그것들을, 다른 친구들은 쉬는 시간에 다 까먹는 그것들을, 누나는 동생 준다고 고이 집으로 가져왔던 것이다. 자신도 단것이 당기는 어린 나이였음에도.

훗날 유학 중 잠시 한국에 들어왔을 때, 친구는 슈퍼마켓에 들렀다가 우연히 계란과자를 보게 됐다. 그 순간 자기도 모르게 눈물이 흘렀다. 아, 잊고 있던 계란과자의 향수여. 계란과자보다 더 둥글고 아름답던 어린 날 혈육의 정이여. 친구는 더도 덜도 아닌 딱 한 봉지의 계란과자를 사서는 집으로 돌아와 누나에게 내밀며 말했다. 나는 많이 먹었노라고, 누나 많이 먹으라고.

지난 추석의 보름달은 비 온 뒤 갠 차가운 하늘에 휘영청 떠있었다. 계란과자처럼 노랗진 않았지만 그처럼 둥글었다. 달을 보며 소원을 빌었다. 우리는 어느 누구보다 자신을 위해 살다가도 소원은 혈육을 위해 빈다. 핏줄은 그런 것인가 보다. 찼다가 기울고 기울었다 다시 차는 우리의 인생을 부끄럼 없이 내보일 수 있는 그들이기에 우리는 열몇 시간을 마다 않고 만월 때 그들을 찾는 것인가 보다.

그 연은 어디로 날아갔을까

여름이 끝나고 하늘이 높아가던 무렵의 어느 날, 나는 한강 둔치로 아이들과 함께 연을 날리러 갔다. 친구의 아이들이 다니는 미술 학원에서 연을 만들어 날려보는 날이라기에 내 아이들도 슬쩍 끼어 원하던 연날리기를 해보게 하고자 함이었다. 우리 아이들에게는 미리 만든 연이 없었기에 그곳 가게에서 연 두 개를 사주었다. 큰 아이는 배트맨 연, 작은 아이는 미키마우스 연을 골랐다(선택의 여지는 방패연이나 가오리연이 아니었다). 방패연 비슷한 모양의 비닐에 플라스틱 얼레가 조악한 내 아이들의 연은 때마침 부는 바람에 하늘 높이 떠올랐다. 아이들이 환호성을 질렀다.

연을 날리며 다른 아이들이 모여 있는 곳으로 걸어가는 데에 족히 20분은 걸렸다. 가는 길에 전선줄이 있었던 것이다. 먼 하늘에서 엉켜 날고 있는 두 아이의 연을 위해 연줄을 풀고 당기며 얼레에 감았다가 전선을 넘었다가 우여곡절 끝에 그곳에 당도하니 예닐곱 살 아이들이 만든 수십 개의 아름다운 연이 하늘을 뒤덮고 있었다. 흰 한지에 나름대로 은은하게 물감 칠을 해 꾸민 가오리연, 방패연들. 가게에서 산 내 아이들의 울긋불긋한 연이 순간 부끄러웠으나 아이들은 아는지 모르는지 친구들의 연 대열에 합류했다.

그러다가 어느 순간 둘째 아이의 연줄이 끊어졌다. 미키마우스가 고삐 풀린 황소마냥 저 하늘 밖으로 달아나고 있었다. 거의 울기 직전인 아이를 위로해 주기 위해 얼른 말해주었다.

“K야, 네 연은 훨훨 날아서 멀리까지 날아갔을 거야. 어쩌면 경주까지, 바다까지 갔을지도 몰라. 얼마나 재미있을까?”

눈물방울을 매달고 얘기를 듣던 아이는 엄마 말이 그럴듯한지 곧 표정을 달리하며 덧붙이기까지 했다.

“맞아. 어쩌면 미국까지, 유럽까지, 또 우주까지 갔을지도 모르겠다, 그치?”

그러고는 제 형 곁에 다가가 멀쩡히 날고 있는 형의 연까지 작당을 해서 날려버리는 것이었다. 큰 아이의 연은 다른 연들과 엉켜 조금 더 하늘에 머물다 이내 시야에서 사라졌다. 아이들은 이제 북한이니 아프리카니 달나라니 떠들더니 어쩜 그 연들이 벌써 우리 집에 도착해 있을지도 모른다며 목소리를 높였다.

어느덧 밝게 빛나던 해가 구름에 가리고 하늘에서 하나둘씩 연들이 거두어졌다. 그 귀한 연들은 아이들의 추억거리로 소중하게 보관될 것이었다.

난 괜스레 연의 소임에 대해 생각해 보았다. 하늘을 날아봤던 연은 다시 얼레에 감겨 언젠가 다시 적정 수준 날아오르고 감기는 것을 반복해야 하는 것인지, 아니면 자기를 구속하는 줄을 끊고 멀리 날아가야 하는 것인지. 어쩌면 아이들의 눈에 펄럭이며 생명력을 지닌 듯 보이는 연줄을 끊는 행위는 일종의 방생(放生)의 몸짓이 아니었을까. 인간의 자유의지나 창조력의 끝 또한 얼레를 딛고 날아간 그 연들처럼 우리 시야엔 잡히지 않는 것인지도 모른다.

느지막이 돌아온 집에는 물론 그 연들이 돌아와 있지 않았다. 아이들 말대로, 우주까지, 훨훨, 날아갔기를, 날고 있기를 바란다. 그곳이 그들의 진정한 얼레이기를 바란다.

2부

성당
— 존재 속의 사색

부치지 않은 편지—성당

성당은 돌아가는 곳인가요, 시작하는 곳인가요?
국외자나 이단자에게 성당은 고독의 모델하우스예요.
그렇다면 당신 같은 사람에게 성당은 무엇인가요?
유행가에서 가장 흔한 구절은 성당의 종소리예요.
침묵을 재촉하는 꽹과리 소리 같아요.
자기 내면에 성당을 지니고 있는 사람이 좋지 않아요?
당신은 그럴 수 있을 것 같아요.

성당과 관련한 저의 한가득 세속적인 이야기는 그날 나누지 못했어요. 당신을 알기 전 제가 이 세상에서 어떻게 살았는지에 대해 이야기가 잘 나오지 않아요. 조금씩 자랐다는 것 말고는 할 말이 없기도 해요. 이미 진부한 이야기라 느껴져서인 것도 같고 무의미하게 느껴져서이기도 해요. 나름 훌륭한 영화였는데,

〈캐롤〉을 보며 느꼈던 지루함이 생각나요. 30대 혹은 40대 그의 결혼생활과 갈등, 새로운 사랑에 대한 흔들림 등이 저로서는 이미 철 지난 바닷가, 지난 여름 모두에게 있었던 저마다의 추억 같아서 답답하거나 낯이 뜨거울 정도였지요. 제가 특별히 동어 반복을 참지 못하는 사람인지도 모르겠어요. 제 지난 이야기 중 좀 특별하다고 여겨지는 건, 그래서 당신에게 이야기하고 싶은 건, 어쩌면 성당에서 들었던 목소리뿐인 것 같아요.

당신은 햇살이 들어오던 로비 정문 쪽에 서 있었고 엘리베이터에서 내려온 저는 당신을 발견하고는 함께 식당으로 걸어 나가 점심을 같이 했어요. 점심 후 근처를 산보하며 인근의 경의선 철로와 우리나라에서 가장 오래된 터널들인 아현터널과 의영터널, 충정아파트, 서대문아파트, 성요셉아파트를 둘러보았어요. 저는 조금이라도 틀리지 않은 정보를 전하기 위해 충정로 일대에 대해 공부한 바가 있는, 엄밀하기로 유명한 건축가 H와 아침에 문자와 통화를 주고받으며 정확을 기해 놓았어요. 인터넷에도 안 나오거나 잘못 나와 있는, 그의 집요한 근성으로 추적되어 제가 당신에게 알린 것은 예를 들면 이런 것이었어요.

서울역에서 출발하는 철로 경의선은 애초에 건설된 용산역 출발 경의선보다 10여 년 늦게 만들어졌다고 해요. 용산역에서 출발하는 경의선은 러일전쟁이 발발하던 1904년 건설이 시작되어 1906년 완공되었는데, 시작 지점에 노선상 문제들이 보였던지 우회구간을 1921년에 건설했다고 합니다. 그래서 오늘날 철도 오타쿠들 사이에서는 '서소문 드리프트'라고 불릴 정도로 아주 급하게 도는 서울역 출발 경의선 우회구간이 생긴 것인데, 이 노선에 있는 우리나라 최초의 터널들이 아현터널과 의영터널. 그러니까 이 터널의 역사는 1906년 시작이 아니라 1921년인 것이지요. 인터넷 정보에는 이 터널들의 역사가 다 1906년으로 나와요. 교차 확인이 필요한 부분이에요.

그리고 충정아파트 건너편에 보이는 미동아파트는 1969년 지어진 건물인데, 그 이전 이 터에는 1940년 일제 강점기 때 경성 대화숙이라는 이름의 아파트가 있었고 이 건물은 야마토아파트라는 이름으로 월북 문인 김남천의 소설 '경영'과 '맥'의 배경이 되었다는 이야기.

우리는 이런 것들로 연결되어 있다고 느껴요. 철도로 지역과 지역이 이어지고, 아파트로 사람과 사람이 이어지고, 터널로 산 이쪽과 저쪽이 이어지고, 이런 재미난 이야기들로 그 시대의 사람과 이 시대의 사람이 이어지거나, 이런 이야기를 좋아하는 사람들끼리 연결되는 것이지요. 아무튼 저는 정확을 기한 이야기들이 흐트러질세라 도시 해설사인 양 사명감에 차서 거리를 누비며 당신에게 차근차근 말해드렸어요. 당신은 흥미를 느끼는지 알 수 없는 얼굴이었으나.

성요셉아파트를 거쳐 약현성당 경내로 들어갔어요. 당신은 이 성당은 와 본 바가 있다고 했지요. 이 성당에 속한 최양업홀에서 봄이 오면 인근 주민과 직장인을 위한 정오음악회를 열고, 신입 후배들을 데리고 몇 번 음악회에 온 적이 있었다고 했습니다. 최양업(1821-1861)이라는 사람은 조선 철종 때 순교자로,

김대건 신부에 이어 조선의 두 번째 신부가 되어 상해에서 어렵사리 입국했으나 12년에 걸친 전도활동 끝에 과로로 쓰러져 마흔에 생을 마쳤다는데, 음악에 깊은 조예가 있었다고 하지요. 그래서 현재 가톨릭음악대학원으로 쓰이는 건물의 음악홀에 최양업홀이라는 이름이 붙게 되었다고. 홀은 아담하고 적절한 크기에, 무대에 파이프오르간이 놓인 아름다운 공간이었어요.

인근의 거리와 부속 홀까지 다 돌아보고 나서 우리는 마침내 그날의 대단원인 듯 약현성당 본당에 이르렀어요. 성당의 옆문을 열고 들어가니 스테인드글라스로 늦겨울 햇살이 들어오는 자그마한 실내. 당신과 나는 말없이 칸도 열도 다른 의자에 각각 떨어져 앉았어요.

이 성당은 1998년 첨탑 일부만 남기고 불타는 불운을 겪었으나 100년도 더 전이던 1891년의 원 설계도가 남아있던 행운으로 그대로 다시 복원된 건물인데, 옛 느낌이 거의 완벽에 가깝게 남아있는 느낌이에요. 원 설계도의 훌륭함, 그 설계도 복원의 훌륭함, 복원하고자 한 마음가짐의 훌륭함 등 여러 복합물이라고 하겠어요. 프랑스 니스 옆의 방스에 있는 마티스성당이나 바르셀로나 인근 마을에서 본 가우디의 작은 구엘성당 같은 곳과 비교하기는 어렵지만, 그에 버금가게 훌륭한 외모와 표정을 가지고 있다는 생각이에요.

2000년대 초쯤 서초 성당에서 세례를 받은 이야기, 혜화동 금녀의 집으로 새 사제들에게 강의를 하러 갔다가 당시 나락에 떨어져 있던 내가 오히려 좋은 기운을 받고 돌아온 이야기,

강의 섭외를 해왔던 새 사제들의 반장 신부가 마침 내가 살던 동네 성당으로 부임해 와서 이미 냉담에 들어섰던 나를 냉담에서 풀고자 부단히 애썼던 이야기, 냉담은 안 풀고 그 몇 살 어린 신부님과 내내 동네 포차에서 술만 마시다가 이제까지도 20년째 좋은 술친구로 지내는 이야기, 냉담의 큰 요인이 미사 중 우는 어린 두 아들에게 한 번 줄 법도 하련만 영성체를 절대로 내주지 않던 성당의 냉정함이었다는 이야기는 하지 않았어요.

평화롭고 작은 침묵 속에 좀 앉아있다가 제가 그저 앞의 제단을 본 채 물었어요.

"제가 성당에서 들었던 목소리가 뭘 거 같아요?"

스스로 답하기 위해 그렇게 비껴 앞에 앉은 당신에게 물었던 것이겠지요.

"……."

"네 마음이 지옥인 채로 사는 것도 죄이니라."

저는 그러니까 세례도 받기 전인 1999년, 문제투성이로 절벽에 봉착해 어쩔 도리 없이 괴롭기만 하던 세기말, 옛 동네 성당에 가 혼자 덩그러니 앉아있다가 마치 하늘로부터 계시를 받듯 이 문장을 들었던 겁니다. 이건 누가 흉내 내어 말하기도, 어린 시절 글짓기하듯 지어내기도 힘든 문장인 것이지요. 그러니까 어떤 절대자의 목소리라고 여길 밖에요. 그리고 영악하게도 저는 이 거룩한 목소리에 힘입어 착착 제가 하고 싶던 대로 엄청난 일들을 해나갔지요. '이건 세기말의 절대자가 절망에 빠진 속세의 어린 양에게 던진 메시지다'라고 속으로 되새기면서. 내 마음이 지옥을 벗어나는 방향으로. 별들이 수십 개 정도 똑바로 서게 되는 날 이루어질 법한 여러 일이 이때 제 계획으로 착수되고 수행되었습니다. 그리고 저는 그 혹독한 대가를 이후 몇 년에 걸쳐 치렀고, 그 와중에 세례를 받고 성당에 몇 번 나간 냉담자가 되어 이후 새 사제들이나 명동성당 신자들에게 강의나 나가다가 졸지에 신부님과 술친구를 하고 있습니다.

이것이 성당과 저의 관계입니다. 성당은 제게 '문제의 절벽'을 '문제의 문턱'으로 밀고 나가게 해준 목소리라고 할 수 있겠습니다. 그 관계에는 후회가 없습니다. 그때 그 목소리가 나를 속였다느니, 잘못 들었다느니, 더 큰 지옥이 왔다느니, 엄살은 떨지 않았습니다. 결국 제가 한 일이니까요. 그 고난의 터널이 제게는 한 세기를 지난 아현, 의영터널처럼, 이전의 나와 지금의 나를 같으면서도 다르게 이어준 운명 같은 일이라고 여깁니다.

그러니까 이 세상의 주류로 살기를 지향하며 성실히 그 노릇을 이어가던 제가 비로소 균열을 온 마음에 가진 이단자, 국외자의 모습으로 쓰러질 듯 찾아든 성당은 저에게 고독의 모델하우스가 아닌 구원의 모델하우스가 되어주었고, 침묵이 아니라 결단과 행동을 재촉하는 꽹과리 역할을 하였다고 할 수 있겠습니다. 그 꽹과리는 결단과 행동으로 이어진 이후의 제 삶에서도 여전히 이단자나 국외자로서의 내면을 굳게 다지도록 촉구합니다. 이만하면 성당은 제 본분을 다한 게 아닐까요? 성당의 종소리는 유행가만이 아니라 저 같은 냉담자, 유사 이단자, 삼류 국외자의 마음속에서도 자주 경건하게 울려 퍼집니다.

러시아의 첼리스트 므스티슬라프 로스트로비치(1927-2007)는 바흐의 무반주 첼로 모음곡 중 마지막 6번을 각별히 사랑했다고 합니다. 이 곡은 가히 엄청난 기교를 필요로 하는데 그것을 통과하고 나면 햇빛처럼 눈이 부시지요. 햇빛과 승리의 음조인 D장조로 시작하는 이 곡을 로스트로포비치는 '솔로 첼로를 위한 교향곡'이라고 칭하며 이렇게 써놓았어요.

"이 곡의 시작을 들으면 화창한 날이 연상된다. 이 곡을 들을 때마다 나는 항상 종소리가 울려 퍼지는 화창한 날 성당에 들어가는 꿈을 꾸어왔다."

2007년 4월 27일 세상을 떠난 로스트로포비치는 자신이 가장 좋아하던 곡에서 연상했던 대로 화창한 봄날 종소리 울려 퍼지는 성당에 죽어서 들어갔어요. 성당은 시작하는 곳, 돌아가는 곳이기도 하지만, 이처럼 들어가는 곳, 저처럼 찾아드는 곳, 숨어드는 곳이기도 해요.

당신이 성당에 대해 덧붙인 마지막 문장 "당신은 그럴 수 있을 것 같아요"는 제가 태어나 들어본 가장 과한 찬사입니다. 물론 가능태라 할지라도. 가능태로라도 당신이 그렇게 쓴 데에는 제 내면의 어딘가에서 그것을 지향은 하고 있는 기미를 보았기 때문이리라 추측해 봅니다. 세상의 주류가 되기를 열망했던 예전의 그는 어쩌다가 내면에 성당을 짓는 이단자가 되기를 자처하는 지금의 그가 되었을까요?

절대자의 뜻이 궁금합니다. 신성한 믿음을 도외시하는 이를 그래도 애처롭게 여기는 신이 있다면 그에게는 성령이나 천사가 아니라 사람을 보낼 것 같았거든요.

“지축을 뒤흔드는 관계의 지진 속에서 단련 받으라. 산산이 쪼개진 마음 한 조각 붙들고 수양하다가 어렵고 긴 터널을 통과하는 자 구원의 가능성 있으리라.”

이 말은 터널처럼 너무 길고 어려우니까, 성당은 20년 전처럼 간명한 문장으로 그에게 목소리를 들려주고 있는지 몰라요.

“자기 내면에 성당을 지니고 있는 사람이 좋지 않아요? 당신은 그럴 수 있을 것 같아요.”

사운드 오브 뮤직

가장 많이 본 영화 중 하나를 꼽으라면 제일 먼저 '사운드 오브 뮤직'이 생각난다. 어린 시절 극장에서 온전히 한 편을 봤을 테지만 예전 〈주말의 명화〉 시간에도 봤고 요즘도 영화채널을 돌리다 하고 있으면 또 앉아 끝까지 보게 되는 걸 보면 내가 이 오래되고 따뜻한 영화를 참으로 좋아함에 틀림없다. 커튼을 떼어내 만든 그토록 아름다운 옷을 세트로 입고 노래를 부르는 남매들이며 마지막 장대한 알프스를 넘는 가족의 모습이며 뭐 하나 버릴 것이 없는 영화이지만 그 가운데에서 내가 제일 기다리고 좋아하는 장면은 따로 있다. 바로 수녀님들이 나오는 장면이다.

대령의 약혼녀로부터 은근하면서 노골적인 모욕을 받고 수녀원으로 되돌아온 마리아의 모습을 보고는 대번에 모든 걸 눈치챈 원장 수녀님이 불러주는 그 따뜻하고 힘 있는 노래(진정한 권위는 이토록 눈치 있고 빈틈없고 따스하고 그래서 눈물겨운 것이다) 장면과 마리아의 결혼식 날 식장 밖 철창 너머에서 '마음으로부터의 들러리'가 되어준 수녀님들의 모습, 그리고 군의 눈을 피해 숨어든 수녀원에서 위기의 순간을 맞아 급하게 차를 타고 가족이 도주한 뒤 마음을 졸이며 문을 걸어 잠근 원장 수녀님에게 두 수녀가 짐짓 진지한 표정으로 '죄를 지었다'며 군 차량에서 빼낸 부속품을 수녀복 속에서 꺼내 보여주는 장면은 봐도 봐도 질리지 않는다. '사운드 오브 뮤직'에 나오는 이 수녀님들만큼이나 귀엽고 사랑스러운 수녀님들을 나는 실제 생활에서 만난 적이 있다.

2000년 즈음 여러 곡절 끝에 나는 교리 공부를 마치고 세례를 받게 되었다. 6개월간 일주일에 한 번씩 교리 공부를 했다고 해서 신에 대한 굳건한 믿음이 생겼다고 할 리 만무하건만 다음 주 세례를 받게 되었다고 했을 때 내가 든 생각은 '이래도 되나'였다. '날 뭘 보고 세례를 주신다는 거지?' 회의하면서도 세례명이라는 것을 골랐는데, 살면서 아직 만난 적이 없는 '제르뚜르다'이다. 대학자로 훌륭한 업적을 남기고 평생 결혼하지 않은 채 혼자 삶을 마감한 독신 여성이라는 것을 읽고는 바로 선택해 내 이름이 되었다. 하지만 냉담자로 지낸 지 오래된 요즘은 갑자기 세례명이 뭐냐는 질문을 받았을 때 가끔 '이름이 뭐였더라. 뚜뚜르뚜 뭐였는데……' 하며 생각이 나지 않는 어려운 이름이다.

어려운 이름보다 더 어렵고 힘든 때였다. 일주일에 2박 3일만 여섯 살, 네 살인 두 아이들을 만나고 있었던 때, 다섯 밤낮은 헤어져 지내던 때. 겨울이었고 아이들과 셋이서 성탄 미사에 갔던 밤이었다. 내가 세례를 받은 서초 성당 마당엔 아이들이 좋아할 만한 작은 놀이터가 있었는데, 초저녁쯤 미리 도착해 아이들은 그곳에서 신나게 놀았고 인근에서 저녁식사를 마치고 미사에 참석하자 아이들은 둘 다 곯아떨어지고 말았다. 놀이터에서 놀 때에도 지나다가 아이들을 들여다보고 말 붙여주시던 수녀님들이 계셨다. 성탄절에 아빠 없이 엄마와 셋이서만 와있는 아이들에 대해 아무 물음 없이 편하면서도 배려 깊게 대해주고 계시다는 느낌으로 따뜻했는데, 미사가 끝나고 잠든 두 아이를 어쩔 줄 몰라 하고 있는 내 곁에 어느새 아까 본 수녀님 몇 분이 가까이 와계셨다. 〈사운드 오브 뮤직〉처럼 위기의 구출작전은 아니었지만, 깜깜한 밤 수녀님들과 아이 엄마는 누가 엄마라 할 것 없이 늘어진 실한 두 아이와 그에 딸린 짐들을 업고 안고 실어 차로 날랐다. 영화를 다시 볼 때마다, 내가 좋아하는 그 장면이 나올 때마다 난 그 밤을 떠올린다. 일사불란하게 다정하고 고요했던 작은 행렬을. 주의 깊고 사려 깊고 일말의 수선스러움도 없었던 성탄의 수녀님들을. 입김이 나오는 차가운 밤공기 속에 따스한 인사를 나누고 돌아오면서 생각했다. 내가 이 좋은 분들과 같은 '안'에 있구나.

그러나 그 '안'의 안온함은 오래가지 않았다.

나는 이사해 이촌동 성당을 다니면서도 여전히 미사포를 쓰지 않았다. '미사 때에, 여자 신자가 쓰는 머리쓰개'라고 뜻풀

이가 되어 있는 미사포. 왜 여자만 미사포를 쓰는지 알 수 없었다. 수녀도 강론할 수 있게 되는 날 쓰겠다고 마음먹었다. 아니 이 말은 거짓이다. 그날은 내가 살아있는 동안은 오지 않을 것을 알기에. 21세기가 되었다 해서, 남녀평등을 대놓고 이야기하는 시절이 왔다고 해서, 수천 년의 전통과 관습이 하루아침에 바뀔 리 없다. 그것도 가장 보수적인 종교세계의 관습이 아니던가. 마음먹은 것이 아니라 홀로 그 거대하고 강고한 세계를 향해 으름장을 놓았을 뿐이다. 혼잣말에 불과한 수사일지라도, 이 말은 참이다. 별건 아니지만 나는 안 쓰겠다는 말이다.

코로나 시대 마스크를 쓰지 않은 시민의 출입을 거부하는 업소들과 달리 미사포를 쓰지 않은 여자 신자의 출입은 성당이 허용했기에 나는 미사에 참여할 수 있었다. 주말에 이촌동에 오는 아이들과 함께였다. 가끔은 성당 내 어린이 공간에서 놀게 하고 혼자 미사에 임했지만 주말에만 보는 엄마를 아이들은 한시도 떨어지고 싶어 하지 않아 조용할 것을 다짐 받고 같이 앉아 미사를 보았다. 문제는 영성체였다.

혼자 나가 무언가를 입에 받아먹는 엄마를 아이들은 처음 보았을 것이다. 늘 자기들의 입에 무어라도 먼저 먹이고 나서 자신의 밥을 먹는 엄마가 혼자 뭘 입에 물고 자리에 돌아왔는데 국물도 없는 경우를 본 적이 없는 아이들은 서럽게 울어댔다. 지금 생각해 보면 그게 꼭 먹는 문제여서가 아니라 어떤 특별한 의례 속의 엄마가 낯설어서였을 수도 있겠다. 미사포를 쓰지 않은 초짜 여자 신자인 난 "이건 예수님의 살이야"라고 경건하게 말할 자세도 되어있지 않았다. 그 말을 들었다면 아이들은 사람의 살을 먹은 엄마가 무서워 더 크게 울었을지도 모른다.

이촌동 성당엔 서초동의 수녀님들처럼 어려움에 처한 엄마를 도우러 조용히 다가와 준 수녀님들이 계시지 않았다. 가까스로 아이들을 달래고 서둘러 자리를 떠난 후 젊은 신부님 혹은 수녀님께 사정을 말씀드리고 조심스레 여쭤보았다. 혹시 영성체 때 아이들에게 예수님의 살을 조금만, 정말 아주 조금만 나눠주실 수는 없는지. '이 불쌍한 아이들'이라고 표현하진 않았지만 그런 이기심이 없지 않았을 것임을 인정한다. 정말 어렵게 여쭤보았지만 원칙적이고 손쉬운 답변을 들었다. 세례를 받지 않은 사람은 애든 어른이든 영성체를 할 수 없다고. 그런 적은 한 번도 없으며 어떤 예외도 없다고.

진부한 이야기의 정해진 수순처럼, 아니 거두절미한 말도 안 되는 결말처럼, 혹은 울고 싶은데 뺨 얻어맞은 보잘것없는 주인공처럼, 나는 냉담자가 되었다. 차갑게 식을 뜨거운 신심이 고이기도 전에. 내 아이들에게 먹을 것을 주지 않았다고 마음에 앙심을 품은 못난 어미마냥. 나의 회의대로 애초에 나 같은 사람에게 세례가 과분한 것임에 틀림없었다. 신은 나를 믿으시면 안 되는 거였다.

신과 함께 안에 있으려던 나는 어느새 또 바깥이다. 보통의 가정에서 나왔고 회사를 나왔고 성당을 나왔고 또 어디를 나왔더라? 꼭 어디를, 어디로부터, 나오지 않았는데도 왠지 늘 바깥에 선 느낌을 가지고 살고 있다. 왜인지를 곰곰이 따져본 적 있었으나 결론을 내기 어려웠다. 아름다운 행렬이 있었던 그 눈부신 밤 느꼈던 '안'의 달콤함은 그러나 사라지지 않았다. 바깥에서 오히려 안을 느낀다고 할 수 있을까. 뫼비우스의 띠처럼 바깥과 안이 따로 없는 '끈우주'에 산다고 할 수 있을까.

어디로부터 나와야 할지, 그저 견디고 머물러야 할지를 고민하던 그때 방배 성당에 앉아 들었던 어떤 목소리. 음악의 소리(sound of music)는 들을 수 없었지만 나는 감히 신의 소리(voice of god)를 들었다고 느꼈다. 그 신은 안과 밖을 구별하지 않았고 남과 여의 차별을 참고 살라 하지 않았으며 오히려 머무는 것을 적극적으로 죄 삼음으로써 바깥으로 나오려는 이의 마음을 헤아릴 줄 알았다. 어떤 자동차는 출발시키지 못하도록 부속품을 훔쳐내는 이를 용서하며, 독신의 성직자로 하여금 맘껏 세속의 사랑을 출발시키라고 독려하는 '상대방의 입장에서 생각하는' 신이 있다고, 대문자가 아니라 소문자로 자신을 낮추는 신이 있다고 나는 믿는다.

그 존재 혹은 섭리인 신은 저 너머 평행우주에서 우리 우주의 신의 모습과 다르면서도 같은, 변형된 사각형처럼 마름모나 평행사변형의 모습을 하고 있을지 모르겠다.

소설-미지의 자아

이 글을 쓰기 시작하는 날짜를 써놓고 보니 참으로 매끈하다. 20220220. 둘 아니면 없는 수. 꽤 큰 규모의 짝수. 나는 이런 숫자와 어울리지도 않거니와 좋아하지도 않는다. 나는 나 자신을 홀수 중에서도 완결이자 동시에 시작인 3도 아니고, 뭔가 안정된 느낌의 5도 아니고, 행운의 7도 아닌 9쯤 되거나, 자기 자신과 1이 아니고는 나누어지지 않는 소수 13쯤 된다고 여긴다.

숫자 2는 그 생긴 모양 때문에 흔히 '오리'라고 불리며, 그 짐승은 늘 짝지어 다닌다니 '둘'이라는 의미에서도, 홀수보다 안정된 짝수에 어울리는 칭명이라고 할 수 있겠다. 9 혹은 13은 그런 짝이나 무리에 끼어 지내면서 왠지 모르게 늘 외롭다고 느꼈다. 나와 비슷한 영혼의 오리는 어디에 있는가. 있기는 한 것인가. 그런 구체적인 문장이라도 떠올릴 수 있었다면 그토록 우울감을 느끼진 않았을 것이다. 세상의 허무, 관계의 무상함, 가

습속의 열정, 알 수 없는 이질감, 그 밖의 표현 못 할 것들이 합쳐져, 그저 엉클어진 실타래 같은 마음으로 어린 시절과 청소년 시절, 그리고 20~30대를 보냈던 것 같다. 가끔 방 밖으로 나오지 않거나 아무 이유도 없이 몇 시간 내내 눈물을 쏟으면서, 그런 마음으로 친구를 만나고 연애를 하고 결혼도 하고 아이마저 낳았다.

어느 날 초등학교를 다니던 아이들이 어버이날 학교에서 으레 하는 행사로 카네이션이나 작은 조각 작품을 만들어왔을 때 아이가 거기 새긴 글씨는 놀랍게도 이러했다.

"아빠 엄마, 사랑합니다. 태어나게 해주셔서 감사합니다."

난 태어나 한 번도 한 적이, 아니 든 적이 없는 생각이었다. '태어나게 해주셔서 감사'한 마음이란 어떤 거지? 학교에서 제시한 모범 문구 같은 게 있었던 건 아니었을까?

조심스럽게 아이에게 물었다.

"……진심이니?"

"태어나서 사는 거 너무 좋잖아요. 엄마 아빠가 나를 태어나게 해주셨고요."

아이가 성숙한 어른처럼 답했던 기억이 난다. '그래 맞다 맞아' 이렇게 동조했다기보다는 아이들은 내 비관적 사고를 닮지 않아 정말 다행이라 여겼고 다른 게 아닌 바로 그것에 감사하며 고개를 끄덕였다.

이러하던 내 생에 전환점이 있었다면 언제일지 생각해 본 적이 있다. 자주 생각하는 건 아니지만 그 자문에 대한 대답은

'그날 그 집 문을 열고 들어갔을 때'라고 할 수 있다. 사실 '소설'에 대한 글을 이렇게 시작하고 싶진 않았다.

소설은 술집이다.

내가 강의를 맡았던 서울대학교 말하기 수업이 확대되면서 내가 초빙했던 선배에게 강의계획서와 참고문헌은 물론이고 나의 15주 강의안 파일을 모두 깨끗이 공유했을 때, 그 선배는 '좀 더'를 요구했다. 원래의 프린트 내용에 내가 수기로 설명을 꼼꼼히 적어놓은 강의안 복사본을. 뭘 요구할지 아는 그가 좀 얄미웠다. 강의안 보답으로 저녁을 사준다기에 당당하게 나가 밥을 먹고 강의 얘기를 나누다가 선배가 2차를 가자고 했다. 그래서 좇아간 곳이 인사동 B빌딩 지하에 있는 술집 '소설'이었다.

'삐걱'

이라는 소리라도 났을 거라고 지금은 추측한다. 아주 느린 화면이었을 것도. 결론적으로 그 안에는 내가 그리도 찾던 나와 동류인 오리들이 있었다. 미운 오리 새끼와 백조라고 쓰고 싶지 않다. 살면서 그전까지 만난 게 집오리라면 그 지하에는 야생오리들이라고 할까? 짝이 없거나 있어도 없는 듯 외로운 오리들. 보통의 짝을 짓기 위해 애쓰거나 그것을 지키는 데에 별 관심이 없는, 다른 별에서 온 듯한 존재들.

문을 열고 들어서던 첫 순간에 냄새가 났다. 영업시간 제한이 있던 때도 아니어서 문을 걸어 잠근 채 비밀 영업을 하고 있는 것도 아닌데 그 문안은 내가 그전까지 살던 세상과 완전히 단절된 채 다른 시간이 흐르고 있다고 느꼈다. 그 냄새는 그날 그 안에서 다른 시간을 살고 있는 듯 보이던, 그리 많지 않은 존재들이 풍기는 냄새였다. 바깥세상에서는 후배의 강의안까지 후려치며 정상적으로(!) 살던 선배가 자기가 언제 그런 사람이었냐 싶게 그 안의 사람들과 인사 나누고 나를 소개해 주었다. 술을 꽤 마셨을 텐데 나는 술에 취하지 않았다. 그 새로운 냄새는 낯설고 향기로운, 처음 마셔보는 각성제에 가까웠다. 내 머리와 가슴을 후려쳤다. 그 달콤한 아픔에 취했다.

주인은 제주 소설을 운영하러 내려갔다고 하고 단골 중 한 사람이 대신 맡고 있던 그 술집을, 이후 선배한테는 연락도 하지 않고 나 혼자 다녔다. 안될 것이 뻔했던 제주 소설을 접고 서울로 올라온 주인장 염기정 언니와도 반갑게 조우하고, 풀 방구리에 쥐 드나들듯 문턱이 안 닳을세라 소설을 드나들던 나는, 어느덧 나더러 치사하다고 말하는 선배를 제치고 소설의 '주요 인사'로 등극했다. 세칭 '소설의 인테리어'라 불리던 주요 인사란 자주 밤늦게까지 그 문안에 머무는 자를 말한다. 간단하게 표현하자면 혼자 밤늦은 시간에 그 문을 열고 들어오는 자를 말한다.

그 이전에도 주인의 경제 사정 등등으로 이전이 잦았다는 소설은 이후에도 인사동 한옥으로, 재동초등학교 뒤로 이전을 거듭하다가 문을 닫았다. 일간신문에 문 닫은 소설을 두고 단골들의 잇따른 칼럼이 실렸고 그 내용은 태국으로 떠난 주인의 행보를 축하하는 마음이 삼분의 일 정도, 갈 곳 잃은 큰 서운함을 느끼는 마음이 삼분의 이 정도였다. 다행히도 모두의 추억이 다

마르기전에 주인은 2년여 만에 돌아와 다시 인사동에 '소설 6'을 재개봉했다. 그러던 것이 이번에는 인사동 개발 붐에 휘말려 장소를 잃게 되어 전주로 떠나 '소설 7'권이 나오게 되었다.

이토록 분분한 술집의 역사라니!

이 같은 소설 역사의 분분함 속에 이전의 분분했던 내 마음은 조금씩 갈피를 잡아갔다. 말로는 아이러니 같지만 실상은 명백한 인과관계가 있다. 마음에 난 네 개 창의 여닫음으로 설명해 보고 싶다.

휴먼 커뮤니케이션 분야에서 언급되는 '조하리의 창(Johari's window)'이라는 것이 있다. 두 심리학자 조셉 러프트(Joseph Luft)와 해리 잉햄(Harry Ingham)의 이름을 합성해 만든 용어로 이 두 학자가 1955년 개발해 내놓은 인간관계의 분석틀, 네 가지 자아에 붙여진 이름이다. 가로로 둘 세로로 둘, 투 바이 투 매트릭스에 가로에 '안다'와 '모른다', 세로에도 '안다'와 '모른다'를 놓고, 가로축의 주체는 '나', 세로축의 주체는 '타인'을 설정하면 네 공간이 나온다. 눈앞에 그려본다.

좌상 공간은 나도 알고 남도 아는 '열린 자아(open self)', 우상 공간은 나는 모르고 남은 아는 '눈먼 자아(blind self)', 좌하 공간은 나는 알고 남은 모르는 '숨겨진 자아(hidden self)', 우하 공간은 나도 모르고 남도 모르는 '미지의 자아(unknown self)'로 구분된다. 나는 모르고 남은 아는 눈먼 자아는 타인의 피드백을 통해 나도 알게 되는 열린 자아로, 나는 아는데 남은 모르는 숨겨진 자아는 나의 자기공개(self-disclosure)를 통해 남도 알게 되어 열린 자아로 나아간다. 그 각각의 순간을 자신의 경험에서 떠올릴 수 있을 것이다.

연애를 시작하던 어느 날 "난 이러이러해"라고 자기 이야기를 하며 나 자신의 내면을 공유하던 시간은 숨겨둔 나를 열린 나로 만들었던 시간이며, 밤 깊은 어느 순간 친구가 "넌 이럴 때 참 냉정하더라"라는 말로 나의 폐부를 찔러 자신을 돌아보게 되었던 때는 눈먼 '나'가 열린 '나'가 되는 순간이다. 인간이 살아가는 과정은 이 측면에서 보면 상호 소통을 통해 자신의 열린 자아를 확장해나가는 과정이라고도 할 수 있다. 소통을 잘하는 사람은 원활한 소통을 통해 열린 나의 영역을 넓게 지녔다. 구분되었던 자아들 사이에 창이 열리고 열린 자아 쪽으로 시원한 바람을 따라 나아가는 것. 이 분야의 학문은 열린 자아의 확장과 만족감 등을 면밀히 관찰해 자신의 소통 능력에 대한 메타인지를 돕는다. 물론 열린 자아의 면적과 만족감의 상관관계는 사람마다 차이가 있다.

나는 커서 택한 직업과 상반되게 어린 시절 수줍고 말 없는 아이였다. 활발히 대화하기보다는 말을 주고받는 일이 몹시 힘들었던 기억이다. 열린 자아의 면적은 아주 작은 편이었을 것이다. 뭐 듣는 게 있고 내보이는 게 있어야 넓어지는 것일 터. 그래서 엉킨 실타래 같았을까. 세상과 나는 규명되지 않는 느낌일 수밖에 없었다. 내보이는 것을 주저한 데에는 수줍음만이 이유는 아니었을 것이다. 내보이면 야단맞거나 이상하게 보이거나 참 다르다는 피드백을 받을까 봐 두려웠던 예감이 있었으리라. 어쩌면 필립 로스의 소설《울분》의 주인공 마커스처럼 전쟁이라도 있었다면 나가서 울분을 삭였을지도 모르겠다. 그런 채로 스물을 넘기고 서른을 넘겨서 소설로 들어가, 내가 내보인 적 없는 나를 내보여도 야단 없이 이해하고 기탄없이 동류로 여겨주고 내가 몰랐던 나를 깨닫게 해주는 친구들을 만났다. 나는 시원하게 열린 내 자아를 끌어안고 기쁨의 눈물을 흘리는 대신 그 눈물의 힘으로 그곳과 그곳의 사람들을 사랑했다. 사랑하지 않을 수 없었다.

이토록 분분한 술집과의 관계라니!

이 글의 끝에서, 위에서 제대로 언급하지 않았던 '미지의 자아'에 대해 말하려 한다.

나도 남도 모르는 미지의 자아는 술 많이 마셨을 때, '약'이란 걸 했을 때 등등 소위 뚜껑이 열렸을 때 잠시 감지된다고 한다. 그러니까 일반 건강한 소통의 영역에서는 영 제외되는 부분이다. 조하리의 연구에서도 도외시된 이 우하 영역에 대해, 술집 소설에서 학자도 아닌 내가 독자적으로 깨달은 것이 있다. 인생의 세 번째 창은 열린 자아에서 미지의 자아로 열린다는 것. 눈먼 자아에서 열린 자아로, 숨겨진 자아에서 열린 자아로, 이 두 개의 창이 먼저 열려서 흐르게 되면 열린 자아는 개선장군처럼 드넓어지지만 흘러서 많아진 열린 자아와 흐르고 남은 다른 두 공간의 합의 총량은 같다. 그러나 그 넓어진 열린 자아가 개선장군임을 유보하면서 즐겁게 소통하기 시작하면 그 열린 자아가 한 번도 열어보지 않았던 방향으로 창을 내게 된다. 대각선으로 난 창문. 그 미지의 자아로 창이 열리면, 에너지 열역학 법칙의 예외처럼 알고 있는 '나'와 몰랐던 '나'가 오가면서 결합하여 면적이든 무게이든 그 합이 '꽤 영원히' 증가한다고 느낀다. 우하 영역과 좌상 영역은 제한되어 있지 않다. 몰랐던 미지의 자아의 마지막 창이 무한대의 온 방면으로 열리는 순간이다. 문자 그대로 '고양'이다. 나도 모르는 새 나는 든든한 뒷배경과 함께 '태어나 사는 것이 감사한' 인간이 되어있었다. 그 든든한 뒷배경은 사실 내가 미처 몰랐던 나, 실은 내 안에 있던 나일 뿐이다.

염기정 언니는 내 아버지가 돌아가셨을 때 조문을 왔다가, "누구신지?"라고 인사를 건네는 엄마에게 "정아 단골 술집 주인입니다"라고 엄정하게 답해 조신한 엄마를 놀라게 했다. 나의 늙으신 엄마가 미처 모르고 있을 자아도 말 달리는 너른 들처럼 확장되기를, 그 창이 닫히지 않기를 바란다. 우리 모두의 알지 못했던 자아들이 저마다 자신의 저 바닥에서 풀려나와 개성 있게 넘실대는 세상에 살고 싶다.

오치균의 뉴욕뉴욕

그날 오치균의 전시를 보러 갔었다. 일부러 갤러리 현대를 찾은 건 아니었다. 밀리는 길 삼청동으로 들어가다 전시회 간판 〈소외된 인간〉을 보았고 일주일 전쯤 신문에서 읽은 화가의 인터뷰 기사가 생각났다. 그래서 커피를 마시고 돌아 나오며 화랑을 들어갔었다. 보는 내내 몹시 힘든 전시였다. 고독에 절은 남자의 나신이 마음을 후벼 팠다. 한번 봐야겠다 하면서도 못 보고 지나가는 전시가 얼마나 많은데, 이렇게 우연히 만나게 된 그 작가와 나 사이에는 인연이 있다고 여겨졌다.

첫아이를 갖고 돌 치를 즈음까지 살았던 부암동 집 2층 화장실 창문에서 내다보면 오래된 시골집 같은 뒷집 마당이 내려다보였다. 주부라기에는 잔디와 잡초도 구분 못 하는 신참내기 임산부가 살아, 자기 집 마당은 잔디가 웃자라고 잡초로 정신없었지만, 뒷집은 그런 잔디조차 깔리지 않은 흙마당으로 정감이

가고 볕이 잘 드는 집이었다. 나는 나날이 불러오는 수박 같은 배를 화장실 거울에 비춰보다가 거울 바로 옆에 난 좁고 긴 창문으로 노란 햇살 가득한 그 집 마당을 자주 넘겨다보곤 했었다.

그런데 어느 날 조용했던 마당이 복작거리며 새 식구가 들어온 느낌이 났다. 금테 안경을 낀 깡마른 낯선 남자의 모습도 보였다. 나중에 알고 보니 그 집은 화가 오치균의 처가였고, 오랜만에 미국에서 돌아온 딸과 사위, 손주들이 얼마간 기거한 것이다. 조용했던 마당이 활기를 띠자 괜히 몰래 내다보던 내 마음도 바빠졌는데, 무엇보다 그 남자가 오치균이란 데에 흥분을 감출 수 없었다.

난 임신 전 부산으로 〈열린 음악회〉 사회를 보러 갔다가 부산 공간 화랑에서 전시 중이던 오치균의 커다랗고 푸른 뉴욕 그림을 오래도록 바라봤었다. 나는 대개 그림은 바라보는 것만으로도 충분했고, 오래 바라보아 내 기억에 남기고 싶은 정도지, 가지고 싶지는 않다고 생각했었다. 또 보고 싶어지면 다시 가서 보면 된다고 여겼으며, 대개 그런 또 보고 싶어지는 작품이란 흔치 않았다. 설사 작품이 다시 보고 싶어져 전시회를 가려 해도 이미 끝난 뒤거나 다른 욕망에 밀려 가지 못하기도 했다. 그러면 그 그림과 나의 인연은 거기까지라고 손을 탁탁 털어버렸다. 그런데 그 오치균의 〈뉴욕 야경〉 앞에선 정말 오랜만에 소유의 욕망을 느꼈었다. 기억에 넣는 것만으로는 만족할 수 없겠는 아련하고 물컹한, 하지만 대단히 강렬한 그것.

물론 그 욕망은 충족되지 않았다. 그리고 몇 달 후 그림 대신 배에 아이를 가진 임산부가 된 채로 그 매혹적인 이름의 화가 당사자를 바로 뒷집 마당에서 발견하게 된 것이다. 나는 화가의 가족들을 시종 흘끔거리면서 마치 그의 그림이 내 집 마당 안에 들어온 양 흥분을 했다. 관음증 걸린 임산부도 아니고, 내 손에 작품이 들어온 것도 아닌데, 그 무슨 말도 안 되는 착각이란 말인지.

부산에서 오치균의 〈뉴욕 야경〉을 보고 몇 년이 흘렀던 96년 말쯤 한 잡지에 뉴욕을 수신인으로 서간 에세이를 기고한 적이 있었다. 오치균의 그림을 오랜만에 보니 다시 생각이 나 들춰 보았다. 어미부터 유치했다. 담담한 척하지만 실은 뉴욕에 억압된 거였다.

사랑의 메트로폴리탄, 뉴욕이여.

당신의 품에 세 들어 사는 깡마른 코리안 화가 오치균의 〈뉴욕 야경〉을 그대는 본 적이 있으시오?

그가 예술에 뜻을 품고 먼 하늘을 날아 당신에게로 가서 몇 날 며칠 밤을 새우며 완성했을 당신의 푸른 밤 모습. 난 그 작품을 보면서, 뉴요커이지만 영원한 이방인일 수밖에 없는 한 작가가 포착한 것은 자신이 몸담고 있는 그곳 뉴욕의 무한한 가능성과 동시에 당신의 냉정함임을 감지했다오.

당신에겐 당신의 날개 밑에서 예술혼을 불태우는 수많은 화가의 방을 일일이 들여다볼 시간이 없을 것이오. 당신은 너무 바쁘니까. 당신은 너무 거대하니까. 그러나, 당신의 신화가 그들을 불렀으나, 그들, 잡다한 세계인의 영혼과 그 영혼의 산물들로 당신의 신화가 일구어진다는 걸 당신은 인정해야 하오.

지난 9월의 마지막 날 난 그대를 찾아갔었소. 4년 전 여름 당신에게 들렀던 적이 있었지만 그때의 사흘은 그저 친구 좇아 시내 백화점들과 잘나가는 카페 등만을 훑어본 잠깐의 스쳐감이었을 뿐 당신을 제대로 만나지는 못했다는 생각이오. 미술관 한번 들르지 못한 비문화적 여행이었으나 그래도 당신의 첫인상은 세계인의 메트로폴리탄답게 강렬했었소.

그러나 이번에 당신에게 머문 엿새 동안 난 당신의 여러 모습을 만날 수 있었소. 파바로티가 출연하는 메트의 오페라와 몇 년째 롱런하는 뮤지컬, 크고 작은 박물관과 갤러리들, 고미술품이나 와인 경매가 열리는 크리스티, 화가들의 화집이나 희귀본을 파는 아름다운 서점들. 작으면서 운치 있는 호텔, 크고 웅장한 호텔, 작고 허름한 호텔. 또 식도락가를 위한 책자에 나오는 프랑스 식당부터 모닝커피와 크루아상을 셀프서비스하는 작은 식당까지. WASP들만이 모여사는 고급 주택가부터 잡다한 인종이 뒤섞여 몸을 흔들어대는 대학가 록카페까지.

이 모든 이질적인 것들의 이름이 뉴욕 당신이었소. 그곳에선 몇십 불의 돈과 부지런함만 있으면 별 호들갑 떨지 않고 세기의 테너를 무대에서 만날 수 있으며, 오페라의 유령도 볼 수 있고, 숨이 턱 막히는 마티스의 블루를 주말마다 찾아가 볼 수도, 재미나는 책과 여행을 떠날 수도 있었소. 또 기분이 그저 그런 날 밤, 나이 의식하지 않고 록카페에서 춤을 출 수도 있었소.

나는 당신에게서 사는 다양한 나의 친구들도 만났소. 최고 학부를 졸업한 후 커다란 증권회사에서 일하는 이부터 국제변호사, 사진작가, 유학생, 기자……. 그들에게선 모두 당신의 냄새가 났지만 그들 중 어느 누구도 당신 거리에서 마주치는 숱한 동양인처럼 뉴욕의 메인스트림은 아니었소.

난 당신의 품 안에서 당신의 멋진 육체를 게걸스럽게 탐닉하며 이런 생각을 해보았소. 우리 사람들이 지향하는 것은 이러한 향유의 극치인가, 아니면 그 모든 향유를 넘어선 無의 세계인가.

먼 훗날 내가 몇 년이라는 세월을 두고 당신과 깊이 사귈 수 있는 기회가 온다면 이 질문이 우문이었다는 걸 깨닫게 될지도 모르겠소. 여행객이 아닌 뉴요커로서 거대한 용광로 같은 당신 안에 녹아들어 내가 당신이 되고 당신이 내가 되는 그런 사이가 된다면, 난 감히 이런 결론을 내리지 않을까 싶소. 모든 것의 극치는 곧 無와 통해 있다고.

나를 만족시키는 모든 걸 갖고 있으면서 허무한 당신, 당신을 사랑하오.

내가 사랑하건 말건, 뉴욕은 잘 있을 것이라 생각했다. 그리고 내가 사랑하건 말건 뉴욕은 절정의 시절을 지나 쇠락의 계절을 맞을 것이다. 제아무리 도도한 도시여도 흥망성쇠의 도도한 흐름을 비껴갈 수 있는 도시는 없으니까. 오치균을 그렇게 소외시켰으니 너도 그 대가를 받아 마땅하다.

세월을 두고 깊이 사귀기는커녕 911도 지나고 많은 것이 지나간 몇 년 후 다시 들른 뉴욕의 관문 공항에서는 '이럴 바에는 세계 교류는 뭣하러 하나'하는 생각을 하기도 했다. 관문의 통과자를 잠재적 테러리스트 취급할 바에는 모든 국가가 쇄국을 하는 게 낫지 않나 하는 과격한.

뉴욕의 신산했던 생활을 고통스럽게 그려낸 오치균의 전시를 봤던 그날 서울은 아주 분위기 있게 비가 와 신록의 빛깔에 물이 올랐다. 비 내리는 모래내 시장통에서 좋은 사람과 순댓국과 모둠전에 막걸리로 아주 사치스런 저녁을 하고 돌아왔다. 난 내가 사는 이곳, 서울의 육체와 정신을 탐닉하고 있었다. 나든 서울이든 둘 중 하나는 생의 절정일지도 모른다는 생각을 했던 것 같다. 아니면 둘 다이거나.

행복에 대한 강박관념

인간이란 모름지기 행복해야 한다고 여겼었다. 행복을 추구하는 것은 인간의 고유한 권리이고 인간은 끊임없이 행복을 찾아 나가기 위해 태어난 것이라고.

가진 것을 감사히 여기고 만족스러워 하기보다는 자신을 가혹하게 다루고 무엇이든 더 잘하지 못해 안달을 부리는 나는 별로 행복이란 감정을 느끼지 못하고 살아왔다. 현재를 즐길 줄 모르는 채 더 좋은 상태의 나, 더 만족할 수 있는 나를 만들고 싶어 늘 편안치가 않았다. 조금 과장한다면 '지금'은 없고 '행복해야 할 나중'만 있었다고 할까. 그러면서 한심하게도 나는 내 삶이라는 옷감에 행복이라는 무늬를 도장처럼 퍽퍽, 그것도 빼곡히 박고 싶은 욕심이 있다는 걸 감지하지도 못하고 있었다.

그러나 좀처럼 행복해지질 않았고 이 불행이 내가 견디기 힘든 어떤 틀 때문인지, 그렇다면 그 틀을 깨고 나서야 하는지를 심각히 고민하던 즈음 성당에서 들은 목소리를 핑계로 결단을 내렸다. 박차고 나온 틀 밖에는 대개들 말하는 그만큼의 고통이 있었다. 그전까지는 남들은 몰라주는 나만의 비행복감이었다면 이제는 모두가 입을 모아 '그래, 고통스러울 거야, 넌 실패했구나'라고 말하는, 객관적 공감까지 가세한 독한 슬픔이 내 인생을 휘감았다. 아무리 진부한 고통이더라도 직접 겪는 자신에겐 그것이 얼마나 생살을 후벼파듯 아픈지를 다들 아실 것이다.

난 사실 '이혼은 실패'라는, 세상이 내건 명제를 '참'이라고 생각해 본 적이 없었다. 결혼생활이 불행하여 행하는 이혼이 성공은 될 수 없을지라도 실패는 아니라고 여겨왔던 터였다. 그러나 주변의 위로와 걱정을 한 몸에 받으며 '그래, 실패였구나'라고 스스로 인정했다. 무언가 지속되어야 할 것들을 지속시키지 못한 것을 실패가 아니라 무엇이라 하겠는가.

많은 눈물을 흘렸지만 그보다 많이, 울지 않으려 애썼다. '내가 택한 길인데 누굴 향해 어리광을 부리듯이 눈물을 뿌린단 말인가'라고 생각하며 눈물을 삼켰다. 지금도 그 당시 수없이 삼킨, 코에서 목으로 넘어가는 그 눈물의 짜고 뜨거운 맛을 기억한다. 행복은 도대체 어디에 있는 것인가, 있기는 한 것인가, 우리는 원래 행복한 존재라는 말이 맞는 말인가. 머릿속에 검은 먹구름이 가득한 시절이었다.

그러던 어느 여름날, 잔인하도록 햇살이 아름다운 오후였다. 운전을 하면서 "참 볕도 좋다"라고 한숨처럼 중얼거리기도 했던 것 같다. 나는 이렇게 어두운데 너만 빛난다 이거지라는 원망과 자조의 혼잣말이었다. 남산 3호 터널 쪽으로 직진을 하다가 경리단 방향으로 우회전을 했을 때였다. 양방향의 2차선 좁은 도로로 들어서자마자 난데없이 전에 없던 횡단보도가 나 있었고 신호에 걸려 급하게 서야 했다. 건너편 언덕에서 내려오는 반대 차선엔 커다란 트럭 한 대가 나처럼 신호에 걸려 서 있었다. 무심코 운전석을 보는데, 건장한 남자들 셋이 러닝셔츠 바람으로 조금 비좁은 듯 가득 타 있는 게 보였다. 그들은 우리가 언제부터 어른이었냐 싶은 얼굴로 다들 시원하게 하드 하나씩을 입에 넣고 무슨 재미난 이야기를 하듯이 파안대소들을 하고 있었다. 그들의 입으로 빨려 들어가는 하드처럼 난 그 장면에 넋을 잃고 빨려 들어갔다.

더운 날씨 속에 하루의 힘든 노동을 마치고 길옆 가게에서 하드 하나씩 사 물어 들었을 그들, 생계를 위해 트럭을 몰아야 하는 그들, 집에는 하루 벌이로 가장이 가져오는 몇 만원 돈에 코를 받치고 있을 아내와 자식이 있을 그들. 트럭의 무게만큼이나 무거운 삶의 신산함 속에서도 어느 순간 저렇게 밝게 웃고 있는 그들을 보며, 불현듯 내가 생각하던 행복은 강박이었음을 깨달았다.

인간은 원래 행복해야 하는 것이라고 그 누가 말했던가? 누가 우리를 그 허황되고 야무진 강박관념에 젖게 만들었는가? 우리는 다만 어떤 섭리에 의해 이곳에 와서, 어느 순간 황홀하고 어느 순간 짜릿하며 어느 순간 즐겁고 편안하다가 이내 덤덤

하거나 슬픈 인생을 살고 있음을…….

우리가 사는 이곳에는 보다 편안한 삶을 누리는 사람은 있으되 완벽하게 행복한 사람은 살지 않는다. 어쩌면 언어의 유희로 만들어낸 '행복'이란 단어에 우리 모두 놀아나고 있는지도 모른다. 우리를 늘 상대적 불행에 몰아넣는 그 추상적 개념이 아예 없었다면 우리는 좀 더 밝은 얼굴로 세상을 마주할 수 있으리라. 행복의 시원한 포기, 이것이 우리의 시작이었으면 좋겠다.

그날 트럭 안의 세 남자는, 봄 소풍 나와서는 이 나들이가 생각처럼 즐겁지 않다고, 대체 언제 행복을 주는 프로그램이 있는 거냐고 볼멘소리를 하고 있는 내게, '세상은 그런 거야. 소풍은 꼭 행복해야 하는 거니? 이 햇살을 즐겨보렴. 만약 행복이 있다면 바로 이것이야'라고 온몸으로 말해주었다.

나는 희망한다. 한줄기 햇살을 감사하게 여기게 해달라고. 무더운 끝에 떨어지는 한줄기 소나기를 달게 받게 해달라고. 나는 비로소 버렸던 꿈을 다시 줍는데, 그 꿈을 툭툭 털어 보니 행복에 대한 열망이 먼지처럼 떨어진다. 과연 가뿐하다.

집안일과 집 밖 일
—여성의 노동 신의 목요일

우리가 태어나 하게 되는 일을 전체집합으로 놓고 집 밖에서 생계를 위해, 혹은 자신의 성취를 위해 하는 일을 부분집합으로 본다면 그 여집합은 집안일이다. 집안일을 부분집합으로 본다면 집 밖 일이 당연히 여집합이 된다. 일하는 여성의 경우 집안일과 집 밖 일 중 무엇을 중심점에 놓을지 끊임없이 회의하는 것이 보통이다.

위에서 '일하는 여성'이라고 나도 어쩔 수 없이 집 밖 일을 가진 여성으로 표현했지만 엄밀히 말해 일하지 않는 여성이란 없다. 집안일은 일이 아니고 또 무엇이던가. 사회가 아무리 바뀌어도 영원히 여성의 고유 업무임에 틀림없을, 집안일 중에 으뜸인 출산을 영어에서는 labour, 노동이라는 단어로 쓰는 것만 봐도 그렇지 아니한가. 신이 에덴동산에서 선악과를 따먹은 인간들에게 진노하여 아담에겐 평생 노동과 부양의 의무를, 이브에겐 출산과 육아의 고통을 주었다지만 어떻게 진화한 연유에선지 이 시대엔 자발적으로 아담의 그것까지 둘 다를 원하는 여성이 늘고 있다.

물론 신이 우리에게 지운 짐은 역시 그의 작품이라 놀라운 데가 있다. 절정의 순간이 아니면서도 고통과 행복의 만감이 교차하는 묘미를 느끼게 해준다. 여성의 출산이나, 이즈음은 남녀가 함께 하는 노동과 육아 모두가 다 그러하다. 짐을 지고 가되 누리는 기쁨도 함께 지는 것이다.

파란만장한 역사를 거쳐 분분한 논란 속에 이제는 많은 여성들이 출산을 하였든 하지 않았든 집 밖 노동의 기쁨과 고통을 선택한다. 그러나 자신이 선택했다고 해서 어느 날 갑자기 자신의 함량이 두 배가 되지는 않아 선택의 덫에 걸린 채 마음고생, 몸 고생을 하게 되는 것인데, 이것도 창조주의 예정에 있었는지는 잘 모르겠다.

'목요일: 이브의 후신인 여자, 나가서 일하겠다고 덤비다 곧 잘못을 깨닫고 집으로 돌아옴. 본연의 임무에 충실한 채 집안일을 볼 것인가, 집 밖 일의 달콤한 성취를 맛볼 것인가를 고민하는 여자들이 늘어가지만 대세가 되지는 못할 것임. 고 달콤한 성취가 또 다른 선악과다, 요것들아.'

어쩜 신의 수첩엔 이렇게 적혀 있지 않을까.

그러나 출산과 육아, 노동을 모두 해본 나로서는 그 모두가 해볼 만한 일이라고 생각한다. 두 아이를 별 어려움 없이 쑥쑥 낳은 출산만 빼고는 육아에 있어서나 집 밖 일에 있어서나 그리 잘하고 있지 못한 형편이지만, 어떠한 처지에 있더라도 어느 하나를 위해 다른 걸 포기하는 결정을 쉽게 내리면 안 될 듯하다. 고민하고 회의하는 당신의 모습이 아름답다. 여기에서 무엇보다 중요한 것은 자신이 모든 여자 중에서도 어떤 특질을 많이 가졌는지를 먼저 파악하는 일이다. 이는 상당히 신중을 기해야 한다. 왜냐하면 자기 파악이란 것이 회피나 도피로 변질될 우려가 크므로. 드넓은 세상으로 나가기가 두려워 집안에 깊숙이 머물게 될 수 있으므로.

물론 삶의 리듬이나 불변의 진리는 집안을 돌보는 육체노동에 있다고 보인다. 여성으로 길러져 때가 되면 짝을 짓고 후세를 낳고 타고났다고 '전해지는' 모성으로 자식을 먹이고 씻기고 입히며 집안을 치우고 쓰레기를 버리며……. 마치 달이 찼다가는 기울고 어김없이 절기와 계절이 바뀌는 것처럼 우리 삶에 예정되어 있는 일들. 앞서 말했듯 이 리듬에도 자신만의 창조적 개성을 발휘하면서 나름의 기쁨과 고통이 수반되지만 사람 따라, 그러니까 여자 따라 이것만으로는 영 삶의 맛을 못 느끼겠는 경우가 있는 것이다.

그러한 당신, 일하라. 세상에 나아가 세상과 맞서라. 달콤한 선악과를 주저 없이 따먹어라. 특유의 부드러움과 탄력으로 세상을 안으라. 그러다가 힘이 들거든 하늘을 우러르며 신에게 윙크라도 한번 해본다면 신은 그러한 우리를 어여삐, 혹은 귀엽게 여겨 그의 수첩을 화이트로 지우고 새로 쓸지도 모른다.

'목요일: 이브의 후신인 여자, 나가서 일하겠다고 덤비더니 곤잘 함. 힘센 남자에게 세상을 맡기는 것보다 세상이 한결 부드럽고 평화로워짐. 집 안팎에서 힘들어하는 예쁜 것들을 위해 임신을 남자에게 맡길까 고려 중. 나의 도화지는 예정되어 있었으나 그 안의 그림은 예정되어 있지 않았다는 것을 현명한 이들이 알아주어 참으로 기특함.'

그리고 신은 이제 감히 수첩에 볼펜을 들이대지 않고 연필과 지우개를 준비할 것이다.

우리가 자식을 낳았지만 그들이 날개를 달기 시작하면 우리의 것이 아니듯, 신이 우리를 낳았으나 우리는 비상을 꿈꿀 자유가 있다.

친구, 영혼의 주소에 접속하다

"이런 말 친구끼리 하기 뭣해서 안 했었지만, 너 참 열심히 산다, 정아야."

몇 년 전 가을 학기를 앞두고 친구가 근무하는 대학에서 제의한 〈인간 커뮤니케이션〉 강의를 하겠다고 받아들이는 전화였다. 난 그 친구가 내가 열심히 사는 사람이라고 생각하고 있을 줄 꿈에도 몰랐다. 그 친구도 몰랐을 것이다. 나에 대한 그의 인정이 너무 기뻐 내가 눈물을 글썽이고, 그날 밤 오랜만에 책상에 앉아, 자신감 상실로 오래도록 덮어두었던 글쓰기를 다시 시작했음을.

친구는 이 사실도 모를 것이다. 언젠가 그의 별생각 없이 던진 말에 상처받고 있던 즈음, 이삿짐을 싸다가 그가 유학시절 내게 보내온 편지들 위에 쓰인 숱한 내 이름 석 자를 보고 섭섭한 마음이 눈 녹듯 사라지기도 했었다는 걸. 한눈에 그가 썼다는 걸 알아볼 수 있는 낯익은 글씨체를 보며 생각했었다. 살면서 몇 명이나 나를 이렇게 수십 번 편지로 찾아줄 것이며, 글씨를 보고 금세 그 사람의 필체라는 걸 알 수 있는 사람이 몇이나 되겠는가.

친구는 이것도 모른다. 그가 그토록 말리던 어떤 일을 강행하고 전후 사정을 다 아는 그 앞에서 얼마나 내가 주눅이 들어 있었는지. 겉으론 내 편이라 말하지만 속에선 독하다고 나를 비난하진 않을까, 자격지심에 왠지 떳떳지 못했음을.

그런데 친구의 칭찬 한마디는 그런 힘이 있는 거였다. 뭇사람들의 피상적인 평가보다 나를 가장 가까이에서 지켜봐온 이들의 판단이 훨씬 믿을 만한 건 당연한 일이니까. 나는 백만 원군을 얻은 듯 한동안 의기양양했다. 그러면서 칭찬이나 쑥스러운 것에 인색한 나는 내 친구들에게 이러한 힘을 얼마나 주고 있을까 생각해 보았다.

오래 두고 가깝게 사귀는 사람, 친구.

그 '오래'라는 것이 어느 정도의 기간인가는 그리 중요치 않다. 몇 년 만에 만나도 서로 반쯤 누워 얘기할 수 있을 정도로 편안한 어린 시절부터의 친구이든, 전혀 다른 분야의 일을 하기에 호기심으로 끌리게 된 사이이든, 그와 내가 지금 여기에서 무언가를 공유하고 있기에 이미 친구인 것이니까.

'소유의 시대가 종말을 고하고 접속의 시대가 오고 있다'고 선언한 사회 비평가가 있었지만, 사람 간의 관계는 애초에 접속의 관계가 아니었나 생각한다. 가족이든 친구이든 연인이든 우리는 누군가를 영원히, 혹은 일시적으로라도 가질 수 없다.

'너는 친한 친구가 몇 명 있니(소유)?'라는 질문 대신 '너는 요즘 어떤 사람들을 만나니(접속)?'라는 질문을 요즘은 더 많이 한다. 새롭게 알게 되는 친구들도 있고 친한 친구라 해서 꼭 자주 만나는 것도 아니다. '친하다'는 개념 자체가 새로이 정의되어야 할 것 같기도 하다. '통하다'의 개념이 요즘 만남의 적절한 표현이 아닐는지. 오래 알아 좋은 사이도 있지만 지금 내 상황에서 나눌 것이 많은 사람, 어느 부분 깊이 마주치고 싶은 사람, 그의 상처를 후후 불어주고 싶은 사람이 지금 또다시 만나고 싶은 사람이다. 그러한 사람들과 그때그때 접속한다.

접속의 수단은 오늘날 휴대전화기나 메신저, 이메일 등 사적 통신기술이다. '지금 뭐 하니?'라고 묻고 만나서 밥 먹거나 술 마시거나 차 마신다. 그야말로 '필이 통할 때' 만나는 것이다. 예전 같으면 만날 날을 약속하고 그날 그 시간까지는 서로를 소유했던 건지도 모르겠다. 만남도 소유에게 종말을 고하고 접속을 시도하고 있는 건지도.

직접 얼굴을 마주할 여유가 없을 때 우리는 고즈넉한 시간, 그의 영혼의 주소에 접속한다. 이 땅 위에 그의 집 주소가 아닌, 며칠 지나 도착할 편지가 아닌, 저 하늘 위에 떠다니는 그만의 영혼의 주소로. 쓰는 순간이 도착의 순간인 편지를 띄운다. 이제 친구의 익숙한 글씨체를 볼 순 없지만 그 사람만의 언어 코드에 익숙해진다. 잉크 묻힌 펜에 침 발라가며 쓴 편지가 아니라고 섭섭해할 필요가 있을까.

그러나 접속에도 예의는 있다. 서로에 대한 인정과 애정이다. 다 조금씩 다른, 심지어 내가 보기에 거의 휘청대거나 지그재그인 궤도를 돈다 해도 그것이 그의 삶의 모습임을 '인정'하는 것이다. 그리고 그 삶을 지나오면서 힘들었을 그 궤적들의 집합인 그의 현재를 '애정'하는 것이다. 내가 선도할 테니 나를 따르라고 한다든가, 복잡한 내면 대신 간편한 표피적 만남을 공유하려 한다든가, 아픈 기억에 대해 집중적인 질문 공세를 편다든가 하는 건 함께 가는 길에 예의가 아닌 것이다. 예의를 갖추고 부드럽게 문 두드리며 소통하는 가운데 인간이 별들처럼 미래로 이어지리라. 훗날 노년에 별들의 세계를 바라보며 '서로 소유하지 않았으되 많은 것을 공유한 접속의 관계'가 얼마나 고귀했는지 음미하게 될 것이다.

썸머 밸런타인

책상에 앉아 창문을 여니 후끈한 습기가 온몸을 휘감는다. 입추를 앞두고 뜨거운 여름의 열기를 식히는 비가 내리는가 싶더니 입추 이틀 뒤의 말복을 잊지 않았다는 듯 채 식지 않은 땅의 열기가 스멀스멀 집안으로 기어들어온다.

겨울에 태어난 나는 태어나던 때의 추위가 무척 싫었는지 여름의 느낌을 좋아한다. 쿠바의 아바나쯤이면 일 년 내내 이러할까? 사는 건 이런 맛이어야지, 하는 생각을 한다. 훅하는 아찔한 더위와 온몸을 휘감는 끈끈한 느낌, 비온 뒤 아스팔트에서 올라오는 비릿한 냄새에 이르기까지, 겪어내야 한다는 생각에 오히려 생생하며, 그냥 흘려보내지 않고 한순간 한순간 오롯이 기억나는.

그러나 사실 지난 7월 말의 한 주는 끔찍하게 더웠다. 오롯이 기억나는 거라곤, 이래저래 더위를 차단해 놓은 실내에서 문을 열고 나서자마자 덮쳐왔던 숨 막힐듯한 느낌들이다. 그 쨍쨍하게 내리쬐는 태양빛에 머리는 작동을 멈추고 피부는 프라이팬 위의 계란처럼 지글지글 익는 듯했다. 제아무리 뜨거운 여름의 열기를 즐기는 정열의 여인이라 해도 견디기 힘들었다. 피하고 싶었다.

이 나라에 사는 우리가 이 시간을 견딜 수 있는 건 덥다 덥다 해봤자 길어야 열흘이고 지나고 나면 시원한 바람 한 자락 불어온다는 걸 알고 있기 때문이다. 계절을 예감하는 절기가 곳곳에 숨어있다가 그것 보라니까, 내가 뭐랬냐, 하며 때맞춰 고개를 내민다.

어쩌면, 아니 어쩌면이 아니라 확실하게, 우리의 사랑에도 사계절이 있고 그것을 예감하는 절기가 있음이다. 일 년 내내 뜨거운 열대지방에 사는 사람이든, 내내 추운 극지방에 사는 사람이든 그 사랑의 순환 법칙을 알고 있을 것이다. 모른다면 배워야 하리라. 뚜렷한 사계절의 나라에서 30년 넘게 살면서 아직도 여름의 뜨거운 사랑만을 사랑이라 여겨온 나와 함께 머리 쥐어박으며 배워야 하리라.

누군가 그랬다. 사랑에 대한 두 가지 오류가 우리를 고민에 빠뜨리고 있다고. 한 가지는 사랑은 영원하다는 것, 다른 한 가지는 사랑은 유일하다는 것. 원래부터 영원하지 않은 사랑의 감정이 지속되지 않음에 슬퍼하며 이게 진정한 사랑이 아니었나봐, 하고 자책하고 다른 사랑을 찾아 떠나는 사람, 혹은 내가 분명히 이 사람을 사랑하고 있다고 여겼는데 어느 날 갑자기 찾아온 다른 이에 대한 사랑의 감정에 놀라고 당황하여 이전의 사랑을 부정하고 회의하다가 다 망쳐버리는 사람. 이 모두 그 오류에 확실히 걸려든 사람들이다.

나의 경우 인생에서 몇 번의 사랑을 기억하고 있다. 내 생긴 대로 뜨거운 여름의 사랑이다. 사랑의 여름이 끝나갈 무렵 그 사랑은 가을을 거부하고 끝났다. 열매를 맺지 못한 것이다. 학습의 소산인 현재의 나는 그러니까 훅한 더위처럼 숨 막히고 아찔하며 온몸에 휘감겨야 사랑이라 정의 내리고 한 자락 시원한 바람이라도 불어오면 이게 더 이상 사랑이 아닌 게지, 하며 슬프게 그 감정을 마감한 것이다. 가을을 거부한 사랑, 그래서 열매를 맺지 못한 사랑, 추운 겨울 도란도란 서로의 몸을 녹여주며 성하(盛夏)의 기억을 반추해 보지 못한 사랑, 오직 여름뿐이고 힘들게 여름만을 고집한 사랑. 그것이 내 사랑의 패턴이었다.

누구에게나 패턴이 있다. 어떤 이는 봄의 꽃망울이 피는 것도 차마 두려워 보지 못하고 물러선다. 어떤 이는 전생에 많은 사랑을 해본 늙은 영혼의 소유자인 듯 그저 처음부터 실속 있는 가을의 사랑을 택하고 결실을 맺는다. 어떤 이는 모든 종류의 사랑에, 사랑의 사계에 그저 초연하다. 어떤 이는 상대의 일시적 추운 계절에 파고들어 그를 일시적 따뜻함으로 끌어올리는 것을 즐긴다. 자신의 사랑이 어떤 모습을 하고 있든 그 누구도 사랑의 겨울을 꿈꾸지 않는다. 강해 보이지만 실상은 연약한 우리의 속살은 그 추운 계절에 자신이 상처받을까 두려워 모두 조금씩은 굴절된 사랑의 패턴을 보이는 것이 아닐까?

모든 사람이 동류의 평균적인 사랑을 하고 그에 따른 보통의 결혼생활을 해야 할 필요는 없지만, 인간의 생로병사나 사계절, 우주의 순환과도 흡사한 사랑의 흐름을 호흡해 볼 필요는 있다고 생각한다. 자신의 반쪽이 아닌, 온전한 하나가 되려는 개체들이 만나 험난한 세월의 파도를 함께 넘어보는 것. 어쩌면 절대자에 대한 희구가 아닌 단순한 인간 대 인간의 사랑 속에서 우리는 성숙에 가까워질지도 모른다.

나는 언젠가 여름의 사랑을 지나 그 상대와 함께 다음 계절을 맞이하고자 할 때 조촐한 파티를 열고 싶다. 그 파티의 이름은 '썸머 밸런타인'이라 칭하겠다. 사랑의 시작을 예감하는 2월의 밸런타인데이가 아닌, 사랑의 끝을 함께 하고자 하는 8월의 밸런타인데이.

애초에 '썸머 밸런타인'은 세상의 다수가 가지는 보통의 남녀관계에 반기를 들고 나만의 사랑을 정립해 보겠다는 의지로 떠올렸던 제목이었다. 그런데 이 글의 말미에서 이 신선한 개념이 이토록 진부해진 까닭은? 사랑은 영원하지도, 유일하지도 않은 우리의 애물단지이지만 영원토록 진부한 것이 유일하게 승리한다는 걸 알만큼 내가 성숙해졌기 때문이 아닐까.

희미한 인연에 대한 단상

얼굴이 보름달같이 아름다운 사람이 있었습니다.

그는 충청북도 청주시 옆의 작은 고장 효촌(孝村)이란 곳에 살고 있었습니다. 저는 그의 10대의 몇 년과 40대 즈음의 하루를 알고 있습니다.

그는 효촌에서 태어나 동네 또래들 사이에서 소위 골목대장 노릇을 했던 사람입니다. 가난한 시절이었지만 아이들의 세상은 궁핍해도 빛이 나는 법, 뒷산과 동네를 누비며 장작도 패고 나무 열매로 군것질도 해가며 재미나게 보냈지요. 게다가 그는 대장이었으니 아이들을 이끌고 뒷산을 돌격하는 맛도 쏠쏠했겠지요.

10대 중반 무렵 그는 이 땅에 살았으면 누구나 겪었을 전쟁을 만납니다. 전쟁은 아이들의 작은 위장을 더욱 허하게 했을 겁니다. 그러나 전쟁 초반까지, 충청도에 위치한 그 마을 사람들은 고향집 문을 걸어 잠그고 남으로 떠나는 피난길에 나서지는 않아도 되었습니다. 다만 마을은 서울에 살던 이들이 남으로 내려가다 잠시 정착하는 피난처가 되기도 했지요. 골목대장, 그에게는 주린 배보다도 더 참을 수 없는 일이 발생합니다. 그놈의 서울 피난민 중 한 녀석 때문에…….

자기보다 나이도 몇 살 어린 깡마른 녀석이었는데, 어느 날 갑자기 마을에 기거하게 된 녀석은 달리기도 자기보다 잘하고 지게도 힘이 아닌 요령으로 잘 지고 구슬치기, 사방치기, 못 하는 게 없었습니다. 게다가 녀석은 사람들 웃기는 재주까지 갖고 있어서 동네 아이들의 시선이 자연스레 녀석에게로 향하는 것이었습니다. 뜨내기 피난민 신세여서 처음엔 텃세를 받던 녀석은 학교에서는 공부 잘한다고 선생님께 칭찬받고 방과 후에는 아이들의 인기를 독차지하게 되었습니다. 그에게는 견딜 수 없는 나날이었습니다. 그의 골목대장 전선에 이상이 생긴 건 처음 있는 일이었으니까요. 전쟁은 그에게 너무나 가혹했습니다. 아아, 전쟁은 예상치 못한 여러 가지 모습으로 각개의 인간에게 상처를 주고 있었습니다!

두 주먹 불끈 쥐고 이를 갈며 잠자리에 들기를 거듭하던 그는 어느 날 밤 결심합니다. 깨끗하게 자리를 내주기로. 아무리 생각해 봐도 자기가 녀석보다 나은 건 나이 몇 살 더 먹어 힘 좀 센 것과 마을에 원래 살고 있었다는 것 외에는 없다는 걸 인정했던 거죠. 다음 날 산에서 지게를 지고 내려가던 녀석에게 다가가 그는 말합니다. 오늘부터 네가 대장이라고, 네가 시키는 대로 따르겠다고. 새로운 골목대장의 등극을 축하하는 작은 파티라도 열렸는지는 잘 모르겠습니다.

인민군이 밀고 내려와 그곳도 안전치 못하게 되자 구관과 신관 대장은 다 뿔뿔이 피난을 떠났고, 그 후로 20여 년의 세월이 흘렀습니다. 서울에서 일가를 이루고 회사에 다니던 2대 골목대장은 불현듯 그 시절이 그립습니다. 그래서 속리산으로 떠나는 가족 여행길에 효촌을 무작정 들러보기로 합니다. 3학년 딸, 유치원생 아들에게 자신을 인정해 주었던 그의 이야기를 들려주며 가족은 마을 어귀로 들어섭니다. 산이며 밭이며 모습이 많이 변하지 않았다고 가장은 말합니다. 마을로 들어선 지 오래지 않아 여름 밭에서 쭈그리고 앉아 일하던 한 남자를 보았습니다. 누런 셔츠를 입은 그의 등은 종처럼 솟아있었습니다.

"저, 혹시 예전에 여기 살던……."

종처럼 솟은 등 위로 보름달 같은 훤하고 맑은 얼굴이 돌아봅니다. 그 얼굴은 세월을 더듬는 듯 잠시 올려다보다가 말합니다.

"……태창이? 태창이 맞지?"

만나질 인연은 그리 어렵지 않게 다시 만나지는 모양입니다. 그러나 또 인생에서 잠시 스쳐가는 인연이라면……. 그는 그를 찾은 '태창이'의 가족과 사진도 찍고 한동안 이야기를 나누고 나서 다시 밭일을 하러 돌아갔고, 가장은 회사로 돌아와 또 20여 년의 세월이 흘렀습니다.

저는 가끔씩 그가 마치 사랑했던 사람처럼 그립습니다. 곱은 등을 가지고 태어난 그가 훗날 이 세상을 떠나는 관에 육신을 누일 땐, 그 안이 구름이었으면 좋겠단 생각을 합니다. 솟은 등이 배겨서 한 번도 방바닥에 편히 등대고 누워보지 못했을 그, 떠나실 때는 부디 등의 모양대로 바닥이 맞춰졌으면 합니다.

제가 이런 생각을 하는 건 그가 제가 난생처음 본 곱사등이어서가 아닙니다. 그는, 이제는 살아온 날보다 살아갈 날이 훨씬 적게 남은 내 아버지, 그립지만 나는 가닿을 수 없는 아버지의 어린 날의 기억을 함께 했던 소중한 사람이기 때문입니다. 저는 그가 인정했던 '녀석'의 서른다섯 먹은 딸입니다.

먼지를 닦으며

새해를 쓰레기 버리는 일로 시작했다. 한 주간 쌓인 물병과 신문을 묵은 때 밀듯 밀어내며 청소를 마친 뒤 한숨 돌렸다. 새해 첫날 집안으로 쏟아져 들어오는 햇볕 속에서 난데없이 먼지에 대한 상념이 나를 사로잡았다.

먼지들은 햇살 좋은 오후면 더욱 빤히 보였다. 깔끔히 걸레질을 해도 금세 책상에, 바닥에, 책 위에 먼지가 내려앉았다. 먼지를 보며 나는 우리 인생이 이렇듯 닦아도 닦아도 부질없는 먼지와 같을진대, 라며 제법 비감해졌다. 사람이 어딘가에 정착하고 사는 이상 그 누구도 먼지로부터 자유롭지 않으며, 평생 먼지를 닦다가 가는 거려니, 하는 생각도 들었다.

먼지에 대한 내 첫 자각은 20년 전의 일이다. 너나없이 우리네 삶이란 게 고요와는 멀게, 먼지를 더 요란하게 풀풀 날리며 살고 있는 걸 보면, '삶이란 평생 먼지와' 운운하던 소녀적 감상이 틀린 게 아니었는지도 모른다. 다만 내려앉는 속도가 빨라지는 먼지들을 보며 이제는 먼지란 신이 인간에게 내린 선물이 아닌가 생각해 본다. 채워도 채워도 차지 않는 콩쥐의 물독처럼, 닦아도 닦아도 또다시 닦을 수밖에 없는, 하늘에서 펄펄 내리는 흰 눈이 아니라 먼지를 뿌리고 있는 심술궂은 신의 모습.

그 심술 속에 진리가 숨어있음을 알 것도 같다. 끊임없이 내게 쌓이는 먼지를 털고 닦아내지 않으면 먼지 구덩이에서 헤어날 수 없으리라는 자각을 일깨워주는 것이다. 그래서 우리는 생 앞에 겸손히 무릎 꿇고 머리 조아려 걸레질을 한 후, 그 대가로 무엇에도 견줄 수 없는 고즈넉한 기쁨을 잠시 향유하는지도 모른다.

바람이 분다

바람이 분다. 어느 일요일 밤 몇 자락의 시원한 바람을 느끼며 곧 입추겠거니 했는데 그 주에 그것이 있었다. 절기는 예감의 실현이다.

예감은 여름의 시작 무렵이면 항상 알아서 찾아온다. 이 나라에서 10년 넘게 산 사람들은 무더워지기 시작하면 이젠 자연스럽게 생각하는 것이다. 곧 지나간다, 그리고 이내 가을일 것이다, 라고. 잠 못 이루는 열대야도 끽해야 열흘이고 지나면 오히려 그립거나 기억도 나지 않으리란 걸 안다. 덥다고 야단법석을 떠는 마음 한구석에는 고소 혹은 민망함이 자리한다. 복이라고 반계탕을 먹은 게 엊그젠데 가을에 들어선다니 순리에 따를 밖에.

예감은 지난해 끝자락에도 매달려 있었다. 새로운 세기에도 봄이 가면 여름이 오고 가을, 겨울이 정말 후딱 지나갈 것이라는 예감, 이젠 더 이상 예감도 아닌 그것.

우리는 세상에서 무엇을 알고 무엇을 모르는가. 계절의 예감은 절기로 실현되고 인생은 그것들의 집합인 것을 알며, 각개의 인생들이 화려하거나 신산한 그 여정을 마쳐도 우주는 도통 반응이 없다는 무상함을 알며, 역사의 어느 순간에 불쑥 다시 태어난대도 세상 어느 곳에선가 다툼이 있고 또 다른 곳에서는 잠시 평화롭다는 걸 안다.

그러나 인류라 불리는 우리는 그 무상함 속에서 조금씩 스스로 진화하고 사회를 진보시켜 왔다. 신에 의지해서든 자기 안의 귀한 능력을 꺼내 써서든 여러 체제를 두루 섭렵하고 오늘날에 이르렀다. 싸우기도 엄청 싸웠고, 가끔은, 이를테면 중세의 암흑기같이 정체된 시기도 있었지만 큰 흐름은 향상이라 할 만하지 않은가. 그래서 권력과 그를 둘러싼 한심한 일, 세계에서 분개할 만한 일을 보면서도 난 애정의 끈을 놓지 않는다. 많은 사람이 따뜻하고 치열하게 바라보고 있노라면 그 흐름은 염원을 크게 비껴가지 않을 것 같아서이다. 그리고 자주 무상하면서도 끈적끈적해 포기할 수 없는 흐름 속에 살고 있는 나를 바라본다.

개체의 짧은 역사에도 예견되는 것들과 그렇지 않은 것들이 있는 듯하다. 운명처럼 이름이 지워지고 그 이름으로 한평생 살지만 그 이름과 상관없이 많은 순간은 정처 없기 마련이다. 세상을 볼 때보다 나 자신을 들여다볼 때 훨씬 더 나약해진다. 꿈을 가졌다가 삶의 현장에서 만나는 완고한 기둥에 치여버리기도 한다. 그런 순간 바람이 불면, 유치하게도, 아, 이런 바람 몇십 번이면 나는 쓰러질 텐데 하는 생각이 들며 삶이란 견뎌야 하는 것으로 전락하고 만다.

그러나 이런 서늘한 바람이 불 때, 버렸던 꿈을 슬쩍 줍기 좋은 때가 아닌가 싶다. 주워서 바람에 잘 말려 툭툭 털어서는 나와 함께 가지고 가는 것이다. 꿈을 실현해가는 삶이란 삶을 소비에서 생산으로 거듭나게 하는 거의 유일한 해법임을 감히 알겠다. 이건 멀면서도 가까운, 예감이다.

서울에서 산다는 것

햇살 좋은 늦은 오후쯤 자유로를 타고 서울로 들어오다 보면 내가 사는 이 도시가 참 자랑스럽다. 햇빛을 받은 한강이 아름답게 빛나고 그 강을 가로지르는 다리와 시내로 진입하는 도로가 뻗어있는 모습을 보노라면 내가 건설하지도 않은 이 도시가 대견하기까지 하다. 보다 많은 외국인이 이 시간에 공항에 내려, 작은 나라의 수도라고 얕보지 못할 이 도도한 강줄기를 보았으면, 이 안에 사는 사람들도 그들에게 부러운 사람이 되었으면, 하는 유치한 바람도 가져본다.

사실 세계 어느 도시를 가보아도 한강만큼 강과 삶이 조화로운 공간은 흔치 않다. 북한산이나 도봉산, 관악산, 한가운데 자그마한 남산까지, 이런 괜찮은 산들과 가까이 있는 수도는 더더욱 드물다. 탁월한 입지이고 풍광이다. 강북의 심장부에는 아담한 궁궐과 운치 있는 플라타너스가 급조되지 않은 도시임을 증명하고 대문 주변의 전통과 첨단을 겸비한 재래시장은 그 매력을 더해준다. 새로이 개발된 강남에는 뉴욕만이야 하랴만은 멋지게 솟은 빌딩들이 시대에 발맞춰 가는 도시임을 일깨운다. 한강시민공원이나 올림픽공원, 양재시민의 숲 같은 시민들의 쉼터도 서울을 사랑하게 만드는 감격스러운 곳이다.

그 안에 사는 사람들이 문제라고 자조적으로 말하지만 감동을 주는 것으로 말하자면 공간보다 사람이다. 20년 넘는 수감 생활 후에도 세상에 대한 애정으로 지적인 성찰을 거듭하시는 분, 뇌성마비 중증 장애를 앓으면서도 가게 일을 보며 딸과 함께 안티 미스코리아 대회에 출전해 자신의 살아있음을 증명해 보인 분, 서점에 가면 보게 되는 책 읽는 사람들, 언제나 밝은 얼굴로 돈가스를 배달하는 청년, 방송하는 선배가 좀 우울해 보이면 어김없이 들어와 부러 너스레를 떨고 나가는 후배. 우리가 다 이곳에 산다.

다만, 보이고 싶지 않은 것이 있다면 교통이고 정치이다. 감동을 주지 않는 사람은 어디에고 있겠지만, 사람을 후미지게 만드는 정치와 공간을 전혀 감동으로 느끼지 못하게 만드는 교통이 서울살이의 재미를 갉아먹는다. 교통과 정치는 둘 다 관계의 미학이다. 도시의 이곳과 저곳을 연결하는 서울의 교통은 허우대는 멀쩡하지만 속은 골병든 사람과 같다. 민심과 국가 시스템을 연결하는 정치는 이제는 허우대와 체면마저 포기한 병자와 같다. 안방극장의 사극을 보며 옛날에도 권력은 다 이랬어, 하고 위안 받지 않았으면 좋겠다.

누군가 그랬다. 미국이 위대한 이유는 그 슈퍼파워(superpower)의 정치권력에 있는 게 아니라 그 시스템과 공중(公衆)의 힘에 있다고. 정치권력이 잘못된 방향으로 갈 때 그것을 바로 볼 줄 아는 공중과 이를 반영할 수 있는 시스템이 미국의 힘이라고. 그래서 강대국인 거라고.

나도 강대국의 시민이고 싶다. 작지만 아름다운 이곳에서 작지만 아름다운 사람들과 강대국이 되고 싶다.

짱의 시대를 말하다

짱이 기습을 당했다. 기도 안 찬 방법으로. 짱이 무지 화가 난 건 당연했다.

사실 짱에게는 얼마 전까지 생각이 다른 덩치 큰 적수들이 있었다. 그 덩치들은 자신들의 사고방식으로는 더 이상 잘 살 수가 없어서 백기를 들었고 짱은 더욱더 강건해진 짱으로 거듭났다. 의기양양해진 짱은 덩치들에게 먹을 것도 주고(물론 공짜는 아니었다) 잘 사는 방법도 한 수 가르쳐주었다. 짱은 매너도 좋았으니까. 그러나 어떤 덩치가 치고 올라오려 하면 짱이 가만히 있지 않으리란 걸 모두들 알고 있었다.

짱의 뒤에 줄 서 있던 애들은 이제 돈이 최고였다. 덩치들이 무너진 것도, 짱에게 업신여김을 당하는 것도—언제나 너그러이 대하지만 짱은 한 번도 우리말을 들어준 적이 없었다—, 짱이 나날이 강해지는 것도 돈 때문이었으니까. 그리고 무엇보다 이젠 짱의 방식대로 돈 놓고 돈 먹는 방법 외엔 선택의 여지도 없었다. 씁쓸한 데가 없지 않았지만 학급은 그렇게 급속하게 재편되어 갔다. 돈 벌어 좋은 것 먹고 좋은 옷 입고 좋은 차 타고 좋은 데 여행 다니고……. 돈 없는 애들이 굉장히 못나 보였다.

좋은 점도 있었다. 정보를 확대재생산할 수 있는 신기술이 개발되고 짱에게 일어나는 일을 동시간에 모두가 공유할 수도 있게 되었다. 바야흐로 정보의 민주화, 전 학급화의 시대라며 경쟁자 없이 더욱 잘 살게 된 짱은 목소리를 높였다.

그런데 글쎄 바로 이러한 시대라서 우리는 걔들이 짱을 가격하고 있는 현장을 생생하게 보게 된 거였다. 짱의 양쪽 어깨가 이단 옆차기로 무너져내렸고 간이나 쓸개쯤 되는 부위가 못 쓰게 되진 않았지만 심하게 상해버렸다. 우리는 일단 경악했다. 누가 감히 우리 짱에게……. 짱은 무지 아팠을 것이다. 우리도 몹시 아파봤기 때문에 우리는 그의 아픔을 공감했다. 짱은 아마 스타일을 구긴 게 대단히 자존심 상했을 것이다. 하지만 우리는 그의 상처 입은 자존심에 대해선 위로할 수 없었다. 마음의 상처로 치자면, 자존심 상한 걸로 치자면, 짱은 우리에게 할 말이 없는 것이다.

짱은 지금 반격을 준비 중이다. 피 부림이 날 것 같다. 타격의 순간에 짱이 외친 오 마이 갓. 신은 다른 신을 섬기는 이들이 하는, 그의 아들이 하는 반격을 타당하다 여길까? 거기에는 한 번도 잘 살아보지 못한 채 기아와 내전으로 핍박받는 무수한 생명들이 있는데.

신이 창조한 자랑스러운 짱에게는 많은 우수한 인자가 있을 것이라 믿는다. 그중 어떤 인자는 분노를 삭이고 이 사건을 우리 모두의 오만에 대한 응징이라 겸허히 받아들일 능력을 갖고 있지 않을까. 우리는 지금 짱의 시대를 살고 있지만, 영원한 건 없고 그의 것만이 진리는 아니라고 생각하는, 진정한 짱이 되어주길 기대한다. 우리는 그제야 비로소 온몸과 마음으로 짱을 존경할 수 있을 것이며, 창조주 아래 진정으로 하나가 될 수 있을 것이다.

마크 로스코 소유하기

쑤꿍!

옛날이야기책이나 만화 같은 데서 여자가 아이를 낳을 때 쓰는 이 표현은 의성어일까, 아니면 의태어일까. 두 번의 출산 때도 이 단어를 경험하지 못했는데, 태어나 가장 집약적으로 많은 축구 경기를 시청하던 2002년 6월, 난 이 소리를 자주 들었다(그러니까 의성어였던 것 같다). 상대의 공격이 끝나고 우리의 이운재 골키퍼가 멀리 축구공을 차올릴 때, 혹은 상대의 공격을 가로챈 수비수가 미드필드 너머 우리 공격수에게로 긴 패스를 할 때, 그 발끝이 축구공을 차는 순간에 쑤꿍! 쑤꿍! 하는 소리가 내 귀에 들렸다.

월드컵 개막 전날 조간신문엔 우리 대표팀 선수들의 기념사진이 실려 있었다. 기념사진이란 예나 지금이나 달라진 게 없이 사람을 좀 촌스러워 보이게 하는 것이어서, 이 나라에서 축구 제일 잘한다고 뽑힌 기라성 같은 선수들도 예전 시골 학교 졸업생과 다를 바가 없었다. 눈이 부신 듯 하나같이 눈을 찡그리며 서 있는 그들의 면면을 보고 있는데 갑자기 눈물이 울컥 솟았다.

미남 스타도, 전날 은퇴를 선언한 노장 선수도, 한 시대를 풍미했던 국가대표의 대를 이은 아들 선수도, 긴 머리를 날리며 골대를 사수하는 골키퍼도, 낯선 곳에서 와 이들을 이끄는 홍안의 감독도 다들 엄지손톱만 한 면적을 차지한 채 비장한 얼굴로 이쪽을 보고 있었다. 각자 다른 곳에서 나서 가난하거나 부유하게(알고 보니 부유한 자는 거의 없었지만), 혹은 사랑받거나 혹독한 환경에서 키워진 채로 오늘 이곳에서 함께 팀을 이룬 그들. 그들의 얼굴에서, 신문이 말하고 있는 '필승의 결연한 의지'보다는 그들의 이제까지의 삶이 읽혔나 보다. 어떤 생명이 인간이란 이름으로 이 땅에 와서 어떤 일을 잘하기 위해 각고의 노력을 기울이고 자신을 조련하여 어딘가에 임하는 비장함. 그 일이나 혼자 도모하지 않고 '함께' 이루는 것이라는 점. 그런 것들이 별 절박함 없이, 다 함께 성취해가는 것도 없이 살아가는 나의 눈물샘을 자극했을까. 이긴다는 건 누군가는 지는 걸 의미하기에, 한 번도 우리가 누군가를 이겨야 한다는 당위에 공감한 적이 없었다. 그럼에도 그들의 삶이 이기기에 빛나는 것이라면 꼭 한 번 이기기를, 마음속 깊이 빌었다.

그런데 그 꼭 한 번이 두 번으로, 세 번으로, 네 번으로 이어지고 온 나라가 붉게 달아올랐다. 가슴 졸이며 또 한 번의 승리를 기원하고 있는 나를 보며, 그간 승리에 대해 쿨한 척했던 마음 한구석엔 이기지 못했을 때의 실망과 가슴 아픈 게 싫어 지레 승리를 원하지 않았던 비겁함이 자리하고 있었음을 인정했다. 이긴다는 건 정말 좋은 거였다. 온 마음을 모아 다 함께 승리한다는 건 정말 억수로, 눈물 나게 좋은 거였다. 빌었던 그 이상으로 그들의 삶도, 우리의 모습도 다 함께 빛났다.

7월, 축제는 끝났다.

한반도의 붉은 파도는 흥겨운 무동을 타다가 상암벌에서 무동 태운 아이를 내려놓았다. 축제 속의 그 아이, 우리가 기다림과 희열의 절정과 산고(産苦) 속에 함께 외치고 진통하며 세상에 내어놓은 그 아이는 어떤 존재인지 이제 생각해 볼 때다. 어쩌면 몇십 년이 지나도 다시 낳지 못할 수 있는 그 아이, 축복받은 그 귀한 아이를 우리는 잘 길러내야 하기 때문이다.

우리는 자주 서로 등 돌리고 잠을 잤다. 사실 안에는 뜨거운 사랑이 있었지만 그보다 깊어진 반목의 골속에 상대를 향한 문을 굳게 걸어 잠갔다. 기대하다가 실망하고 혹시나 하다가 상처받기를 거듭하면 아예 기대하지 않게 되고 무관심해진다는 걸 다들 잘 알 것이다. 그 실망의 긴 세월 속에, 진짜 사랑이 식어가나 싶기도 했다.

그러다가 계기가 왔다. 겉으론 푸르디푸르게 식어갔지만 그 말간 속살은 붉디붉은 사랑을 간직하고 있었음을 온몸으로 알게 된 계기가. 실망하게 한 것은 님의 본질이 아니었음을, 님은 거기 그대로 있었으매 그를 이루는 너와 나를 포함한 우리가 서로 상처 주고 있었음을, 우리 스스로에게 상처받아 자조의 눈길로 님을 보고 있었음을 우리는 이 축제의 기간에 알 수 있었다.

그래서 우리는 드넓은 광장으로 함께 나와 격렬하게 부둥켜안았다. 님과, 혹은 그 안의 자기 자신과 흐드러진 사랑의 행위를 몇 차례나 나눈 끝에, 우리의 아이는 둥근 피바노바처럼 두둥실 우리의 다리 사이에서 미드필드 너머로 떠올랐다.

쑤꿍!

그래, 그들이 공을 찰 때 내가 들은 그 소리는 환청이 아니었다. 포르투갈이나 이탈리아가 공을 찰 때는 그 소리가 들리지 않았으니까.

이제는 미드필드를 넘어온 그 아이, 멋진 비선을 그리며, 정치든, 경제든, 과학이든, 통일이든, 교통이든, 도덕이든, 그 모든 통과의례의 골문을 가르도록 킥을 해야 하는 순간이다. 공이 미드필드를 한 번 넘는 것이 얼마나 쉽지 않은 일인지 우리는 이제 잘 알고 있다. 그래서 우리는, 어이없는 개인기 따위 부리지 않고 침착하게 패스 할 줄 아는, 이 절호의 찬스를 진정한 득점으로 연결해 줄 정교한 스트라이커를 열망하고 있다.

*

사람은 자신이 속한 시대와 공간의 흥분으로부터 자유롭

지 못하다. 이것저것 나름의 이유를 밝히고는 있으나 조국의 축구에 대해 기실 많이 흥분하고 있었음을 그는 인정했다.

그는 이런 글쯤을 쓰면서 책 한번 출판하기를 꿈꾸고 있던 30대 여자였다. 작가는 아니지만 작가를 지망하며—하긴 작가가 작가를 지망할까— 그 비슷한 언저리에서 근근이 살아가고 있었다. 이 글 또한 스스로 보기에 나쁘지 않았으나 어디에 뭐라 발표할까 알지는 못한 채, 가끔씩 늦은 밤 다시 읽어보고 다듬기도 하며 컴퓨터에 재워놓은 지 오래였다. 글의 유통기한은 이미 오래전에 지나버렸다. 꽤 잘 지은 제목이라 생각하던 〈조국과의 정사〉도 '조국'이라는 보통명사를 '조 국'이라는 이름으로 쓰는 국내 유수대학 법대의 교수가 버젓이 실존하고 있었다는 사실을 알고 나니 조금 민망해져 버렸다.

그러는 사이 몇 년이 흘러 이번엔 나라 밖에서 월드컵이 열렸고, 2002년 당시 축구를 잘 몰랐던 걸 너무도 아쉬워하는 그의 아이들과 함께 이제는 중계를 시청하며 열을 올렸다. 이번 축구에선 우리나라 선수들이 공을 차도 그 '쑤꿍' 소리가 들리지 않았다. 위성중계에선 그 소리가 걸러지는 건지, 주최 국민들 귀에만 들리는 거라서 이번엔 독일 선수가 공을 찰 때 독일 사람 귀에만 들렸던 건지, 4강의 예감이 없어서 그랬던 건지, 아님 결정적으로 피바노바가 아니라 공을 구성하는 가죽 조각 개수를 줄여 더 둥글게 만들었다는 팀가이스트라서였던 건지는 확인할 길 없었다. 무엇보다 4년이 흐른 것이다.

그 해 말 국민들이 뽑았던 스트라이커는 침착한 패스와 대담한 돌파가 장점으로 보였다. 그를 뽑지 않은 사람들은 어이없어하였으나 한 시대의 어이없음이 다음 시대의 득점으로 연결될 수도 있음을 사람들은 인정하지 않았다. 단숨에 득점하고자 하는 열망이 습관이 된 사람들은, 어떤 골대는 축구장 바깥 저 멀리에 있기도 하다는 것, 그곳에 도달하려면 전후반 90분으로는 어림도 없다는 것을 인정하지 않았다. 공은 자고로 나비처럼 날아서 벌처럼 쏴야 하는 법이여, 하며. 그가 공을 잡은 지도 이럭저럭 4년이 다 되어가고 있었다.

4년 주기라는 건 꽤 그 맺음이 단정하여 월드컵이 열리는 해는 언제나 짝수로 끝이 나며 20년에 한 번씩은 0으로 맺어지는 게 더욱 안정감을 더해준다 여겨졌다. 숫자 중엔 3이란 수가 여러 의미가 있다고 하던데. 가위바위보도 삼세판, 공중전화 한 통화 단위도 3분, 권투 1라운드도 3분, 삼원색, 정중동, 금은동, 정반합……. 남의 말을 집중해 들을 수 있는 최대한의 시간이자 자신이 할 말을 전달할 수 있는 최소한의 시간으로 스피치에도 3분 스피치가 있을 정도로, 3이란 숫자는 완결된 맺음이며 새로운 시작이 될 수 있다고 하는데, 세계적 스포츠 경기는 3년을 주기로 열리는 경우가 거의 없었다. 올림픽 4년, 월드컵 4년, 아시안 게임 4년 등 대개 4년의 주기를 가졌다. 그러고 보면 3이란 숫자는 자기들끼리 내밀하고 싶을 때 모아져서 3인 거고 한 호흡을 쉰다거나 다음을 기약한다거나 헤쳐 모여 할 땐 거기에 1을 더한 그다음의 숫자 4가 안정감을 주나 보았다.

잘은 몰라도 월드컵 경기 주기 따위의 세상에 약속되어 있거나 벌어지고 있는 일을 이해하는 데에 별건 없으며, 누군가 감으로 정해 놓은 일이 유지되고 조금씩 변모하면서 다른 사람들에게도 비슷한 감으로 전수되곤 하는 것 같았다. 좀 감 잡고 생각해 보면 알 수 있는 것들로 세상은 이루어져 있는지도 모른다. 그의 3, 4 타령도 숫자를 연구한 이들이 써 놓은 책들 속엔 이미 다 나와 있을 것이 틀림없다. 어느 순간 그가 한 줄기 빛처럼 떠올린, 혹은 길어올린 직관과 영감은 세상 어디에 이미 있었던 줄기이자 우물이라는 걸 이제는 알고 있었다. 김이 새지만, 그 많은 지식과 지혜를 욕심껏 흡수해 보았자 빙산의 일각이니 내 앞에 오늘 오게 된 책과 앎에 겸허히 고개 숙이자고 결심한 지 꽤 되었다.

'축구공은 둥글지만 완결된 것은 3이고 그 사이사이는 4다'라고 얼토당토않게 써보면서 그는 하나의 이야기를 쓰기 시작했다. 어차피 사회과학이나 자연과학 논문도 아니고 그것들 또한 얼기설기 엮어가는 것은 마찬가지일 터, 내 수준에서 이제는 뭐라도 엮을 나이가 되었다고 그는 초조하게 생각했다. '불혹'이란 사십 넘으면 죽을 준비하던 옛날에나 해당되는 이야기지 또 다른 40년을 삶으로 남겨놓은 요즘 시대에 마흔은 약관이 아니더냐 생각해 보았지만, 약관의 세월은커녕 불혹의 여집합, 즉 '미혹의 모든 것, 미혹의 만연, 혹은 미혹의 정수' 따위로 점철된 나날을 보내던 그는, 이젠, 제발 나의 삶을 깁고 싶다고 생각했다. 아플리케도 좋고 십자수도 좋으며 햇병아리 같은 노란색으로 피카츄를 뜬 스킬자수면 어떠랴. 중학교 가정 시간에 투덜거리며 만들던 축소판 한복 생각도 났다. 좀 촌스러워도 좋다, 엉망은 싫다, 이제껏 아무것도 손에 잡히지 않는 삶은 아닌 것 같다……. 이런 식으로 생각을 적어나가다 보니, 그는 뭐가 나와야 좋을지 대충 감을 잡을 수 있었다.

결론은 조각보인 것 같았다. 새 실을 사지 않아도 되고 기억도 안 나는 자수의 기술을 더듬어 내지 않아도 되고 입어서 작거나 덥지 않아도 되고 몸에 맞출 필요도 없다. 사실 바느질을 몹시 싫어하는 그이니 이도 최소화하며, 사실 남들도 이때쯤은 가진 거 밑천 삼아 살아가지 새 거 하면서 살진 않잖아 하면서 그의 조각들을 모으기 시작했다. 컴퓨터에서 잠자고 있던 글 조각, 넋두리로 하던 말 조각, 잘할 수 있지 않을까 스스로 애써 자신을 가지던 꿈의 조각들. 거의 방기됐던 조각들을 주워 담는 기분이란 그 자체만으로도 해볼 만한 것이란 생각이 들었다.

그 조각들을 아름답게 이어 붙이고 그 아래 내 몸을 누이면 이제 자랑스러울 것도 없는 나의 몸이 가려진 채 사람들이 예쁘다 해주면 좋겠다, 그래서 이 멀쩡한 세상이 돈도 주고 명예도 주고, 그래서 남은 인생 아름답게 살라고 힘차게 격려 받았으면 좋겠다 하는 것이 그의 생각이었다. 그의 미혹이 정박하고 있는 삶의 비애는 조각보 아래서 숨죽여 울게 되기를 바랐다. 비애라는 슬픈 이름의 계집애는 울다 지쳐 녹아 없어지기를 바랐다.

아무튼, '축구공은 둥글지만 완결된 것은 3이고 그 사이사이는 4다'라는 식으로 접속사도 자유자재로 써놓고 그는 그의 조각들을 모아가고 있었다.

그 즈음의 어느 여름날 그는 청치마를 입고 '마크 로스코' 전을 보러 갔다. 그가 들어선 이른 오후 무렵 미술관 입구에서는 로스코의 생애를 보여주는 단편영화가 상영되던 참이었다. 그는 무작정 로스코의 생의 한순간으로 들어가 앉았다.

로스코의 그림은 우연히도 각이 4개인 네모로 이루어져 있었다. 축구공처럼 둥글지 않고 완결된 삼각도 아닌 네모를 그리던 로스코는 생을 꽤 살고 난 60대 말에 자살해 세상을 버렸다. 마지막 핏빛 붉은 네모 그림을 남기고.

그 로스코의 마지막 핏빛 그림은 영화가 상영되는 슬라이드의 저 너머 비스듬한 왼쪽 벽면에 걸려 있었는데 그 설명이 나오는 영화의 장면에서 그 그림이 동시에 그의 눈에 들어왔다. 1970년 죽음을 앞두고 미국 뉴욕에서 그린 핏빛과 2006년 대한민국 서울에 걸려 있는 핏빛. 그 시간 사이, 그 공간 사이에서, 사이사이의 네모를 그리던 마크 로스코는 죽고 없었다. 그 슬라이드와 그림 사이의 한 지점에서 로스코는 손목을 그어 피를 흩뿌리고 세상을 버린 것이다. 그래서 그는 그날 그림과 슬라이드 사이에서 로스코를 보지 못했다. 로스코는 더 이상 이 세상에 없었으니까.

로스코는 사는 동안 우울증을 앓았다. 사노라면 다 우울한데……. 로스코는 좀 더 우울했다. 그 좀 더 우울과 더 우울 사이에서 네모를 그렸다. 그리고 사십을 훌쩍 넘기고도 불혹의 경지에 이르지 못하였고 자신을 버림으로써 세상을 버렸다. 무엇이 그를 미혹의 정수로 이끌어 핏빛을 그리곤 더 이상 자신의 몸속엔 피를 돌지 않게 했을까…….

영화가 상영되던 입구는 출구이기도 하여서, 미술관 측의 안내대로 영화를 보기 위해 앉아있던 계단에서 내려와 왼쪽으로 돌아 전시관 입구로 들어갔다. 다작가였던 그는 유화 8백여 점, 종이 작품 2천5백여 점 등 3천3백여 점이 넘는 그림을 그렸는데, 그의 작품 중 백분의 일도 안 모았으면서 연대기적 구성이니 회고전 성격을 띤다는 설명이었다. 미술관이 기워놓은 로스코의 조각보가 아닌가. 그것으로 한 작가의 인생을 회고하고 반추할 수 있는 자격이 그들에게 그리고 관객에게 있는가 의문을 가진 채로 그의 초기 작품을 감상하기 시작했다.

라트비아의 유태인 가정에서 태어나 7살에 미국으로 건너온 로스코는 20대의 나이에 예일대학을 중퇴하고 뉴욕으로 이주했다. 독학으로 그림을 익혔다는 마크 로스코는 초기에는 누드와 자화상, 인물, 자연 풍경과 도시경관을 즐겨 그렸다고 했다. 첫 번째 방에 걸린 로스코의 초기 풍경화들 사이에 아직 네모는 없었고 인물들이 자리하고 있었다. 세로로 긴 고립된 인간들. 자화상이라 이름 붙이고 작정하여 그린 자신의 모습이 아니더라도 화가는 자신의 그림 속에 타인이 아닌 자신을 그린다고 한다. 세계가 쓸쓸하고 가난하던 20세기 초 유태계 이주민인 그의 정체성은 그렇게 기다랗게 눌려 있었던 것 같았다.

40대에 들어 그의 그림은 조금씩 선회하는데, 그것은 초기 작품이 전시된 미술관의 첫 번째 방과 조금 좁아진 관문을 통과해 연결되어 있는 두 번째 방 간의 가까운 거리만큼이나 그리

놀라운 것은 아니었다. 추상 이미지가 오히려 인간의 여러 속성과 인간 세상의 불변의 주제를 표현할 수 있다고 생각하면서, 그가 그리던 인물의 신체는 변형되고 상징적으로 분할되었다. 1947년 들어서는 이제 그의 회화에서 구상은 모두 사라지고 멀티폼(multi-form)이라 불리는 색채의 면들만이 남는다. 둥글지는 않지만 그렇다고 사각의 느낌을 오롯이 주지는 않는 아름다운 색의 면들을 그는 오래도록 들여다보았다. 분홍이 섞인 옅은 주황과 탁하지 않은 회색이, 톤을 조금씩 달리하는 지적이고 우아한 푸른색들이 둥근 듯 각진 면들에 칠해진 채 그를 매료시키고 있었다.

마크 로스코도 바로 이 시기에 스스로가 가지고 있던 생각과 느낌의 조각들과 삶의 조각들을 생각했던 걸까. 로스코는 자신의 조각들이 세상과 인간의 형상을 그리는 것보다 색의 조화를 통해 타인에게 더 잘 소통되리란 예감에 매료된 듯 보였다. 자신이 할 수 있는 것 가운데 제일 잘할 수 있는 자신만의 것을 찾을 거란 예감으로 그 색들은 꿈틀거리고 있었다. 그 시기의 그림들은 로스코의 절정의 전조를 자처하며 빛났다. 천재에게 매료의 시간은 2~3년이면 충분히 긴 것이었다. 천재는 이내 바다에 도달하였다.

그것이 바다인 걸 관객에게 극적으로 느끼게 하고자 한 미술관의 의도는 참으로 가상하였다. 첫 번째 방과 두 번째 방이 오른쪽으로 비스듬히 돌며 이어지듯 나뉘어 있었다면 이젠 그 안의 것들이 전혀 보이지 않는, 획 돌아선 오른쪽에 커다란 사각의

방을 만들어놓은 것이다. 모퉁이를 돌아 그 방에 들어섰을 때,

아아,

그는 자기도 모르는 새 입을 벌렸던 것 같다.

그전에 다른 화랑에서 본 적 있었던 밝은 주황과 진분홍의 조화쯤을 예상했던 그는 그 방의 깊은 녹색과 남빛, 적과 흑, 옅은 주홍이 빨아들이는 느낌에 정신이 아득하였다. 로스코가 마침내 다다른 네모의 바다. 축구공처럼 둥근 지구는 사실은 어쩌면 이런 네모의 바닥을 갖고 있을지도 모른다. 남산에 위치한 이 미술관의 바닥을 삽으로 파고 있노라면 어느덧 유록빛의 네모난 뗏목이 떠다니는 짙푸른 바다에 이르게 될지도 모른다. 갈릴레오가 틀리고 그를 재판하던 그 시대 사람들이 맞아서, 우리는 그 네모난 짙푸른 바다를 노 저어 가다가, 가다가, 결국은 세상 밖으로 추락하는 게 진정 삶과 죽음일지도 모른다.

전 시대에 삶처럼 꿈틀거리던 색들은 이제 네모의 안팎에서 죽음처럼 자못 고요하였다. 그러면서도 뭔지 모를 거대하고 독특한 존재감이 그를 압도하였다. 색채가 전하는 비극적 존재감, 삶의 비애의 무게감이여. 천천히 사각의 방에 걸린 사각의 작품과 그 안의 사각들을 보며, 로스코가 삶과 죽음 사이에서 그린 네모의 사이사이를 거닐며, 그는 바다를 유영하는 고래가 아니라 어항 속을 헤엄치는 붕어가 되어도 좋으니 영원히 머물고 싶다고 생각했다. 여기서 나가고 싶지 않았다. 대체 여기가 어디란 말인가.

로스코는 색채란 생의 비극과 절정과 인간의 비운을 담는

'vehicle'이라고 하였다. 그 '탈 것'은 그의 마음속으로 질주해 와 이제는 감추거나 무시하고 싶은 비애를 끄집어내곤, 그러나 이내 그와 비애를 위로하고 있었다. 그는 이제 비애를 조각보로 덮어버리려 하고 있었는데, 울다 지쳐 제 스스로 그것들을 떠나려 하고 있었는데, 로스코는 자신의 네모난 색채 안팎에서 삶의 그 슬픈 잡다한 것들을 그대로 인정하고 그 위에서 평온을 기원하고 있었다. 인생 사십에는 조각보를 얼기설기 만드는 것이 아니라 여전히 자신의 모습대로 꿈틀대다가 언젠가 먼 훗날 바다에 이르는 것이라고, 사각의 평온으로 말해주고 있었다. 로스코가 기원한 평온 위에 그만 딱 이부자리를 펴고 눕고 싶었다. 로스코의 네모들 사이사이에서 평생토록 기생하고 싶었다.

삶은 예전보다 길어졌지만 빨라지기도 해서 그 빠름과 김 사이에서 그는 오래도록 공허하였다. 20대의 그는 로스코처럼 다니던 대학을 그만두고 독학으로 그림을 그리는 대신, 대학을 무사히 졸업하고 괜찮은 일거리를 얻었다. 이런저런 방송 프로그램의 원고를 쓰는 일이었다. 마음에 드는 프로그램을 선택할 결정권이 없을 뿐 주어지는 일을 잘 해내는 재미가 꽤 쏠쏠하였다. 일터에서 인정받고 결혼도 하였다. 결혼의 결정권은 그에게 있었으나 꼭 그렇다고 하기에는 주변 상황에 기댄 바가 크다고도 할 수 있었다. 어린 시절부터 계속된 자살 충동이나 우울의 늪은 골짜기를 이룰 뿐 일단 능선을 타기 시작하면 그의 평상적 삶에선 윤기가 흘렀다. 가정에서도 인정받았다. 쑤꿍 쑤꿍 아이도 낳고 기르고, 어디서 배운 것도 아닌 출산과 육아를 참 기특하게 잘한다 여겼다. 아이는 생기는 것부터 낳는 것, 기르는 것까지 아무도 가르쳐주지 않았다. 역시 그에게 결정권은 없었다. 배부른 채 일하고 아프게 낳고 엄마로서 키우지만 그의 결정은 아니었다. 결혼한 삶은, 대다수의 여성은, 그저 그렇게 결정되어 있었다.

마치 말을 독점하고 있는 지겨운 윗사람 앞에서 어찌할 바 없이 고개를 주억이며 딴 생각을 하듯이 그는 그에게 주어진 삶 앞에서 고개를 주억이며 딴 생각을 하기 시작했다.

30대의 그는 '다니던 가정'을 그만두었다. 이번엔 결정권이 완벽하게 자신에게 있었다. 주어진 삶은 계속 말하고 있었다. 넌 말이야, 조금만 너를 죽이면, 조직에 조금만 더 충성하면 참 잘 될 텐데 말이지, 난 어떻게 살아왔는지 알아? 결국 행복의 고지가 바로 저기라는 말이었다. 바로 저어기. 그러나 가정법원의 여판사는 묻지 않았다. '대체 왜 저기 있는 대체로 행복한 삶의 고지를 찍지도 않고 내려가려 하십니까?'

가정을 그만두었지 직장을 그만둔 것은 아니었는데 둘 간에는 모종의 상관관계가 있었다. 보통 가정 포기가 일 뜸해지기의 직접적이고 타당한 원인 변수가 된 건지, 예기치 못한 슬픔에 휩싸인 그의 업무 능력이 둘 간의 매개변수로 작용한 건지 알 수 없었으나 그는 점점 가난해졌다. 결혼으로 줄어든 일의 양보다 더 많은 양의 일이 이혼으로 줄었다. 애초에 그의 일은 그가 결정할 수 있는 성격이 아니었다.

그래도 아이들은 그들에게 주어진 삶 앞에서 고개를 주억이며 잘 커주었다. 자신들이 결정하지 않은 삶, 헤어진 부모와의 삶을 주억거리고 있는 아이들이 딱했지만 그는 그들 또한 가졌을 그들만의 딴 생각을 믿었다. 줄을 끊고 날아가는 연처럼 이 삶을 얼레 삼아 훨훨 날 수 있을 때까지 잘 키우리라 다짐했다.

그의 너스레에 깃든 선함을 감지하고 그 선함이 감내하는 그의 삶의 고단함을 덜어주고 싶다는 사람들도 있었다. 관계는 늘 욕망을 낳았고, 거기까진 그도 같았지만, 상대에겐 그 욕망의 끝에 소유욕이 있었다. 4년 전 조국의 축구에 흥분해, 기실 지는 게 두려워 승리를 원하지 않는 척했었음을 고백하게 되었듯, 그는 사람에 대한 소유 욕망 또한 잃을 때의 실망과 슬픔이 두려워 지레 원치 않는 듯 구는 건 아닐까 생각해 보았다. 그러나 어느 누구도 조국의 축구만큼 그를 흥분시키지 못해서일까, 소유와 승리는 좀 달랐다. 그는 늘 그들을 통과했다. 유령처럼 투명하게.

그런데 로스코를 소유하고 싶어진 것이다. 로스코는 압구정동도 아닌 그곳에서 생의 비극과 절정과 인간의 비운을 담은 깊고 숭고한 'vehicle'의 사각 창문을 내리고 그에게 '야, 타'를 하고 있었고 그는 강렬한 열망을 느낀 것이다. 타고 싶다고, 네게 올라타고 싶다고. 올라탄 채 절대 내리지 않고 평생 네모 안에서 청소와 빨래와 음식을 하면서 섬기고 싶다고. 그냥 태워만 주면 된다고. 아무 바깥 일도 하지 않은 채 당신의 네모만 보고 있고 싶다고. 날 먹여 살려주지 않아도 된다고. 내재된 열정과 이미 내지른 열정은 어느 것이 더 뜨거울지, 그어진 상처와 긋지 않은 상처는 어떤 것이 더 아픈지 따지는 건 덜 빠졌을 때의 이야기이다.

1970년 예순일곱의 로스코는 자신의 작업실에서 손목을 그어 숨진 채 발견되었다. 죽기 직전 그린 붉은 네모 그림엔 사각의 방에 있던 커다란 작품들과 달리 네모의 바깥에 별 여백이 없었다. 대신 희미한 하얀 줄이 네모의 한가운데를 가로지르고 있었다. 그건 마치 로스코의 섬세한 영혼에 새겨진 상처의 흔적 같아 보이기도 하였는데, 로스코의 자살이 실패로 돌아갔다면 그 손목에도 그러한 가로의 상흔이 남았으리라.

미술관이 얼기설기 구성해놓은 로스코의 회고전을 보며 그가 반추하고 회고할 수 있는 건 결국 로스코의 일부 작품일 뿐이고 그 인생이 아니었으나, 그는 늘 주변인의 정체성을 가졌던 로스코의 생을 사랑한다고 느꼈다. 어떤 사진 속에서도 렌즈와 눈을 맞추지 못하고 딴 곳을 보고 있는 슬픈 눈동자의 로스코, 50년대 경제 잡지 포춘이 성장 가능성 있는 작가로 꼽았으나 여전히 그림으로 생계를 꾸리기는 어려웠던 로스코, "나는 의식하지 못했으나 평생 내가 그려온 것은 사원이었다"라고 고백한 로스코, 우울증을 앓았던 로스코, 의식과 행동과 작품에서 완벽한 일치를 하지 않았던 불완전한 로스코, 스스로 생을 마감하기엔 좀 늦었다 싶은 나이까지 견디며 살다가 바다의 끝에서 죽음을 택한 로스코. 그는 치열하다가 탁 놓아버린 로스코의 죽음까지 사랑하며 로스코를 소유하고 싶다고 느꼈다. 세상 어디에도 없는 세상 떠난 로스코를 소유하기 위해 그림을 소유하고 싶었다.

정말 오랜만이었다. 타인에 대해 소유의 욕망을 느껴본 것이. 사람을 사랑하면 소유하는 것이라고 아무도 가르쳐주지 않았지만 사람을 사랑하면 소유하는 게 아니라고도 아무도 그에게 말해주지 않았었다. 조금만 감 잡고 바라보면 이해할 수 있는 일로 세상은 구성되어 있기도 하지만 아무리 감을 잡으려 해도 잡히지 않은 채 세상을 마치게 하는 일도 허다하였다. 결혼은 제도로 두 사람이 서로의 삶을 소유하게 하고 사랑은 열정으로 두 사람을 소유 욕망에 몰아넣지만, 어느 두 사람의 사이에도 사이사이의 네모 같은 것들이 둥둥 떠다니고 있었다. 서로 소유하기에는 와닿는 각들이 너무 아팠다. 하물며 우리 모두는 밑변을 하늘로 쳐들고 꼭짓점으로 바닥을 딛고 있는, 불안한 역삼각형과도 같았다. 소유도 승리처럼 깊은 곳에 들어가면 사실 그에 대한 두려움과 욕망이 공존하고 있을지 모른다고 생각했다. 축구공처럼 둥근 지구에는 완벽하지도 않은 삼각의 존재들이 꼭짓점으로 땅을 디딘 채 두려움과 열망 사이의 네모를 사이에 두고 살고 있었다.

집에 돌아와 로스코를 검색해 보다가 알게 된 로스코의 그림값에 그는 기가 턱 막혔다. 전년도 크리스티 경매에서 팔린 로스코의 〈마티스에게 보내는 경의〉의 낙찰가는 235억 원에 달했다. 이건 이건희나 살 수 있는 가격이 아닌가. '실존의 비애를 깊이 이해하고 그것을 이겨내는 인간 정신의 숭고함을 그리던' 인간의 작품이 어찌 이리도 사치스럽단 말인가. 비애를 이겨내려다 끝내 목숨까지 내놓고 만 눈물겨움의 값어치인가.

아무 소용에도 안 닿는 감정이었지만, 그는 로스코에게 배신감을 느꼈다. 두리뭉실한 조각보 하나 만들어 살짝쿵 남은 삶 살아보려던 그에게, 삶의 비애는 그렇게 스리슬쩍 녹여버리는 게 아니라 자식처럼 감싸고 있다가 훨훨 날려보내야 하는 거라며 그림으로 말해주던 로스코는 자신의 의지와 상관없이 진행되는 현 그림값을 내려다보며 무슨 생각을 하고 있을까. 자신이 버린 세상이 셈해주는 자신의 가격에 슬며시 웃음 짓고 있을까. 세상은 좀 감 잡고 생각해 보면 알 수 있는 것과 감 잡고 생각해도 모르겠는 것과 하도 기가 막혀 감이 안 잡히는 것으로 이루어져 있다.

그가 평생 무엇을 해도 벌 수 없는 액수의 슬픈 그림을 그린 로스코를 더욱 가열하게 욕망할 것인지, 그래서 생의 마지막 날 보란 듯이 이상하게 모은—그러지 않고서야 어떻게 그 돈을 모은단 말인가— 전 재산으로 로스코의 작품을 한 점 사서 십자가처럼 짊어지고 죽음의 먼 길을 떠나볼 것인지, 그는 잠시 고민해 보았다. 저세상에서 로스코를 만나, 지고 온 그림을 내려놓으며 이제 속이 시원하냐며 말도 안 되는 앙탈을 부리는 자신의 모습을 떠올려보았다. 아름답지만 슬픈 로스코와의 사랑은 현실의 벽에 부딪쳐 더욱 배가되는 듯도 하였다.

9월의 전시 마감을 며칠 앞두고 그는 미술관을 다시 찾았다. 이번엔 평일이어서 그 사각의 방에 꽤 오래도록 혼자 머물 수 있었다. 눈물이 날 것 같은 평온함은 여전하되 시간이 지날수록 여기서 살 순 없겠다는 생각이 치밀어 올라왔다. 소유의 끝에 대한 두려움 때문은 아니었다. 차라리 평온했다.

안녕, 로스코. 또 이별이다. 난 널 열망하다 널 통과한다, 아주 맑게. 너를 들이마신다. 너에게로 내가 들어간다. 너를 지나면, 난 너의 비애와 숭고를 품에 안고 너를 포함한 나로 세상의 비운과 맞서련다. 그게 내가 너를 오래도록 소유하고 사랑하는 나의 방책이다.

3부

봄
— 사색 속의 진리

부치지 않은 편지—봄

사람들은 봄을 기다리지요.

기다리면 봄은 오고,

왔다가는 어김없이 가버리고,

인간은 또 기다리지요.

봄을 왜 기다리는지 모르겠어요.

봄을 뒤쫓아 다니면 될 텐데.

항상 한 걸음 바로 앞에서 어디론가 바삐 달려가는 봄을 뒤따라 다니면서 구경하면 굳이 기다리지 않아도 될 텐데 말이에요.

당신도 봄을 기다려요?

미뤄두고 미뤄두었던 봄 편지를 씁니다.

지금은 4월 중순, 아직 봄이에요. 아니 비로소 봄인 듯해서 이제 봄을 뒤따라 다니며 구경하면 되겠기에 쓰기 시작하는 것 같아요.

봄이면 갈지자로 걷는다는 말을 듣게 하는 꽃샘추위의 맹공에 당신은 감기에 걸렸어요. 감기의 공격에 당한 사람은 좀 자존심이 상하겠지만, 당신의 코맹맹이 소리는 이 봄에 제법 잘 어울려요. 왜 그런 거 있잖아요? 지난 계절을 머금고 뒤로 빠져 있는 듯한 자의 나른하고 짜증 섞인 투정이 더욱 새 계절을 선연하게 빛나게 하는 거. 철 지난 바닷가의 빛바랜 튜브들이 가을을 더욱 쓸쓸하게 하듯이. 그 맹맹한 콧소리 덕에 봄이 내 앞에 온 건지도 몰라요.

실은 지난겨울은 겨울 날씨를 제대로 보여준 적 없었고 오히려 3월 들어, 바로 어제 4월까지도 더 추웠지요. 그럼에도 '가는 겨울 오는 봄 실고'라는 노랫말처럼 북반구든 남반구든 계절의 순서는 바뀌지 않고 순환합니다. 가는 봄 오는 겨울은 없는 거예요. 그런데…… 이런 게 있답니다.

치누크(Chinook).

어감이 멋지지요? 어느 날 알게 된 이 단어를, 이것을 저는 참 좋아해요.

북아메리카 대륙 서안의 로키산맥 동쪽 마을에는 한겨울 중간에 잠깐씩 봄이 찾아온다고 해요. 그 까닭은 서쪽에서 불어오는 바람입니다. 태평양에서 불어온 습기 머금고 차가운 겨울바람이 해안을 지나 험준한 로키산맥을 넘으면서, 서안에서 올라갈 때는 100미터에 0.5도씩 기온이 내려가고, 정상을 넘어

동쪽으로 내려갈 때는 같은 거리에 1도씩 올라가는 거죠. 그러니까 4,000미터 높이의 산을 타고 넘는다면 서안 마을에서 0도였던 바람의 온도는 정상에서 영하 20도가 되고 동쪽 지역으로 내려올 때는 영상 20도가 되는 겁니다. 이 바람의 이름이 바로 '치누크'. 일명 'snow-eater'입니다. 용맹하기로 유명한 아메리카 인디언 부족의 이름을 딴 것인데, 산 정상에서부터 쌓였던 눈을 녹이며 불어 내려오는 바람의 모습이 공격을 위해 언덕에 나타난 인디언 장수들의 모습을 닮아서 붙여진 이름이라고 합니다. 함성을 지르며 내려오는 봄의 속도, 시속 70킬로미터쯤? '눈 먹어치우는 자.' 더할 나위 없이 멋진 이름입니다.

이 바람은 캐나다의 캘거리를 포함한 로키산맥 동쪽 지역 사람들에게 때아닌 봄을 선사해서, 어느 해에는 산맥 양안의 기온 차가 60도가 넘는 해도 있었다는 전설 같은 이야기를 낳았습니다. 창과 방패를 들고 눈을 먹어치우며 난데없이 공격해 들어오는 봄이라니. 무방비 상태의 겨울 마을 사람들은 입고 있던 두꺼운 외투를 벗고 '허 거 참'하며 셔츠 소매마저 걷어붙이고 속수무책으로 겨울 속 봄을 온몸으로 맞을 도리밖에 없습니다. 그러다가 바람이 그치면 다시 소매를 내리고 벗어놓았던 겉옷을 입고 휴가에서 일상으로 돌아오듯 자연스레 겨울로 돌아오는 것이지요. 좋을 것도 싫을 것도 없다는 듯이, 이제는 치누크의 연륜 속에 그러려니 할 겁니다. 곧 본격적인 봄이 오기도 할 것이기에. 그래도 혹 그 봄이 오기 전 세상을 떠날 운명인 어느 인생에게는 그 겨울 속 치누크가 가져다준 짧은 봄이 마지막 봄일지도 모르겠네요.

이 봄은 뒤따라 다니며 구경하다간 얼음공주 되기 십상인 봄입니다. 왔다가 어김없이 직진해버리는 게 아니라 방향을 바꿔 왔던 곳으로 되돌아가는 봄입니다. 기다리기 전에 미리 오는 봄이고, 되돌아갔다가 다시 오는 봄입니다. 어쩌면 그 해 봄을 못 보고 가버리는 인생에게 약을 올리는 것일 수도, 위로를 건네는 것일 수도 있는 봄입니다. 너는 왔다가 가지만 나는 왔다가 되돌아간다네. 그리고 다시 온다네. 시작이자 돌아가는, 성당 같은 봄입니다.

누군가는 밀당의 봄이라고 할지도 모르겠습니다. 오는 듯 마는 듯, 줄 듯 말 듯, 가까이 가면 뒤로 물러나고 물러나면 다가서는. 저는 '밀당'이라는 단어에 담긴 이 시대의 경박과 몰인정이 참 싫어요. 사람과 사람의 관계란 그 자체가 애달픔을 담고 있는데, 거기에 어째서 일부러 어려움을 가미할까요. 자신의 인생에 다가온 소중한 인연에게 자기만을 위한 이기적인 줄다리기를 하는 가학은 어디에 기인하는 것일까요. 저는 그 밀당의 줄 끝에 무거운 돌덩이를 매달아주고 싶습니다. 밀지도 당기지도 못할 무게의 돌덩이를.

여기까지가 어제 쓴 봄 편지입니다.

지난 목요일의 식탁 이후 우리는 좀 더 맛있는 커피를 한 잔하기 위해 벚꽃이 아름답게 핀 서촌의 오르막길을 같이 올랐습니다. 엊그제 그 벚꽃길을 다시 가보니 며칠 새 꽃이 반도 넘게 바닥에 꽃잎으로 낱낱이 떨어져 있고 그 자리엔 퍼런 이파리만 남아, 지난주가 서촌 벚꽃길의 절정이었음을 확연히 알 수 있었어요.

예전엔 봄꽃들이 피는 순서가 딱 정해져 있었다고 하죠. 쉬운 꽃들만 보더라도 대략 매화부터 시작해서 벚꽃 개나리 진달래 순으로. 그런데 요즘은 겨울도 겨울답지 않고 봄도 워낙 변덕스러워서 어느 날 날이 따뜻해지면 꽃들이 순서고 뭐고 없이 일시에 핀다는 거예요. 섬세하게 온도에 맞춰 순서를 기다리기엔 그들도 불안한 거겠죠. 최근 다년간의 경험으로 마냥 기다린다고 딱 맞는 개화 시점이 안 올 수도 있음을 아는 겁니다. 그래서 꽃들 입장에서 보자면, 옜다 모르겠다, 일단 이 정도 기온이면 피고 보자, 고고하게 순서를 지키려다가는 제대로 피어보지도 못하고 지고 말겠다, 라는 생각으로 적응한 거라고 봐요. 어쩌면 아카시아는 까다롭게, 이 변화하는 세상과 그 시기를 조율하다 도태되고 말았을지도 모른다는 생각이 드네요. 까다로운 건 실상 변함없는 아카시아가 아니라 해마다 아닌 척 달라진 세상이라 해야겠어요(아카시아에게 그런 곡절이 있었다면, 그래서 사라져 가는 거라면, 전 사라져 가는 아카시아가 더 좋아집니다). 그러니까 한 걸음 앞에서 어디론가 바삐 가는 봄을 놓쳤다간 큰일 나니까, 치누크가 아닌 대개의 봄은 뒤도 안 돌아보고 가버리고 마니까, 뒤따라 다니며 구경했다간 꽃도 못 피우고 마니까, 초조한 꽃들은 미리 활짝 피고 마는 것으로 봄을 맞이하는 거겠죠.

편지가 잡다해졌어요. 답장의 시간은 미뤄졌고 쓴 시간도 여러 겹이고요. 요즘 봄꽃의 몸과 마음이 바로 이와 같을지 몰라요.

저는 아름다운 봄꽃과 별개로 봄 하면 그저 이런 이미지가 떠올라요. 이 빠진 대접이나 접시들이 나무 선반 위에 놓여 있고 가마솥이 걸려 있는 누추한 부엌에 드는 봄볕. 인간들이 그어놓은 국경의 초소변에 피어나는 흙먼지. 지난 2월에 당신이 보내주었던 엽서 속 하자르족 소녀가 고사리 같은 손으로 따 들고 있던 꽃나무. 인간이 인간이란 이름으로 태어났으면 그가 어떤 성이건, 어떤 성에 매료되건, 어느 말을 쓰는 곳에 태어났든, 가난하든 못났든 좀 못됐더라도, 겨울 걱정하지 않고 먹고 살 수 있는 세상이 제가 바라는 봄이에요. 봄은 누구에게나 어디에나 오는 것이어야 하니까요. 그러니까 봄은 앞장서 뒤도 안 돌아보고 뽐내며 바삐 갈 것이 아니라, 서서히 갈지자로, 삼천포도 갔다가 진창에도 빠졌다가 꽃구경도 좀 하고 못 핀 꽃은 격려도 하고 봄술도 한잔하고 그러다 취하면 길에 쓰러져 자기도 하고, 누추한 부엌과 총구를 맞댄 국경에도 들르고, 죽일 듯 싸우는 두 사람 얘기도 좀 들어보고, 훠이훠이 노래하고 춤추며 자신의 온기를 곳곳에 맞댄 후 갔으면 좋겠어요.

세상의 봄은 그 정도로 정리가 되고, 그 혼란 속에 정돈되어가는 세상의 봄을 구경하며 우리는 흐드러진 혼돈의 봄 중에 있으면 좋겠는데, 어떤 이들은 질서의 봄을, 단순한 절제를 더 좋아하나 봐요.

소잉카, 그 설레는 이름

2005년 여름 금강산에서 열린 세계평화시인대회에서 나이지리아 태생으로 최초의 흑인 노벨 문학상 수상자이며 시인이자 철학자인 월레 소잉카를 만날 수 있었다.

내설악 휴게소에서 내가 일행에 합류했을 때, 소잉카는 몇 대의 버스 중 내가 탄 버스의 맨 뒷좌석에 앉아있었다. 키가 훌쩍 컸고 표정은 알듯 말듯 싸늘했다. 그는 시인대회에서 최고로 귀한 손님이었다. 지적인 흑인은 코피 아난, 넬슨 만델라, 영화배우 모건 프리먼까지 공통된 아우라를 가졌구나 하는 선입견 가득한 생각을 하며, 거기에서 웃음기를 뺀 냉정한 얼굴의 소잉카 씨를 나도 냉정하게 슬쩍 한번 봐주었다.

돌아오는 길, 그 지루한 귀로에서 소잉카가 내 옆자리에 앉게 되었다. 대회 단장께서 먼 길 가는 동안 친구하라는 의미에서 각자 혼자 앉아있던 두 사람을 그야말로 엮어주신 거였다.

만약 소잉카가 한국말을 하는 시인이었다면 "허 거 참" 이 세 마디를 할 것 같은, 기가 막히다는 표정으로 내 옆에 앉았다. 나도 좀 어색했지만, 모국어로 답하기도 피곤한 와중에 외국어로 말 걸기를 해야 함이 몹시 부담스러웠지만, 왠지 모를 책임감과 사명감으로 대화를 시작하였다.

'소잉카에겐 내가 한국이 되는 거야. 이 알다가도 모를 분단을 넘나드는, 길바닥 좌판 같기도 한 세상의 한 귀퉁이에서 냉정한 허울 뒤의 고결한 열정을 보여주겠어…….'

문학과 정치와 풍경과 애수……. 뜨거운 여름밤 어둠이 깔리기 시작하는 강원도 산길을 굽이굽이 돌아오는 버스 안에서 그의 손색없이 훌륭한 영어와 나의 열정뿐인 영어가 올림픽 깃발처럼 나부꼈다.

어느 휴게소에서 내렸다가 그는 옥수수를 좋아한다면서 삶은 옥수수를 사 내게 권했다. 대충 먹고는 다시 이야기를 시작하는데 소잉카의 턱수염에 옥수수 조각이 묻어있는 게 보였다. 너무 격조 높은 대화에 집중한 나머지 난 '옥수수 부스러기'와 '턱수염'이 영어로 생각나지 않았고, 게다가 그게 당신 수염에 묻어있다는 말을 했을 때 근엄한 소잉카 씨가 무안해 하는 걸 보고 싶지 않은 비겁함이 더해져 아무 말도 할 수 없었다. 내가 차린 최대한의 예의는 대화하면서 자꾸 거슬렸던 옥수수 부스러기를 애써 보지 않고 그 위쪽에 자리한 그의 눈만을 마주쳤던 것이다. 저녁 식사를 위해 버스에서 내리는데 어느덧 그의 수염에서 옥수수가 사라진 걸 보고 가슴을 쓸어내렸다. 다른 시인들이 노벨상 수상자의 우스운 모습을 보지 않아도 되겠구나 하면서.

그날의 저녁 식사는 내가 태어난 이래 가장 열심히 고기를 구웠던 저녁이었을 것이다. 공간을 빽빽하게 채운 세계 각국의 시인들은 돼지 불고기의 매캐한 연기에 취한 채 종교집단의 집단의식인 양 아련하게 보였다. 일부 시인들은 그 덥고 냄새나는 식문화에 화를 내며 자리를 박차고 일어나기도 했지만 소잉카만큼은 내 곁에 그대로 있었다. 스판바지를 입은 것을 참 다행이라 여기면서 나는 격조와 외양을 모두 내던진 채 온몸으로 정말 열심히 고기를 구웠다. 이 소란스러운 식사 속에 귀한 손님을 대접하는 우리의 정성이 스며 있음을 제발 알아주길 기원하면서 말이다.

서울로 돌아온 다음 날 마지막 피날레로 밤 사회를 보고, 행사가 다 끝난 후 소잉카와 칵테일을 앞에 둔 채 대화를 나누었다. 소잉카는, 전날 저녁 식사 때 앞에 앉았던 칠레의 시인이 내가 고기를 굽는 사이 자신에게 '너희 둘이 서로 사랑하게 됐느냐'고 묻더라는 얘길 전했다. 과연 라틴의 시인다운 질문이라며 서로 어이없다는 듯이 웃었지만, 그는 헤어질 때 아무에게나 주지 않기로 유명한 자신의 메일 주소를 내게 주었다.

그러나 나는 그에게 먼저 편지를 띄우지 못했다.

'캘리포니아로부터의 굿모닝'이라는 소잉카의 이메일을 받고 감격에 겨워한 것은 그해 어느 12월의 아침이었다. 그의 편지는 처음 버스에서 봤던 표정처럼 웃음기 없고 간결했으나 대화를 나눌 때처럼 지적이고 사려 깊었다. 꽤 오랜 시간 공들여 그에게 답장을 썼다. 이상하게도 그에게는 하고 싶은 말이 많았다. 고국을 대표하는 고결한 임무는 끝났음에도. 그와의 메일 왕래는 얼마 전까지 간헐적으로 이어지다가 끊어졌다. 그의 편지들에선 바람에 실린 사향 냄새가 났었다.

아프리카의 모래바람과 캘리포니아의 산들바람, 태어난 곳의 척박함과 사는 곳의 쾌적함, 모국의 비철학적 양태와 자신의 철학성, 도피와 잠적의 욕망과 현시와 관계 맺음의 욕망 사이, 소잉카는 이 세상 많고 많은 간극 사이에서 숨 고르기를 하며 문학의 칼날을 벼르느라 냉정한 얼굴을 하고 있는 거라는 생각을 했다. 그와 몇 달째 연락이 닿지 않아, 문득 내가 현실의 어떤 사람과 연락하고 있는 건 맞는지, 그가 혹 더 이상 이 세상 사람이 아닌 건 아닌지, 그런 생각까지 들게 됐을 때, 난 아무래도 괜찮다고 여겼다. 우리는 그렇게 만났었고, 한때 진정으로 통했으므로.

다섯 가지

사마천은《사기》에서 말하기를, 사건을 헤아리는 데는 다섯 가지 방법이 있다고 하였다. 글, 안색, 기색, 음성, 관찰. '사건'을 '사람'으로 바꾸어 넣어도 별지장 없는 범주 분류라고 생각된다.

이건 어느 날, 내가 생각해 본 것인데, 사람이 다른 사람의 외모를 좋아하는 데는 다섯 가지 항목이 있지 않을까. 비율, 각도, 색깔, 촉감, 냄새.

신체 전체이든 얼굴이든 사지와 손, 발에 이르기까지, 이 분류 정도면 외양의 잣대를 다 아우르는 게 아닌가 싶다. 사이즈, 즉 크기가 중요하나 사이즈는 비율과 각도의 끝에서 빚어지기에 중첩되는 항목이다. 물론 사람의 외모란 모름지기 눈빛과 목소리로 완성되지만, 그 두 가지는 외양이라기보다는 내면에서 나온다. 냄새도 안에서 나오는 거지만 내면이라고 하지는 않는 것을 볼 때, 앞서 언급한 다섯 항목이 자기도 모르는 새 마음에 들 때 상대의 외모를 좋아하게 된다.

꼭 외모만일까?

그가 지닌 정신의 비율과, 정신의 각도와, 정신의 색깔과, 정신의 촉감과, 정신의 냄새가, 좋을 때. 마음의 목소리와, 마음의 눈빛이, 그윽하게 번져 나올 때. 아, 아찔하다.

전장에 있는 그녀에게

당신은 지금 사막의 한가운데에 있소.

국회 파병안 처리를 놓고 몸살을 앓은 코리아는 바야흐로 벚꽃이 흐드러지게 피고 목련이 만개한 봄이오만 그곳은 한낮의 기온이 섭씨 48도를 치솟는, 거 뭐랄까, 여름 중에도 상여름이라지요.

예전에 사막을 비행기에서 내려다본 적이 있었소. 하늘에서 내려다본 사막은 여성의 속살과도 같은 분홍빛이었소. 그 속살 안에서 남성 군대가 전쟁을 하오. 그리고 코리아의 여성인 당신은 종군을 하며 그들의 전쟁을 우리에게 보도하오.

당신의 글은 담담하되 감성이 우물처럼 고여 있고 보도문의 형식을 파기한 듯하지만 전장의 현실을 더할 나위 없이 — 모래 냄새라도 날 것처럼 — 사실대로 알려주어 난 아침마다 목마른 강아지처럼 당신의 쪼끄만 사진을 찾아 읽고 있소. 빛나는 눈에 안경을 걸친 모습. 잘 닦은 유리창 너머로 가끔은 봄이 더 찬란해 보이듯 모래바람을 잘 견딘 안경알 너머로 전쟁이 그리도 미끈하게 당신에게 와닿는 것인지.

아니, 꼭 그러하지만은 않아 보이는 것이, 당신도 토로하였소. 전쟁터의 한복판에 있으면 오히려 전쟁으로부터 소외되어 있는 것 같다고. 전쟁의 바깥에 있는 우리는 내 집 안방에서 실시간으로 중계되는 전쟁쇼를 돈 한 푼 내지 않고 보면서 단추를 누르면 미사일이 날아가 적군을 격파하는 게임방과 안방을 혼동하고 있는 터에, 당신은 그저 타는 듯한 사막을 가로지르며 진군할 뿐이니. 그러나 어느 날엔가 당신은 이내 고하였소. 불볕더위와 사막의 밤, 화생방경보와 극도의 불안감, 태풍전야의 적막, 그저 이 모든 것이 다 전쟁의 일부라고.

그렇소. 당신은 결코 전쟁으로부터도, 세상으로부터도 소외되어 있지 않소. 영겁처럼 길었을 사막의 밤, 막사 안에서 당신은 역사 속의 숱한 전쟁을 떠올렸을 것이오. 아무런 이유 없이 쓰러져 간 무수한 생명의 희생에도 불구하고 또다시 계속되는 인간의 전쟁, 결국 인간이라는 종은 이것밖에 안 되는 수준인가 회의도 하지 않았을까 하오. 당신은 미국보다도 더 세상의 중심에 우뚝 서 있소. 그 적막한 공포 속 사유의 시간을 넘기고 송고한 당신의 기사들은 미국이라는 나라의 오만한 자부심과는 다른 겸손한 자부심을 말갈기처럼 휘날리며 내게 다가왔소.

이리하여, 당신이 쓴 '소외감'이라는 단어는 고스란히 나의 몫이었소.

세상을 향해 언제나 열려 있고 싶다던 나의 바람, 어떤 것이든 통절하게 느끼고 알아가고 싶었던 언론인으로서의 변은 간 데 없고, 순간적인 치열함을 빼고는 너무나 유유자적한 한 여자 베짱이의 모습. 사막에서 당신이 보낸 거울에 비친 나의 모습이오.

'베짱아, 안녕? 아직은 좀 더 치열해야 해. 아니, 될 수 있는 한 오래도록 치열해야 해.'

어찌 보면 이 '치열함'이란 세상의 중심에 있고 싶다는 하나의 표현이고, 그렇다면 몇 차례의 논리적 비약을 지나, 보다 오래 세상의 중심이 되고파서 도도한 반전의 물결에도 불구하고 전쟁을 저지른 미국의 심보나 나의 불편한 심기나 거기서 거기가 아닐까 생각도 해보오. 난 적어도 자가진단시스템은 갖춘, 작지만 성숙한 국가라고 자위하면서.

한때 같은 캠퍼스에서 같은 시대를 공유한 여성인 당신이 그곳에 그렇게 있어준 것이 난 참 고맙소. 나에게 뼈아픈 소외를 안겨줬음에도, 혹은 바로 그 때문에. 당신은 숱한 남성 기자들이 '인생의 막다른 곳에서 보이는 지금까지 한 번도 발현하지 않았던 행태'를 보이며 전장을 떠났어도 그곳에 남아주었소. 그들은 힘을 잔뜩 주고 그곳에 왔다가 날선 꼬리를 스스로 주체 못 해 떠났다면 당신은 힘을 빼고 그곳에 가서 묵묵히 자신의 일을 완수하였소.

불현듯, 힘이 덜 센 자의 미덕이 무엇인지 알겠소. 함부로 죄악을 범하지 않을 수 있다는 것. 관성처럼 그 힘으로 세상을 지배하려 들지 않는다는 것. 그러나 힘 덜 센 우리가 힘센 그들을 낳았으니……. 다 우리의 책임이오.

사막의 태양을 여과 없이 받아 훈장처럼 얼굴에 기미를 달고 올 당신을 기다리오. 앞으로 우리 함께 나누고 싶은 이야기가 많소.

스키 타는 아프리카인

아프리카는 검은 대륙이 아니다. 1986년, 당시 리비아에 근무하던 아버지를 만나러 서울을 떠났다. 지루한 비행 끝에 하늘에서 내려다본 아프리카는 온통 분홍빛이었다. 사막 때문이었지만 고운 속살과도 같던 그 연분홍은 편견과 통념을 깨는 상쾌한 충격의 빛깔로 뇌리에 남아있다.

테러리스트를 아주 자연스럽게 리비아 사람과 동일시했던 영화 〈백 투 더 퓨처〉, 그리고 숱한 할리우드 영화와 디즈니 만화마저도 아랍인의 이미지를 악역으로 몰고 간다. 세계인들은 알게 모르게 세상의 주류가 만들어내는 이미지에 세뇌 당해왔다. 비주류의 삶에 대해 알아보지도 않은 채 불호의 감정을 쌓아왔다.

지난 9월 테러 이후 이 사회에 불고 있는 이슬람 문명과 여타 주류가 아닌 것들에 대한 관심이 난 참 감사하다. 많은 인명의 희생을 치렀지만 그 희생을 헛되이 하지 않는 유일한 방법은 남은 자들의 세상을 치우치지 않고 사랑하는 데서 시작된다.

테러에 침공당한 바로 그 땅 미국의 솔트레이크 시티에서 2월 8일 동계 올림픽이 열린다고 한다. 고대 그리스에서는 올림픽 기간만큼은 전쟁하던 이들도 모두 무기를 버리고 경기에 참여했다지만 오늘날 아프간이나 중동, 인도와 파키스탄에서 올림픽이 열린다고 총을 내려놓을 일은 없을 것이다.

다만 스포츠를 통한 세계 평화의 장에 모인 커피 빛 피부의 그들을 우리가 다른 선수들과 균등한 시선으로 보았으면 좋겠다는 생각을 한다. 얼음 한 번 안 얼고 눈발 한 번 안 날리는 조국에서 죽도록 훈련받다 출전했을 선수들. 그처럼 다른 환경에서 살아온 이들에게 균등한 시선을 날리는 것으로부터 서로에 대한 이해는 시작되는 게 아닐까.

상하이 올드 데이스

얼마 전 민음사의 올해의 논픽션상 수상작 몇 권을 읽게 되었다. 그럼직하지만 어차피 지어낸 이야기에 불과하단 생각에 이내 감이 떨어지고 마는 요즘 소설에 물려서이기도 했으나 무엇보다 서평란에 실린 한 저자가 흥미로워 동네 책방에 책을 주문하였다.

그가 내 흥미를 끌었던 이유는 많은 공부를 하였거나 이채로운 곳에서 오래 살았거나 행적이 특이해서가 아니었다. 온전히 그 반대로, 정확히 말해 그는 20여 년 전 평범한 대학에서 미술 공부를 하고 결혼해 아이 낳고 남편 뒷바라지하며 살아온 이 땅의 흔한 아줌마였다. 흔하다는 말이 거슬린다면 자신보다 가족의 다른 구성원에 신경 쓰며 사는 시간이 더 많았을, 혹은 그러한 바쁜 시간을 지나 이제는 '거울 앞에 선 누이'처럼 비로소 자신의 삶을 돌아볼 슬프고도 아름다운 아줌마였다. 수가 많다고 해서 '슬프면서 아름다운'이 열어지는 건 아니니까.

매력적인 제목《상하이 올드 데이스》의 저자로 당당히 작가의 반열에 들어선 박규원 씨는 어느 명절 가족들이 모였던 친정에서 어머니가 꺼내 보여준 옛날 사진 중 외할아버지의 동생인 중국의 영화 황제 김염의 사진을 보게 된다. 어머니의 몇 마디 말씀과 사진 속 할아버지의 눈빛에 발동이 걸린 손녀딸은 곧 자료 수집에 착수하고 그 작업은 십 년에 가까운 세월로 이어지며 한 여성의 내면에 숨어 있던 열정과 자질이 담긴 작품으로 세상에 나오게 됐다. 이 땅의 여성들에게 명절이 박규원 씨의 이날 같기만 하다면 오죽 좋으랴. 어렸을 때도 몇 번 보고 들었을 조상의 이야기가 가슴에 내리 꽂혀 자손의 영혼에 날개를 달아주었으니 이보다 더한 조상의 음덕이 없으며 이는 '상 차리고 상 치우는' 명절 아닌 진정한 명절의 도래가 아니겠는가.

1930년대 상하이 영화계를 풍미했던 김염은 과연 시대를 초월해 2000년대 여성의 눈도 사로잡을 만한 매력을 지녔다. 운동이라면 줄넘기도 힘들다 했을 당시의 동양에서 농구 등 다방면의 운동으로 다져진 근육질의 몸이었고 아름다운 얼굴과 미소, 카메라를 응시하는 자태가 이 시대의 스타와 다를 바가 없었다. 아니 오히려 더 우아하고 지성적이며 카리스마가 있었다. 흑백 사진 속 한 존재의 외연은 그렇게 손녀뻘의 여성을 빨아들였으리라.

그러한 외연에 감춰진 김염의 정신은, 인터뷰와 자료 조사를 통해 얻어진 저자의 글대로라면 강건하고 곧았다. 배우자를 택함에 있어서 자연스럽고 자유로운 정신을 가진 여성을 택했으며 일제의 회유에 있어서는 타협할 줄을 몰랐다.

김염은 독립운동을 후원하고 조직하던 의사의 집안에서 태어나 유복하게 자랐으나 중국 땅으로 건너가 아버지의 죽음을 맞고 가족들은 뿔뿔이 흩어지게 된다. 역시 이국땅에서 독립운동을 하는 친척 집(김규식 박사가 김염의 고모부이다)에 기거하면서 자신의 길을 유별나게도 영화에서 찾았던 김염은 갖은 고생 끝에 마침내 꿈을 이루게 된다. 그는 불행했던 시대에 작지만 큰 날개를 활짝 펴고 세상을 날았던, 비상을 꿈꾸던 드리머로, 삶에 대한 열정을 잃지 않고 자신의 일에 집중하였다. 중국의 영화 황제로까지 지칭되던 그는 문화 혁명을 거치며 그리 행복하지 않은 말년을 보냈지만, 세기를 넘어 그를 찾아낸 손녀의 글을 통해 다시 한번 날개를 폈다. 그 날개는 손녀의 몸을 빌려 돋아났다.

현시대에 살고 있는 손녀 필자는 날개가 돋는 겨드랑이가 근질근질했을 것이다. 어쩌면 살아오는 내내 날개가 돋칠 듯 말 듯 한 그 부위가 가려웠으면서도 남들도 다 그러려니 했을지도 모른다. 가끔 그것이 통증으로 나타나더라도—필자가 고백컨대, '어린 시절 초등학교 운동장에서 느꼈던 아찔한 어지러움' 같은 것— 어찌할 줄을 몰랐다.

간지러움은 모여서 통증이 되지만 통증은 승화를 통해 쾌감이 될 수 있다. 세상을 향한 인간의 자세가 그러할 것이다. 삶 자체가 가지는 에너지, 열정을 끄집어내 책 한 권을 세상에 내놓은 박규원 씨에게 박수를 보내고 싶다. 내재되어 있는 열정과 이미 내지른 열정 중 어느 것이 더 뜨거운 걸까 생각해 본 적이 있지만, 그의 열정은 활화산처럼 내재와 분출이 모두 뜨겁기를 기대한다.

세상을 말하다

얼마 전 프로그램 가을 개편을 맞아 KBS는 주부를 토론자로 모신, 시청자가 주부 대상인 토론 프로그램을 새로이 선보였다. 좋은 기획이다. 내가 그 조직 안에 있을 때도 몇 번의 시도가 있었고 나 또한 '똑똑한' 여성 프로그램을 제안한 적도 있었다. 그러나 번번이 그러한 프로그램은 주부가 외면한다는 이유로 제안 자체가 묵살되거나 시작하더라도 한 시즌 후 막을 내리곤 하였다. 아침 시간대 TV를 보는 여성 시청자란 자신보다 못한 처지에 있는, 가령 매 맞고 살거나 우울증을 앓거나 가난을 이겨내느라 고군분투하거나 어릴 때 부모로부터 버림받아 힘겹게 살다가 이제야 부모를 찾거나 하는 이들이 출연자로 나와야지 '그래, 나는 그래도 살만한 거야'하며 시청하는 층이란 것이 묵살의 이유였다. 말하자면 매체를 통해 무언가를 배우고 알아가려는 여성들이 아닌 현상유지형 저학력층 여성 시청자를 겨냥

하여 현상유지형 프로그램을 만드는 것이 안전빵이라는 이야기였다. 여성 토론이나 정보, 시사 프로그램의 실패는 그 주장의 설득력 있는 증거 사례가 되곤 하였다.

난 방송사 측의 그러한 사고가 참으로 건방지며 시대를 선도하지 못하는 비겁하고 안이한 것이라 여겼다. 그렇고 그런 프로그램뿐이라는 생각이 누적되다 보니 시청자가 외면하는 것이지, 끈기를 갖고 좋은 여성 프로그램을 몇 년 계속하다 보면 시청자도 고이는 것이 아니겠는가. 왜 방송사는 단기간만 내다볼 뿐 미래를 위한 작품 하나 만들 생각 못 하는 것일까 답답해하였다. 시청률이라는 잣대로 죽고 사는, 프로그램의 성패에 좌지우지되는 제작진의 스트레스를 모르는 바 아니고 TV의 속성을 어느 정도 이해한다 하더라도, 닭이냐 달걀이냐, 안이한 프로그램에 안이한 여성 시청자, 악순환의 고리를 방송사가 먼저 끊어야 하는 것이라 생각하였다.

'아줌마' 신분으로 대학원에 다닐 때였다. 오후에 있었던 학교 시위에 수배 학생이 있었는지 야간 강의 끝나고 나가는데 검문이 말도 아니었다. 교문을 통과하기 위해 몇십 미터 전부터 차들이 줄지어 서서 몇십 분씩 기다리는데 확 열이 올랐다. 무슨 자격으로 이렇게들 막아섰느냐며 항의를 하는데 저 뒤에 있던 경찰 하나가 내가 항의하던 후배 경찰에게 소리를 지르는 것이었다.

"야, 아줌마잖아, 보내드려!"

나만 빨리 나오겠다는 이기적인 항의가 아닌 보다 근본적인 '항거'였음에도 보내드리라는데 버티기도 뭣하고 교문을 빠져나오면서 뒤통수가 빨개졌다. '아줌마'라는 당연한 단어에 열받은 것도 있었지만, 그보다 아줌마는 당연히 시위도, 항거도 아니할 거란 추측이 열에 아홉은 맞는 사회에서 아줌마로 살고 있다는 것이 부끄러워서였다. 그러니 대학생 때 학생회장이 아줌마 파마머리 가발을 쓰고 유유히 교문을 통과했던 거였구나.

어릴 땐 대부분 막연한 고집이었던 것이 사춘기 시절을 지나 학습과 경험을 통해 한 여성의 판단과 주장으로 변모한다. 물론 소녀의 고집은 소년의 그것에 비해 곱게 보이지 않았고 자라서도 불편한 것이 되기 일쑤지만 한 인간의 사고 성장은 가히 기특하다 할 만하다. 사람의 성향이나 사상은 무엇에 의해 결정되는지 궁금할 때가 있는데 아무튼 나 또한 날 선 판단과 주장을 한때 가졌었다. 그러다 대부분 결혼해 아이 낳고 아줌마가 된다. 가정을 갖고 집을 갖고 아이를 갖고 통장을 갖고……. 가진 게 많아지고 늘려 갈 게 많아서, 개인사가 고달파 그것만으로 숨이 턱에 차는 건지, 아니면 삶의 경륜이란 것이 두루뭉술 사는 게 제일이란 해답을 주는 건지, 아줌마의 목소리는 당분간 집 담장을 넘지 않는다.

요즘은 나라 안팎의 일들이 날 선 판단의 유보를 더욱 종용한다. 신중해지는 것일까, 아니면 어리석어지는 것일까. 그것도 모르겠는 아줌마가 될 줄 미리 알고 그때 그 경찰 청년은 나를 통과시켜줬을까.

진리를 탐구하는 데엔 두 사람이 필요하다고 그랬다. 한 사람은 말하고 한 사람은 듣기 위해서. 토론 프로그램의 진행자로서, 토론으로 사회가 진보한다는 오만한 생각은 하지 않지만, 절실히 바란다. 아줌마들이 건전한 판단과 잘 걸러낸 단어들로 세상을 말하기를, 그 말들이 다시 그들의 정신을 자극하여 거룩하게 행동하기를, 그래서 경찰이 아줌마라고 무사통과시키지 않는 날이 오기를.

오전 9시의 성소

전에 KBS 본관 4층에 자리하고 있었던 1FM 스튜디오가 잠시 옆 스튜디오로 이사를 했다. 한 달가량의 기간을 잡고 스튜디오 기기 정비와 실내 수리를 시작한 것이다. 그러니까 집 수리를 위해 근처 아파트로 잠시 주거를 옮기고 매일 수리를 지켜보는 격이다. 한 달 정도의 임시 기거에 더 넓은 평수의 집을 쓰는 경우는 거의 없듯이 임시 스튜디오는 전보다 옹색하고 비좁았다.

임시 스튜디오에서 방송하는 첫날, 10여 년 전 4층 스튜디오로 처음 '입주'했을 때가 떠올랐다. 새 스튜디오는 널찍널찍 참으로 번듯했으나 건물 한중간에 자리한 탓에 밖으로 난 숨구멍 한 뼘 없었다. '세상을 향해 늘 열린 창문을 갖고 싶다'고 그럴듯하게 방송국 입사의 변을 천명했던 내 말이 무색하게 창문 하나 없는 스튜디오를 보며 난 얼마나 아연해했던가. 1FM의 정체성이 아무리 '날씨를 제외하고는 세상의 흐름과 무관한 채널'

이라지만 날씨조차도 옥상에 달아놓은 CCTV로 여의도 광장을 보며 짐작해야 한단 말인가. 갇힌 채 방송하는 FM DJ의 처지를 한탄한 바가 있었다.

그러나 이제 그쯤은 너끈히 소화하며 매일 아침 창 없는 그곳을 고해성사라도 하는 성소인 듯 찾아들어 그 공간에서의 두 시간을 온전히 만끽하는 나를 발견한다. 세월이 흘렀다. 불안정한 20대도, 결혼이란 대사도, 두 번의 임신과 출산도 다 그 스튜디오를 거쳐 지나 보내고 꽤 오랜 시간을 떠나 있다가, 이제 다시 돌아온 누이처럼 거울 앞, 아니 마이크 앞에 다시 선 나. 즐거운 주말을 보냈든, 황폐한 정신으로 밤을 지새웠든, 사람과 생활에 치이다가 하루를 시작했든, 매일 아침 스튜디오에 들어와 첫 곡을 걸고 시그널이 흐르면 첫인사를 토해내며 지금 이곳이 참으로 소중하다고 실감하는 나.

"안녕하세요, 우리 다 힘들고 지친 채로 살고 있지 않나요. 그래도 이렇게 해야 할 일이 있다는 것이, 우리가 만나고 있다는 것이, 일상이 고맙지 않나요."

매일 아침 두 시간 음악과 함께 삶의 죄를 고하고 남은 하루 속으로 흘러간다.

스튜디오 밖의 세상에서는 대통령이 두세 번 바뀌고 아주 빠른 기차가 국토를 가르게 되었으며 월드컵으로 온 나라가 붉게 달아올랐다가 가라앉기도 하고 집값은 몇 배로 뛰고 돈이란 게 마치 주인의 귀여움을 받는 고양이처럼 안방 아랫목을 차지하게 됐으며 이젠 엽서가 아니라 죄다 실시간 온라인으로 사연을 보내고 아예 컴퓨터로 라디오를 들을 만큼 소통의 수단과 경계 또한 가늠하기 힘들지만, 음악은 여전히 거기에 있었다. 음악은 대통령도 돈도 집도 고속철도도 월드컵도 인터넷도 아닌, 보다 오래되었고 변함없을 무엇이다. 음악은 그 변함없음으로 우리에게 당대의 가치에서 조금 자유로워지기를 제안한다. 삶의 모습이 단칸방 셋집처럼 옹색하고 비좁더라도, 빠른 기차보다 더 빠른 세상의 흐름에 올라타지 못하더라도, 어느 대통령도 차마 건드리지 못했던 음악은 월드컵 같은 짜릿한 쾌감까지는 아니어도 한결같은 위로를 우리에게 선사한다.

그래서 나는 매일 아침 두 시간씩 음악을 전하는 것이 참으로 자랑스럽다. 이 일만이라도 공들여 정성껏 세상에 음악을 띄운다면 내 죄를 사해 받으리라. 혁명이나 각성은 아니더라도 이 거친 세상의 흐름 속에서 위로란 얼마나 고우며 역설적으로 얼마나 혁명적인가.

이번 해가 가기 전에 수리를 마친 스튜디오로 우리는 다시 입성할 것이다. 여전히 창은 없겠으나 이제는 그 '창 없음의 미학'을 알 듯도 하다. 창을 통해 본 세상을 섣부르게 판단하지 말 것, 360도 통유리가 아니면 어차피 일부만 본 세상을 전체라 여길 터이니. 어쩌면 음악을 통해 따뜻한 마음의 창을 열라고 우리 스튜디오에는 창이 없는지도 모른다. 음악의 유구함 앞에 내게 흐른 세월이란 한 줌도 안 되지만 난 그 세월 속에 새로운 것을 깨닫는다.

3종 세트

어느 날 '철학자 3종 세트'를 선물 받았다. 《철학자의 뱃속》(불란서책방, 2020), 《철학자의 거울》(미진사, 2021), 《철학자의 거짓말》(낮은산, 2020). 손안에 딱 잡히는 예쁜 표지의 책 세 권. '거짓말'이라는 중립적이지 않은 단어만이 아니더라도 '거울'과 '뱃속'에서 이미 철학자의 신성이나 위엄은 물 건너갔음을 알 수 있는 제목들이었다. 고운 표지는 반어법에 다름 아닐 것이었다.

그 3종 세트를 재미나게 읽어가며 내 생의 한 시기에 일어났던 어떤 부질없던 일들도 3종 세트로 묶일 수 있음을 떠올렸다. 4종, 5종으로 얼마든지 늘릴 수 있겠으나 손에 잘 잡히듯 머리에 잘 각인될 3종으로. 그에 대한 서술을 어느 순서로 할지 생각해 본다. 시간순? 충격순? 역시간순?

그 사람은 중견기자였고 40대 중반 즈음의 중년 남자였고 나와 코-앵커였다. 나는 신입 아나운서였고 그보다 스무 살 정도 어린 젊은 여자였고 그의 코-앵커였다. 아니, 그는 나를 함께 한다는 의미의 '코(co)'로는 여기지 않았던 것 같다. '보조' 앵커로 여겼을 것이다. 직군, 성, 나이, 이 세 가지 면에서(이 또한 3종 세트!) 뉴스 진행에 있어 모두가 그를 주로, 나를 보조로 보았을 것이다.

여의도 KBS 본관 3층에 자리하던 보도국 뉴스 스튜디오는 구조 자체가 원 샷만이 가능했다. 두 앵커가 나란히 앉는 구조가 아니라 메인 앵커의 자리와 보조 앵커의 자리가 각이 지게 배치되어 시작과 끝 멘트는 물론 시청자에게 인사하는 순간조차 남성 앵커 혼자 나왔으며, 각을 돌아 앉아있는 여성 앵커는 클로징 후 부감샷으로 비칠 때에만 고개를 숙였다 드는 모습을 볼 수 있었다. 지금으로부터 30여 년 전이었어도, 아무리 나이 어린 신입의 여자 아나운서였다고 해도, 얼굴이 나오는 게 대수여서가 아니라, 밤늦은 뉴스 진행 시간 내내 같이 옆에 앉아 일을 하고서 이런 각진 대우를 받는 건 부당하다고 나는 느꼈다. 아무 말 하지 않았지만, 담당 데스크는 곧 보도국 이전을 하고 나면 이런 일은 없을 거라고 내게 말해주었다.

올림픽을 위해 지어졌던 IBC동 재정비를 마치고 널찍한 보도국으로 이전했을 때 스튜디오 데스크의 각은 사라지고 스튜디오 조명마저 환해진 느낌이었다. 사소한 부당함은 스튜디오의 구조 탓이었으니 환한 조명만큼 이제 부당함이 사라진 자리에 나만의 넓은 신작로를 내고 자신의 맡은 바 일을 성실히 해내리라 작게 다짐했던 것 같다.

그러던 어느 날 나의 코-앵커가 말씀하셨다. 어찌 보면 내가 지금 회고하고 있는 3종 세트는 '내 귀를 의심했던' 3종 세트였을 수 있겠다.

"유정아 씨와 클로징 인사를 같이 하는 걸 내 아내가 싫어해요."

보도국 이전 후 잦은 신경질과 투덜거림, 뚱함은 이 선언의 전조였던 것인가.

코-앵커는 평상시 내게 자신의 아내 이야기를 많이 했었다. 듣다 듣다 이렇게 자주 하는 건 모든 게 우월한데 학력이 좀 걸린다고 생각해서 그러나, 속으로 생각했었다. 아내는 나와 같은 대학을 나왔다고 했다. 대학이 우월함의 잣대도 아니고 한 번 나오지 여러 번 나오는 것도 아닌데 여러 번 그 이야기를 해왔었다. 그러나 위의 따옴표는 대학 얘기와는 질적으로 다른 것.

내가 그 이야기에 어떤 대꾸를 했는지, 설왕설래가 있었는지는 기억나지 않는다. 내 귀를 의심만 하고 있었을지도 모른다. 들어본 적이 있을 수가 없는 말, 누가 할 수 있지 않은 말. 기억나는 건 얼마 후 출근해 보니, 스튜디오 데스크가 예전처럼 다시 각이 진 형태로 바뀌어 있었다는 사실이다. 아내가 싫어하는 투 샷을 잡지 못하도록. 나는 다시 예전 보도국 3층 때처럼 뉴스 시작 몇십 분이 지나면 스르륵 나타나 단신 처리를 하고 끝나면 역시 인사 없이 사라지는 역할을 수행했다. 자정 즈음

화면에 나타나는 유령 같다고 느꼈다. 그 뉴스 프로그램의 제목은 'KBS보도본부24시'였다.

기자 전직시험에 임했다. 나이, 직군, 성을 떠나 경험에 있어서는 인정하는 바가 있었기 때문이다. KBS는 다른 방송사처럼 조직에 융통성이 있어 서로의 필요대로 파견이나 전직을 해주는 곳이 아니었다. 모처럼 전직시험 공고가 났다. 지금 당장 메인뉴스의 앵커를 바라는 것이 아니라 취재 경험을 쌓고 나이 들어서, 나아가 아예 기자로서 앵커가 되는 것이 바람직하겠다는 생각이 들었고, 선배 기자들도 격려해 주었다. 1차 논술이나 2차 리포트 실기 등에서 좋은 점수를 받았다는 소문이 돌았다. 3종 세트의 최정점은 3차 면접시험장에서 일어났다.

그 사람은 보도본부장이었고 내 아버지뻘인 나이 든 남자였고 나의 면접관이었다. 나는 그가 한평생 일했던 기자가 되기를 바라 전직 시험에 응시한 아나운서였고 그의 딸뻘 되는 사회초년병이었고 그의 면접 대상이었다.

면접은 3인이 함께 들어가 3인 정도의 면접관 앞에서 치르는 다대다 형식이었다. 내 양옆에는 다른 남자 응시자 두 명이 앉아있었다. 첫 질문은 공통으로 모두에게 '취재를 해왔는데 데스크가 못 내겠다고 했을 때 어떻게 행동할 것인지'를 물었다. 조직의 논리와 취재기자로서의 윤리가 모순될 때 어떤 자세를 취할지 보겠다는 적절한 질문이라고 생각하며 어렵게 답했던 기억이다. 그다음 보도본부장의 질문은 나만을 향했다. 내 이름을 아예 특정해 불렀다. 왜냐하면 이 질문은 다른 남성 응시자에게는 해당 사항이 아니었을 테니까.

"유정아 씨, 유정아 씨는 기자 처음 할 때 다들 하는 경찰서 출입, 사쓰마리 돌 때 여기자들이 남자 기자들한테 따먹힌다는 말 못 들어봤어요?"

지금 쓰고 나서도 호흡을 가다듬고 앉아있다. 많이 떠올리며 살지 않았다. 요즈음에는 말 같지 않은 말이나 기도 안 막히게 행동하는 존재들로 내 마음을 상하는 것이 아깝다고 여기는 여유가 생겼지만, 그 당시 나는 세상을 고작 20여 년 살았을 뿐인, 바로 얼마 전까지 아이였을 뿐인 존재였는데도 사람에겐 더러운 것을 반사시키는 본능 혹은 자동 억제장치 같은 게 있는 거였을까.

아내 왈에 대해서는 대꾸하지 않아도 되었으나 이 말에는 대꾸를 해야 했다. 이건 면접시험이었으니까. 사람 따라 다르게 행동할 수 있지 않겠느냐는 정도의 답변이었고, 심지어 그에 대한 후속 질문까지 따라왔다. 그게 그렇게 마음대로 될 것 같으냐는…….

정신없이 면접이 끝나고 본부장 옆에서 조용히 면접관 역할을 했던 보도국장이 나와 내게 이렇게 말했다.

"유정아 씨가 첫 단추를 잘못 끼웠어요."

내가 잘못 낀 첫 단추란, 나중에 들어보니 기자 전직시험을 앞두고 조직의 수장인 보도본부장을 미리 찾아뵙고 상의 한 번 안 한 것이라 했다. 이번 전직시험은 신생 방송사로 많이 빠져나간 남성 기자들 때문에 차질이 생긴 숙직 시스템을 보완하려고 마련해서 당시에는 숙직자 머릿수에 들어가지 못하는 여성 지원자는 뽑을 이유가 없었다는 것이다. 본부장을 미리 찾았다면 이런 취지를 설명해 주고 응시를 자제시켰을 것이며 이런 말을 들을 일도 없었을 거란 이야기였다. 내 탓이었다. 그런 말도 안 되는 말을 통해서라도 뭣 모르고 도전한 순진한 여성 응시자를 떨어뜨려야만 했던 보도본부의 눈물겨움을 이해해달라는 건가.

이듬해쯤 9시 뉴스 진행을 맡게 되었다. 만일 내가 기자였다면 진행을 맡기까지는 시간이 좀 더 걸렸을 것이다. 경험을 쌓은 후의 메인 앵커라면 말이다. 나는 당시의 관행대로 중견 남성 기자 출신 메인 앵커와 젊은 여성 아나운서 보조 앵커 콘셉트로 기용되었다. 9시 뉴스 스튜디오는 화가 난 아내가 없어서인지 각지게 되어있지 않아 함께 인사하며 시작해 함께 인사하고 끝낼 수 있었다. 다만 여성 앵커에게 주어진 비중은 너무나 작아서 옆에 앉아 거의 졸릴 때까지 있다 보면 날씨 바로 앞쪽으로 순서가 돌아와 뉴스를 처리하고 날씨로 넘어갔다가 클로징이었다(수해가 난 어느 날 특집으로 꾸려진 9시 뉴스에서 2시간 만에 첫마디를 떼었던 기억이 있다). 하지만 KBS 뉴스를 대표하고 있다는 자부심을 가지고 열심히 일했다. 그러나 기간은 단 1년을 넘지 못했다. 92년 5월부터 93년 5월까지의 일이다. 난 결혼을 앞두고 있었다. 어느 날 보도국장이 나를 불렀다. 이전의 보도국장은 국회의원 출마를 염두에 두고 퇴사하고 이번에도 역시 중년과 노년 중간의 다른 남자가 이어서 맡고 있었다.

"유정아 씨, 이번 주까지만 9시 뉴스를 진행하고 나음 주부터는 아침 940뉴스를 맡아주어야겠어요."

예상하지 못한 갑작스러운 지시라서 이유를 알 수 있겠냐고 물었다. 나이 어린 직원의 당돌한 질문이라 여겨서인지 살짝 짜증 섞인 말투로 대답이 돌아왔다.

"유정아 씨, 생각을 해보세요. 유정아 씨는 9시 뉴스에 결혼한 여자가 나오면 좋겠어요?"

이는 대답을 바라고 한 말이 아니기에 잠시 그 얼굴을 바라보다가 조용히 뒤돌아 국장실을 나왔다.

이것이 내가 철학자 3종 세트에서 떠올린 90년대 초반 3종 세트의 전말이다. 사람 이름이나 장소명 등 기억 안 나는 것투성이인 요즘이지만, 그 세 사람의 얼굴과 이름, 그 말을 할 때의 표정은 선명히 기억난다. 이후 한두 번씩 그들과 각각 만날 일이 있었는데, 그럴 때 웃으며 말 건네는 얼굴에서 그때를 후회하든 반성하든 다시 돌아가도 그대로 할 것이라 생각하든 그 순간을 나만 기억하는 건 아니라는 느낌을 받았다. 그들에게는 이미 장성한 딸 아들은 물론 손자 손녀까지 있을 것이다. 30년이 지난 지금 그들의 손녀들에게 딸들에게 그런 말을 했다가는 손가락질 받아서라도 입을 다물기는 하는 시절이 온 걸까. 말이 생각나지만 삼키기만 하더라도 다행이라 여겨야 할까.

내 마음에서 공소시효는 지났다. 3종 세트의 발언자와 조연들 모두 딱하다는 생각이 들 뿐이다. 그들에 대한 뒷담화는 이렇게 가끔 할지언정 공개하고 끄집어낼 생각은 전혀 없다. 내가 할 일은, 나의 3종 세트와는 비교할 수도 없는 일을 겪어 공개하고 끄집어내는 데에 온 영혼과 육체를 쥐어짜야 할 만한 용기가 필요한 이에게 조용히 온 힘을 보태는 일이다. 그리고 30년 전의 나 같은 이가 맥없이 면접실을 나오고 국장실을 나오지 않을 수 있는 세상으로 가는 길에 동참하는 일이다. 주변의 여성을 포함한 힘 약한 자들이 부당한 차별을 받을 때 가만히 있지는 않도록, 앵커의 아내가 아니라 우리 모두가 싫어하는 부당한 투 샷이 잡히지 않도록 각을 세울 일이다.

그렇게 살다 보면 어느 날, 젊은 여자 일꾼도, 남성 티오로 입사한 신입 남자도, 본연의 철학자다운 숭고함과 본연의 기자다운 공정함을 갖추고 늘 이 땅이 외국인 듯 겸손한 타인처럼 살아가는 모습을 보게 되기 바란다.

가장 우스운 단어, 멘토

사실 '멘토'라는 단어는 좋은 뜻을 가졌다. 멘토가 되겠다고 덤비는 이들만 없다면.

그리스신화에 나오는 오디세우스의 친구 멘토르(Mentor)는 오디세우스가 트로이전쟁에 출정해 고향을 비운 20년 동안 그의 아들을 돌보고 가르쳤다. 그래서 멘토르란 이름이 '현명하고 성실한 조언자, 또는 스승'의 뜻을 가지게 되었다고 한다. 기다릴 줄 아는 자의 오랜 세월이 현명함을 만들고 존경을 낳았다. 처음엔 그저 친구의 남겨진 어린 아들이 딱하고 가여워서 아버지 대신 빈자리를 채우며 뭐라도 가르치고 비뚤어지지 않도록 위로하며 보살폈을 것이다. 나보다 어린 자가 함께 생활하며 좋은 길로 가도록 하는 데에는 내가 열심히 살고 있는 모습을 보이는 것보다 좋은 건 없다. 한가득의 걱정, 한가득의 잔소리, 한가득의 애타는 마음 같은 건 별로 필요치 않다. 아이, 후배, 청년, 뒤따라오는 자는 바보가 아니어서, 어느 한순간 잘 보이기 위해 열심히 잘하는 척하는 것쯤은 다 안다. 어른, 선배, 앞서가는 자가 진정 그 삶을 죽 꽤 오래도록 살아갈 때 존경하는 마음과 함께 그 삶을 살아보고 싶은 바람이 생길 것이다.

그때에 비로소 그 좇아가는 자가 '그는 나의 멘토였다'라고 말할 수 있지, 언감생심 '이제 후배들의 멘토가 되고 싶다'라는 말은 어느 근거에서 나왔는지 모를 경박하고 되도 않는 건방짐에 불과하다. 그런 같잖은 욕망의 발로는 자신이 그러한 자격이 없음을 그대로 나타낼 뿐이다. 그저 자기 자신을 부끄럽지 않게 잘 들여다보며 살아가는 것이 내가 할 수 있는 최선일 것이다.

왜곡된 기억들

소재와 형식의 특이성으로 주목받았던 영화 〈메멘토〉를 보며 우리가 기억해야 할 것은 단 한 가지였다. 인간의 기억이 얼마나 자의적인지, 기억하고 싶은 것은 저장하고 그렇지 않은 것은 고쳐서 입력하는 우리 인간이란 얼마나 영악한 동물인지. 기억이 그러할진대 학습이나 여타의 기억으로 형성하는 각자의 '입장'이란 또 얼마나 왜곡되고 치우치기 쉬울 것인가.

나라 안의 중요한 선거들을 눈앞에 둔 요즈음, 참으로 첨예하게 나뉘는 많은 견해를 만난다. 경제를 두고도 누구는 이 정권의 구조조정이 그나마 성장을 하게 했다고 하고 누구는 기업이나 가계 어느 한구석 잘 살게 된 곳이 없다고 비난한다. 연일 신문지상을 떠들썩하게 하는 권력과 돈의 유착 꼴을 보면서는, 예전에도 이 정도는 아니었다는 측과 그땐 이렇게 드러나지조차 않았던 것 아니겠냐는 측이 있다. 한 대통령 후보를 자신 있게 비판하는 사람이 있는가 하면 그래도 최고의 엘리트가 한 번쯤 나라를 다스려야 하지 않겠냐는 사람도 있다.

그 견해들 가운데 타인의 견해로부터 자유로운 자신의 견해를 발견하기란 쉽지 않다. 왜곡된 기억을 바탕으로 자신의 입장을 정리한 후 입장에 따른 견해를 피력하며 정신없이 목표를 향해 돌진하는 모습. 그래서 다들 그렇게 바쁜 것이라면 그 서두름은 얼마나 허망하며 나아가 얼마나 악한 것인가.

생존을 위협받지 않는 한에서 자신의 입장을 비워 보자. 그 빈 공간 속에서, 내 행동은 어떤 생각에서 나왔으며 그 생각은 어떤 배경에서 생겼는지, 내가 믿고 싶은 것을 믿고, 보고 싶은 것만을 보고 입장을 만들지는 않았는지 곰곰이 되짚어볼 일이다.

비행술과 축지법

경북 봉화에 와 있다. 봉화에서의 첫 번째 밤. 무척 오고 싶었으나 발 딛지 못했던 곳에 와 있다는 담담한 기쁨이 차오른다. 봉화 출신 건축가이신 류춘수 선생님의 초대를 받기도 했고 문인들의 방문길에 동행할 일도 있었는데, 이래저래 오지 못했다. 안동에서 도산서원을 둘러보고 나오니 그 앞으로 난 2차선 도로에 '봉화 ○○*km*'라고 멀지 않은 거리가 적혀 있었음에도 일정상 이르지 못했다. 그러다가 얼마 전 한 지인이 봉화 옆 청량사와 청량산 경관을 입에 침이 마르도록 극찬하며 추천하는 걸 듣고는 꼭 한번 가리라 마음먹었던 차에, KBS 〈한국재발견〉에서 연락이 와 정겨운 선후배들과 '봉화발견' 길에 오른 것이다. 이런 절묘한 우연들이 인생을 맛있게 한다.

봉화와 안동 사이에 위치한 청량산은 예로부터 그 경관이 빼어나 조선시대 많은 선비들이 유람기를 남겼다. 주세붕

(1495-1554)은 청량산 12봉을 특징에 따라 적절히 명명하였다. 조선 후기의 학자 오두인(嗚斗寅, 1624-1689, 호는 元徵)은 "한강 북쪽에 살면서 일찍이 이 산을 한번 찾아 오르려고 했으나 길이 막혀 있고 지역이 멀어 한갓 누워서도 정신이 거기 가서 노닌 지가 반생이다. 지금 다행히 남쪽으로 와서 이 산을 오르게 되었으니 평생의 소원을 푼 셈"이라고 쓰기도 했다. 원징은 청량산을 남에서부터 북으로 이르렀나 보았다.

나는 예전부터 길을 나서면, 내가 가는 방향이 동서남북 어디인지, 전체 지역에서 어디 정도를 가고 있는 건지 알아야 마음이 편했다. 거리와 방향에 대해서도 대충 감이 있었다. 낯선 곳에 와서도 막연하나마 방향을 잡으면 가고자 하는 쪽이 맞았다. 남들도 다 그런 줄 알았는데, 그런 게 궁금하지도 않은 사람이 있는가 하면 화장실을 나와서도 왔던 방향으로 다시 가는 사람이 있기도 했다. 그런 방향치에게는 믿을 만한 사람을 따르거나 죽자고 나름의 이정표를 기억하는 방도 외에 별다른 도리가 없다는 것도 알게 되었다. '참, 저러고 어떻게 사냐.' 마치 그들이 잘 찾지 못하는 게 삶의 길이기라도 한 양, 내가 혀를 차며 속으로 한 생각이었다.

그런데…… 이제 내가 그런다. 다 알던 길을 나서면서도 운전대를 쥐고 '어떻게 가야 하더라' 막막할 때가 많고, '분명히 이 방향이 맞을 거야'하고 방향을 틀었을 때 전혀 정반대의 길이 나오는 무시무시한 경험. 그래서 내비게이션을 켜놓고도 교차로나 출구를 놓칠세라 전전긍긍하며 예전에 내심 무시했던 이들처럼 길과 방향에 대해 대단히 겸손하게 행동하고 있는 나를 본다. 난 얼마든지 틀릴 수 있는 사람인 것이다. 올바르지 않은 길에 들어설 수 있는, 심지어 역행할 수 있는. 난 그래도 여전히 내 육신의 이동방향에 관심이 있다.

전교생 33명인 서벽초등학교의 가을운동회가 끝나기 전 촬영을 해야 해서 오전 강의를 마친 후 방송국 차를 타고 거의 날듯이 봉화에 도착했다. 나는 조선의 학자와 달리 잘 닦인 길을 따라 북에서 남으로 봉화에 이르렀다. 미리 와 있던 촬영팀이 끝나가는 운동회를 이래저래 구실을 대며 연장시키느라 애쓴 일화를 들으니, 예전 홍대 앞에서 양화대교 가는 방향에 있는 한 건물에서 봤던 거짓말 같은 업소 선전 문구가 떠올랐다.

'비행술과 축지법 가르쳐드립니다.'

비행기나 고속철 같은 기술의 발달에 힘입은 탈것에 오르는 방법 외에 초라한 건물 2층에서 전수받을 수 있는 비행술과 축지법은 도대체 무엇이었을까.

내일 오후엔 청량산에 오를 계획이다. 축지법 같은 건 없다. 다만 한 발자국씩 부지런히 내디디면서 목적지에 이를 뿐이다. 우리가 불온했던 과거로부터도 그렇게 멀어질 수 있을 것이다. 착실하게 차곡차곡 정신 차리고. 그것이 어쩜 그 업소에서 가르치던 축지법이 아니었을까. 내일 청량산에 오르기 전 이른 새벽엔, 제일 먼저 물안개 피어오르는 합강에 갈 것이다.

조금 다른 욕망

나는 지난 2012년 10월 문재인 시민캠프의 대변인으로 들어가 2017년 19대 조기 대선을 치르기까지 5년여 기간 그를 곁에서 지켜보았다. 2012년 18대 대선 패배 확정 순간에 대변인들과 함께 있던 자리에서 눈물과 코피가 동시에 터져 진정한 '피눈물'을 경험했던 나는 이후 백수로 돌아갔고 많은 이의 걱정을 샀다. 그 쓰디쓴 대선 패배가 내 인생에 준 선물이 있다면, 우연히 연극과 영화로 연기를 경험할 수 있었단 점, 그걸 내가 매우 좋아한다는 걸 발견했다는 점이다.

사적인 경험을 바탕으로 목격한 그와 관련한 일화 몇 가지를 소개하려 한다. 2014년 내가 출연했던 연극 〈그와 그녀의 목요일〉 공연을 그가 보러 와주셨다. 연극이 끝나고 뒤풀이 자리에서 그분이 말씀하셨다. 처음 시작할 때는 대사 틀릴까 봐, 까먹었을까 봐 내내 마음을 졸여 집중을 못 하겠더니, 지켜보니 그럴 일은 없을 것 같아 서서히 연극에 빠져들어 끝까지 잘 보았다고. 그런 사이가 되었단 사실에 많이 기뻤다. 있지 않은가, 내 친구가, 지인이 무엇을 하면 잘하길 바라는 마음, 틀리면 안 되는데 하는 걱정으로 오히려 집중하지 못하게 되는 상태. 그는 그러한 보통 사람의 평범하지만 애틋하고 소중한 마음을 가지고 있는 사람이다.

그의 보통 사람다운 면모는 타운홀미팅이나 심지어 본인이 주인공인 북 콘서트 같은 데에서도 여실히 드러난다. 주인공이란 어떤 자리에서 듣기보다는 이야기를 주도하고 그 자리를 마감하는 역할까지 자처하는 것이라고 흔히들 생각하기 쉽다. 그는 이런 주인공 노릇을 좋아하지 않는다. 말을 독점하기보다는 참여한 사람들의 이야기에 귀를 내어주는 편이다. 나는 한 글에서 '내어주는 것이 귀뿐이겠는가. 귀를 통해 내어주는 것은 그의 마음이다'라고 썼다. 인권 변호사 시절 그의 의뢰인들은 대부분 못 배우고 가난하고 억울한 소위 사회적 약자였다. 의뢰인에게는 아무리 '인권'변호사라 할지라도 자신과는 사회적 계급이 다른 인텔리 기득권층이라는 거리감이 있었을 터. 문재인 변호사는 그들이 느낄 간극을 배려해 유식한 말로 질문을 해대기보다는 가만히 그들의 언어를 들어주는 편을 택했다. 상대가 편안해야 말이 제대로 나오는 법이니까.

가난하고 배곯았던 명민한 아이가 자라면서 갖게 되는 삶의 자세는 크게 두 가지로 나뉜다. 지긋지긋한 가난이 싫어 그로부터 탈출하려고 악착같이 노력해 삶의 질을 끌어올리는 차편에 올라타는 것. 다른 하나는 가난과 고난을 잊지 않고 자신을 포함한 그 누구도 더는 그러한 삶을 살지 않도록 보다 많은 이의 삶의 조건을 개선하는 데에 관심을 갖고 그 길에 동참하는 것. 문재인이 택한 삶은 당연히(?) 후자였고, 약자의 눈높이에서 기꺼이 조력자의 역할을 수행했다. 바로 이럴 때 평범은 비범이 된다. 사실 그러한 선택이 당연하고 쉬운 일은 아니니까. 그는 지금도 여간해서는 식사를 남기지 않고 맛있게 다 드신다. 한 끼의 밥이 얼마나 소중한지 알고 그 밥을 모든 이가 먹을 수 있어야 한다고 생각한다. 내 옆에 낯모르는 타인일지라도 밥 굶는 이가 있다면 내 진수성찬을 맛있게 먹일 수 있는 이가 얼마나 되겠는가? 그는 주변 사람으로 하여금 미처 생각 못 한 자기 내면의 이런 선량한 생각을 끌어낼 수 있는 사람이다. 말이 아니라 행동과 표정으로 말이다.

2017년 2월 나는 아버지를 여의었다. 경선 준비가 한창인 시기 촘촘한 일정을 소화하던 문재인 후보가 시간을 쪼개어 첫날 빈소를 찾아주셨다. 그리고 참으로 적절한 위로의 말을 건넸다. 타국에서 갑자기 죽음을 맞이하신 내 아버지와 비슷하게 당신의 아버지도 갑작스럽게 작고하셨는데, 남겨진 어머니는 평생 곁에서 남편 간병 한 번 못 하고 떠나보낸 게 한이 된다 하셨다 했다. 그러면서 어머니를 많이 챙기고 위로해 드리라고, 많이 힘드실 것이라고. 다른 사람의 상처를 다독이기 위해 본인의 오랜 상처를 꺼내는 일은 진정이 없으면 어려우리라. 상대의 처지와 상황을 헤아려 건네는 진심의 위로, 그것이 문재인이다.

그는 그 자리에 와계신, 자신을 좋아하지 않는 분위기가 역력한 아버지 어머니 친구분들께도 일일이 눈 맞추고 고개 숙여 인사하고 빈소를 떠났다.

5월 9일 19대 대선 당일 문재인티비에서 〈문재인보우트라이브〉를 진행하던 나는 오후 3시 '민간인 문재인'과의 마지막 인터뷰를 하는 행운을 누렸다. 인터뷰 말미에서 나는 시청자의 마음을 전했다. 당신 같은 대통령 후보를 가질 수 있어 행복했다고, 하지만 이젠 그것으로 만족할 수 없다고. 문재인을 지도자 삼아 나라다운 나라에 살아봐야 성이 풀리겠다고. '오늘 아침 투표에서 몇 번 찍으셨어요?'라는 질문에는 허허 웃던 그가 이 말에는 진지하게 잠시 생각하다, 자신이 혼자 할 수 있는 일이 아니니 많은 분이 도와달라고 청했다.

이번에는 피눈물이 아닌 감격의 눈물과 함께 그의 당선을 맞이했다. 대한민국 19대 대통령 문재인의 시대를 우리는 지냈다.

문재인 대통령은 당선 다음 날 조촐하고 깔끔한 취임식에서 아름다운 취임사를 마치고 난 뒤 우리가 이전에는 보지 못했던 행보를 보여주었다. 비정규직의 정규직 전환 약속 등 신속한 업무 지시, 권력기관 개혁을 담보하는 인사, 초등학교를 찾아가서 아이들의 의견을 듣고 나서야 정책을 설명하는 쌍방향 눈높이 소통, 있었는지도 몰랐던 청와대 잔디밭에서 캐주얼한 오후 티타임, 아아 그리고 이어지는 시민과의 셀카. 거기다 김정숙 여사의 소탈한 웃음과 함께 온 나라가 지난 시절 음습함과 어둠을 딛고 한껏 밝아지는 느낌이다.

그 밝음 속에 더욱 빛이 나는 것은 역설적으로, 그가 '죽음을 대하는 자세'이다. 5 · 18 광주영령에게는 '임을 위한 행진곡'을 돌려주었고, 죽음으로 광주의 진실을 밝히고자 했던 젊음의 이름을 일일이 호명했으며, 아버지의 죽음과 함께 태어난 '광주동이'를 아버지가 되어 뜨겁게 안아주었다. 4 · 16 세월호에서 제자들을 구하다 숨진 두 분의 기간제 선생님께는 순직 인정 절차 지시로 스승에 대한 국가의 예우를 바쳤다. 선생님의 아버지와 한 통화에서, 정부가 당연히 해야 할 일을 하지 못했기에 감사 받을 일이 아니라고도 했다.

선거운동 기간 동안 틈틈이 읽다 선거 끝난 후 새 세상에서 마지막 책장을 덮은 존 버거(1926-2017)의 소설《A가 X에게》는, 테러리스트 조직을 결성했다는 이유로 이중 종신형(죽을 때까지 감옥에 있고 그 후에도 죽을 때 나이만큼의 기간 동안 시신을 감옥 밖으로 내올 수 없는 형벌)을 선고받고 수감 중인 자비에르에게 연인 아이다가 보내는 편지로 꾸려진 소설이다. 절절한 그리움과 사랑과 지성이 넘치는 글의 후반부에 이런 구절이 나온다. (서간체를 평서문으로 바꾸어 소개한다.)

> 아주 조금이라도, 죽은 자들을 향하지 않은 노래는 이 세상에 없다. 죽은 자들은 노래를 주머니에 담는다. 그들만의 침묵의 주머니……. 죽은 자들이 우리들의 노래를 침묵의 주머니에 담고 나면, 침묵에 변화가 일어난다. 그건 더 이상 멀리 떨어진 침묵이 아니라 가까이 있는 침

묵, 함께 하는 침묵이 되는 것이다.[1]

모든 삶은 죽음으로 이어진다. 자연스러운 죽음은 국가가 책임질 수 없는 법이지만, 국가의 폭력으로, 무능과 부실로 당도한 죽음은 국가가 제대로 애도해야 하는 법이다. 애도를 욕보였던 시대를 보낸다. '죽은 자들을 위한 노래'를 불러 한 뼘 가까워진 죽은 자들의 침묵을 함께 하며 그 아픔을 지금에 되새긴다. 그렇게 역사는 진화하는 것이다. 그 진화의 길 위에서 우리는 타인의 아픔을 보듬고 마음을 내어주며 단호하게 앞으로 나아가는 대통령과 눈을 맞춰 함께 발견하길 기원한다. 자신의 삶의 조건을 개선하기보다 타인의 아픔을 치유하고자 하는 내 안의 낯선 욕망을. '보다 높은 섭리에 이끌린' 조금 다른 욕망으로 만들어낸 밝은 문명과 문화가 거꾸로 우리 개개인의 삶의 조건을 개선하는 선순환 고리를. 어떠한 삶도 죽음도 차별받아선 안 된다는 당위를. 그것은 오래 잊고 있었지만 우리 안에 원래 있었던 것일지 모른다.

1 존 버거, 김현우 역, 《A가 X에게》, 열화당, 2009.

진지함에 대한 진지한 논의

LG아트센터라는 공연장이 난 참 고맙다. 우연찮게 회원이 되어 달마다 공연 일정이 우편으로 날아오고 그중에 선택해서 접하는 퍼포먼스에 실망하는 법이 별로 없다. 진지하면서도 재미있다. 캐나다 극단의 4차원 연극을 보았고, 부에나 비스타 소셜 클럽의 열정적인 노래를 손에 잡힐 듯 보았으며, 소프라노 바바라 헨드릭스의 공연을 아버지 생신 선물로 폼 나게 선사했고, 아이들과 함께 그림자 연극 빨간 도깨비를 관람했고, 가장 최근엔 스노우쇼를 보았다. 아름다운 공연장에 훌륭한 음향시설을 갖춰 그때마다 무대 위에서 펼쳐지는 꿈들을 다른 빛깔로 담아내며 감동을 주었다.

그리고 여름의 한가운데에서 올려진 작품은 러시아인의 진지함과 의연함을 무겁지 않게 던졌다. 말리 극장의 대표적 연극 〈가우데아무스〉였다. 러시아어로 '작다'는 뜻을 가진 '말리'

는 역설처럼 느껴졌다.

러시아 연극예술을 대표하는 아이콘 말리 극장에서 1990년 초연 이후 전 세계를 투어하며 공연 중인 〈가우데아무스〉는 연출자 레프 도진과 그의 학생들의 공동작업으로 이루어진 것이라 했다. 온통 눈으로 하얗게 뒤덮인 경사진 무대에서 해체 직전 소비에트 연방 레드 아미의 일상이 펼쳐진다. 무대 양쪽의 자막을 읽으며 19개의 에피소드에서 펼쳐지는 배우들의 몸짓과 노래를 보고 들으며 열심히 좇아가다 보니 2시간 반에 가까운 긴 공연 시간이 순간처럼 흘렀다. 그들의 특수 상황이기도 했지만 동시에 인간의 보편 상황이기도 했기에 레드 아미가 해체되거나 아예 존재하지도 않았던 '지금, 여기'를 사는 우리에게 그리도 강렬하게 다가왔다고 여겨졌다.

88 서울 올림픽을 앞두고 잠실구장에서 열렸던 프리올림픽쇼에서 러시아의 민요를 멋지게 불렀던 러시아 출신 테너는 곧이어 무대에 올랐던 미국의 대중 가수에 비해 턱없이 부족한 박수를 들어야 했었다. 그에게 미안하고 가슴이 아팠었다. 문화에 대한 환호는 결국 익숙함에 대한 열광일 뿐인가 하는 씁쓸함 때문이었다. 그러나 이번엔 상트페테르부르크에서 온 그들에게 미안하지 않을 만큼 한국 관객의 반응이 뜨거웠다. 세계화의 물결 덕인가?

내게 더 직접적인 울림을 준 건 팸플릿에 실린 레프 도진의 인터뷰였다. 당신은 극장의 발전을 위해 어떠한 노력을 해왔는가라는 질문에 그는 이렇게 답했다.

"우리는 우리 자신을 마케팅 대상으로 삼지 않았고 지금도 그러하다. 우리는 결코 먼저 투어를 제의하지 않으며 어딘가에서 공연을 하고 싶다고 먼저 얘기를 꺼내지도 않는다. 우리는 단지 초청을 해오면 그에 응할 뿐이다."

그의 말이 너무 좋아서 무슨 시구절이나 되는 듯이 자다 일어나 다시 한번 읽었다. 그러니까 그것이 고도의 마케팅 아니냐고 받아치는 사람들이 많은 시대, 좀 과장해 말하면 마케팅이 다인 시대, 책이 팔릴지, 영화가 돈이 될지, 판이 팔릴지의 구상이 작가의 영혼보다 우위인 시대를 살면서 이런 생각을 하고 있는 그가 너무나 귀하고 소중했다. 일견 건방지게도 보일 수 있는 그의 말은 연극에 임하는 진지한 자세로 완벽히 이해된다.

"자신에게 중요한 일을 하고 본인이 진지하다면, 자신이 하고자 하는 일에 관심을 보이는 사람을 적어도 한 사람은 발견할 것이다. 그러나 자신은 무관심하면서 다른 사람들에게 중요하다고 생각되는 일을 하려고 한다면, 결국 아무도 없다는 것을 각오해야 한다."

피곤하지 않게, 즐겁게 인생을 사는 방법은 생각보다 어렵지 않은 것이다.

성녀와 마녀 사이

14세기 이전 셀 수 없이 많았을 종교음악 작곡가 중 이름이 남아있는 이는 손에 꼽을 정도이다. 스스로를 '보잘것없는 작은 여인'이라 불렀던 힐데가르트 폰 빙엔(Hildegard von Bingen, 1098-1179)은 자신의 삶에서 작곡이 차지하는 비중 또한 보잘것없었음에도 이 귀한 작곡가 대열에 끼여 있는 12세기의 여성이다.

11세기가 끝나가던 1098년 독일 마인즈 근처의 베르메르스하임이란 곳의 귀족 집안에서 열 번째 아이로 태어난 힐데가르트는 병약한데다 환영을 보곤 했기 때문에 십일조로 교회에 바쳐졌다(정말 대단한 시대다, 십일조로 애를 바치다니!). 8살 때 라인강변 빙엔—그의 성은 바로 그의 소속지— 근처 성 디시보드 수도원 부속 작은 수녀원에 들어가 생활했는데 베네딕트 교리에 의한 수녀원이 번성하면서 1136년 38살의 힐데가르트는 수녀원장이 되었다. 그 5년 뒤인 43살이 되었을 때 그는 불꽃의 혀의 환영을 보았으며 그 영적인 체험을 써 내려가기 시작하면서 신비주의자, 작가, 작곡가의 경력이 시작되었다.

1147년에 그의 글이 베네딕트 개혁자이자 전도사와 교황 에우게니우스 3세의 이목을 끌어 그들은 그를 비법의 전수자이자 예지자로 인정하였다. 그의 명성은 자자해졌고 그는 멀지 않은 루페르츠베르크에 새 수녀원 건립을 제안했다. 성 디시보드 수도사들은 힐데가르트와 그의 수녀들이 명성을 잃을까 두려워 반대했고, 그는 끊임없이 투쟁하여 마침내 1150년 새 수녀원을 짓게 되었다. 1165년 루페르츠베르크 수녀원은 대단히 번창하여 힐데가르트는 라인강 너머 아이빙엔에도 딸들의 집을 지었다.

그러는 와중에 그는 스승이자 지지자인 수도사 볼마르의 도움으로 1151년 환영에 대한 작품 〈쉬비아스(Scivias)〉를 완성했고, 약초에 대한 〈피시카(Physica)〉와 화학약품에 대한 〈원인과 결과(Causae et Curae)〉 두 부분으로 이루어진 과학사전을 집필했다. 당시 널리 알려진 약초학자이자 치료사로서 그의 지식과 자연에 대한 존중은 식물과 동물, 광물이 상징적으로 사용되는 그의 시에 잘 나타나 있다.

1150년과 60년 사이 힐데가르트는 자신의 시 음악 모음집을 작곡 편집하여 《Symphonia armonie celestium revelationum(조화와 계시의 심포니)》로 내놓았다. 두 권이 더 이어져 〈환영 삼부작〉이 되었다. 각지로부터 날아오는 격려와 존경의 편지들 속에서 힐데가르트는 시간과 힘을 찾아 60세가 넘어서도 독일 전역을 여행하다가 1179년 9월 17일 루페르츠베르크에서 81세의 나이로 세상을 떠났다. 그의 사후 13, 14세기 그는 로만 가톨릭교회에서 전혀 기억되지 않았으나 21세기의 우리는, 보잘것없이 태어나 십일조로 교회에 바쳐졌던 한 여성이 남긴 아름다운 음악을 통해, 환영을 보진 않지만 그의 이름을 부른다. 빙엔의 힐데가르트라고.

공주가 마법에 걸려 있다.

왕은 딸에게 마법을 건 마녀의 성에 들어가 마녀를 무찌르는 자에게 공주를 아내로 주겠다고 온 세상에 선포한다. 어떤 이는 커다란 말뚝으로 문을 부수려 했고 어떤 이는 대포로 공격하려 했으며 어떤 이는 높이 올라가 지붕을 공략하려 했지만 모두 실패했다. 공격의 방법은 다양했으나 마녀의 성은 견고했다. 난공불락의 요새였다.

나무 위에서 모든 걸 지켜보던 소년은 이젠 때가 되었다고 자신이 마녀의 집에 들어가겠다며 나무에서 내려온다. 사람들은 비웃는다. 한 개의 무기도 없이 마녀의 집에 다가가다니. 문 앞으로 뚜벅뚜벅 걸어간 소년은 감동적이게도, 현관문을 똑똑, 노크한다. 문이 열리고 소년은 마녀의 안내로 집안으로 들어간다. 소년은 요새를 공격하지 않았고 성은 함락되지 않은 채 목적은 부드럽게 달성된다.

투구를 쓴 마녀가 자신의 성을 구경시켜준다. 온 세계의 책과 그림으로 가득한 도서관(마녀는 학자, 혹은 책 읽는 자), 기계 설계도가 즐비한 화실(마녀는 건축가이자 설계사), 기계를 만드는 작업실(마녀는 테크니션이자 장인), 약초와 야채를 기르는 정원(마녀는 땅과 생명의 소중함을 아는 농부이며 동시에 치료사), 물을 얻고 휴식을 취하는 호수(마녀는 정취를 아는 선비)가 성안에 있었다. 소년은 "Il est beau(아름다워요)!"를 연발하다 마녀를 바라보고 말한다.

"투구를 벗어보아요."

성(性)이 없던 마녀가 비로소 여성인 듯 투구를 벗으며 말한다.

"손님이 오실 줄 몰라 머리 손질을 못 했어요."

헝클어진 짧은 머리는 중성적으로 아름답다.

와아 하는 함성 속에 공주 일행이 도착하고 왕은 소년에게 공주를 내주려 하나, 소년은 정중히 거절한다.

"폐하께 감사하고 공주님께 경의를 표합니다. 그러나 전 이 성에 남겠습니다. 전 마녀를 사랑합니다."

왕자와 공주라는 소재로 여섯 가지의 다른 이야기를 창의적인 그림자 애니메이션으로 표현했던 〈프린스 앤 프린세스〉(2001)의 한 막이다. 내용과 형식 모두 뛰어난 상상의 산물이었던 그 작품의 여섯 이야기 모두 훌륭했으나 그 가운데서도 이 막이 가장 기억에 남는다. 거의 이렇게 외치고 싶었다.

"성(城)안에 살면서 성(性)에 갇혀 있지 않은 만능 마녀 만

세! 사람 볼 줄 아는 소년 만만세!!"

소년의 당돌한 노크와 마녀에 대한 사랑 고백이 감동적인 건, 마녀가 공주에게 마법을 걸었을 것이라는 그럴 듯한 세간의 선입견과 오해를 타파하고 뚜벅뚜벅 다가가 향기 가득한 이의 내면을 보아주었다는 데에 있다. 막의 말미에선 누구든 그들이 쓸모 있고 아름다운 두 성(城과 性)을 마을 사람들에게 공개하고 (참신하진 않더라도) 천년만년 행복하게 살기를 바라게 된다.

힐데가르트 폰 빙엔의 음악을 들으며 그의 이야기를 읽고 있자니, 투구를 쓴 마녀, 아니 실은 변명이나 현시(顯示) 없이 사는 진정한 인간이었던 '헝클어진 짧은 머리의 그'가 떠올랐다. 환영을 보고 노래를 흥얼거리며 약초를 캐 누군가를 치료하겠다고 나섰을 때, 누군가는 반드시 '저 여자는 마녀다'라고 낙인찍기를 시작했으리라. 1830년대 파리를 풍미했던 소프라노 마리아 말리브란이 법적 이혼이 마무리되지 않은 상태에서 다른 바이올리니스트와 사랑하는 사이라는 게 알려졌을 때, 독일의 여성 음악인 요하나 킨켈이 전 유럽을 뒤흔든 1848년 혁명의 시기에 〈민주주의자의 노래〉를 발표하였을 때, 세상은 마치 기다렸다는 듯이 그들에게서 등을 돌렸다. 각각, '열외의 스캔들리스트(scandalist)', '피에 굶주린 혁명가'라는 낙인으로. 남편과의 결혼 관계는 사실상 끝나 둘 사이에 정리되었다는 사실, 나날이 스스로 혁명을 하지 않으면 삶을 견뎌낼 수 없는 여인도 있을 수 있다는 사실은 성급한 낙인에 전혀 고려되지 않았다.

남성에게 있어 보통과 다르다는 건 자주 유능함이나 걸출함의 표식으로 이해되나, 여성의 경우 보통과 다르다는 건 대개 사회와 기존의 권위에 대한 도전과 위협, 방해의 기호로 받아들여진다. 그래서 시대를 앞서거나 도무지 시대라는 것과 상관없는 성녀는 어느 날 당대의 마녀로 남게 되는 것이다. 코엘료의 소설《포르토벨로의 마녀》나 에밀 아자르의 이름으로 발표한 로맹 가리의《자기 앞의 생》에도 주인공이나 주변 인물로 세상이 알아주지 않거나 돌을 던지는 성녀/마녀가 등장한다.

힐데가르트 폰 빙엔은 11세기에 태어난 사람이지만 당대의 시선과 불화하지 않고 자신의 삶을 풀어낸 보기 드문 행운아로서 천 년 후의 우리가 들어도 고귀하고 아름다운 음악을 남겼다. 그의 음악을 들으며 생각해 본다. 내 안의 보잘것없는 '헝클어진 짧은 머리' 그를. 성(性)안에 갇혀 펼치지 못한 '사람으로서의 견고한 성(城)'을.

혁명가이자 아내였던
—요한나 킨켈

여성 작곡가, 여성 철학자라는 말을 하기보다 작곡가인데 여성, 철학자인데 여성일 뿐이란 조용한 인정이 있는 세상이면 좋겠다. 엄마와 아빠라는 구분이 있되 그 구분이 해야 할 일의 사회적 기대로 이어지지 않았으면 좋겠다. 한나 아렌트는 훌륭한 철학자인데 여성이었던 것처럼 훌륭한 작곡가인데 여성이어서 이름을 후세에 널리 알리지 못한 한 사람의 이야기를 하고자 한다. 높은 지성과 끊임없는 연구, 뛰어난 음악적 재능과 유머로 자신도 모르는 사이 '여성임'을 넘어서고자 한, 해방된 여성으로 존경과 동시에 그러나 경멸의 대상이 되었던 사람.

요한나 킨켈(Johanna Kinkel, 1810-1858)은 1810년 7월 8일 독일의 본에서 김나지움 교사이던 아버지 요셉 모켈과 어머니 마리안나 사이에 태어났다. 그의 출생년도 1810년은 슈만, 쇼팽과 같으며, 리스트보다 1년, 바그너보다 3년 빠르게, 멘델스존보다 1년 늦게 태어났다. 어릴 때부터 음악에 재능을 보여 베토벤의 스승이기도 했던 프란츠 안톤 리스(Franz Anton Ries, 1755-1846)가 능력 있는 제자 중심으로 구성한 음악 서클 〈음악 사회〉에 가입시킬 정도였다. 당시 74살이던 노스승의 가장 촉망받던 제자로 스승은 레슨비도 받지 않고 요한나를 가르쳤다. 1829년 사육제를 기념해 20살의 요한나가 처음으로 작곡한 작품 op.1은 본의 음악 가정에서 자주 연주되며 각광을 받았다. 사람들은 말했다. 이 과격한 사고와 특이한 유머를 가진 처녀가 음악을 하지 않았으면 단지 '좀 정신이 이상한 모켈(요한나의 결혼하기 전 성) 양'이었을 뻔했는데 다행이라고.

그러나 그가 음악을 직업으로 삼겠다고 했을 때 제일 먼저 뜯어말린 것은 어머니와 할머니를 포함한 집안의 여자들이었다. 그들이 딸의 야망을 접게 하는 가장 손쉬운 방법은 결혼이었다. 1832년, 결국 그는 가톨릭 집안 출신으로 책과 음악 딜러였던 쾰른 태생의 요한 파울 마티우스와 결혼하고 말았다. 그러나 23살에 서둘러 했던 요한나의 첫 결혼은 다행인지 불행인지 그의 몸과 마음을 피폐하게 했다. 그의 가족들은 폭력적이고 독재적인 남편에게 맞아서 거의 불구가 되어가는 딸을 데리고 집으로 돌아올 수밖에 없었다. 이것이 관습에 대한 그의 첫 번째 저항이자 독립이었다.

그가 상처에서 회복된 이후 음악은 유일한 즐거움이자 괴로운 기억으로부터 벗어나는 탈출구였다. 가족은 더 이상 딸이

원하는 음악을 하는 것을 말릴 수 없었다. 그는 안톤 리스가 가입시켜주었던 음악 서클 〈음악 사회〉에서 다시 주도적인 역할을 맡게 되었다. 본 사람들은 다시금 그의 작품 초연이나 기교적인 피아노 연주를 듣는 호사를 누릴 수 있었다.

1836년 여름 그는 멘델스존을 만났다. 프랑크푸르트에서 우연히 멘델스존의 작품을 연주할 기회가 생겼는데 멘델스존이 그의 재능에 깊이 감명받은 것이었다. 그는 프랑크푸르트에서 알게 된 지인들의 추천으로 베를린으로 거처를 옮겨 학생들을 가르치며 생활을 꾸려나갔다. 베를린의 문화 환경은 창작열에 불을 지폈고, 스스로의 힘으로 생활할 기반이 마련된 그 시절은 그의 정신을 담금질하는 두 번째 시기였다.

행복한 나날이었다. 그는 합창단원이나 피아니스트로 멘델스존의 누이 파니(1805-1847)의 아침음악회나 일요 콘서트 무대에 서며 베를린 문화계에 이름을 알렸다. 그 시절 그는 많은 작가와 교류하며 자신이 좋아하는 친구들의 시에 곡을 붙였다. 평안한 날들이었다, 남편이 이혼을 해주지 않는 것만 뺀다면.

1839년 그는 이혼 수속을 위해 고향 본으로 돌아갔으나 일은 순조롭게 풀리지 않았고, 본에서 독주, 작곡 등 음악 활동을 계속했다. 또한 합창단의 지휘를 맡기도 했는데 당시 독일 전역에서 여성이 지휘한 것은 요한나가 처음이었다.

베를린 시절 그는 엠마뉴엘 기벨(Emanuel Geibel, 1815-1884, 시인이자 극작가)이라는 시인과 가깝게 지내며 기벨의 시에 곡을 붙이기도 했는데, 기벨은 본 대학에서 신학 강사인 고트프리트 킨켈에게 신학을 배운 적이 있었다. 그래서 요한나도 킨켈을 몇 번 본 적이 있었다.

요한나가 지루하고 괴로운 이혼 수속에 매달려 있던 때 긴 이탈리아 여행을 마치고 본에 돌아와 있던 킨켈은 자신이 사는 본이란 곳의 추위와 단조로움에 따분해하던 때였다. 두 사람의 지루함이 그들을 친하게 했던 것일까. 이혼을 앞둔 가톨릭 여성과 자신의 여동생의 시누이와 약혼 상태였던 남성은 서로에게 지적으로 자극하고 독려할 수 있는 가장 좋은 대화 상대가 되었다. 대화가 잘 된다고 다 사랑에 빠지는 것은 아닐 터인데, 두 사람은 사랑에 빠진다. 아니 사랑에 빠졌다고 생각하였다. 고트프리트가 하루 밤새 요한나를 위한 시 12편을 바치고 또 요한나가 그에 곡을 붙이기도 했던 건 이즈음의 일이었다. 가톨릭 이혼 여성과 약혼자가 있는 5살 연하 루터교 신학자의 만남은 엄청난 스캔들을 일으켰다. 그러나 라인강에서 사고로 물에 빠진 요한나를 고트프리트가 구해준 일을 계기로 둘은 자신들의 사랑이 그 모든 것에 맞설 만하단 걸 인정하고 고트프리트는 약혼을 파기한다.

사랑하던 두 남녀는 1840년 여름 '비속물들'간의 문학 서클인 〈무당벌레 사회〉라는 모임을 주도적으로 조직했다. 같은 이름의 잡지를 통해 본과 라인 유역의 속 좁은 부르주아들을 무당벌레라 칭하며 조소와 풍자 가득한 글로 비웃었다. 스위스 출신 역사학자 야콥 부르크하르트(Jacob Burckhardt) 등 많은 학생들이 이를 따랐으며 격변기 그 땅의 많은 문인이 이 모임에서 시와 음악을 논했다.

요한나와 고트프리트도 여러 글과 시를 발표하곤 했는데, 고트프리트의 시에 요한나가 곡을 붙이는 작업이 계속되었다. 당시 오페라 공연이 활발했고, 고트프리트의 서사시의 성공에 힘입어 요한나가 징슈필 작업을 하기도 하였다.

이혼 수속이 끝난 요한나는 1842년 루터교로 개종하고 이듬해 봄 드디어 사랑하는 두 남녀는 결혼에 이른다.

행복했던 시절 요한나의 친구이자 훗날 신학자가 된 빌리발트 베이슐라크(Willibald Beyschlag)는 다음과 같이 말했다.

> "작곡가이자 피아니스트, 혁명가, 작가였던 그는 그 모든 것에 앞서 헌신적인 아내이자 네 아이의 엄마였다. 아내와 엄마라는 역할은 19세기 여성 작곡가로서 자리매김하는 데에 분명한 걸림돌이었다. 킨켈에 대한 요한나의 무조건적으로 헌신적인, 질투에 불타는 열렬한 사랑은 그의 예술과 삶에 새로운 변화를 가져옴과 동시에 예술가로서의 삶에 걸림돌이었다."

결혼 후 6년에 걸쳐 네 명의 아이가 연이어 태어났다. 육아와 생계를 위한 레슨에서 손을 뗄 수 없었지만 요한나는 왕성하게 작곡에 임해 출간을 계속했다. 그의 네 아이는 말을 배우기 전에 노래를 먼저 배웠다고 한다. 그는 작곡만이 아니라 시를 포함해 여러 종류의 글도 썼고, 본에서의 생활을 담은 재미난 일화를 책으로 펴내기도 했다.

1848년의 혁명은 전 유럽을 뒤덮었고 본도 예외일 수 없었다. 당시 본의 정치 그룹은 정부 권위 유지를 주장하는 보수파, 헌법 개정과 집회 결사의 자유를 요구하는 입헌주의파, 그리고 사회 개혁을 주장하는 민주정치 진영으로 나뉘어 있었다. 〈음악 사회〉와 〈무당벌레 사회〉는 구성원의 정치적 견해의 충돌로 분열되어 끝내 해체했다. 사회적 불평을 타개할 수 있으리란 믿음 하에 그때까지 입헌군주제를 지지하던 요한나는 1848년 3월 민주정치 진영에 합류한다.

한편 고트프리트는 〈장인과 노동자를 위한 교육 사회〉라는 모임을 창립했는데, 이 모임은 민주정치 진영 내부에서 점차 좌경화되어갔다. 그는 보수 진영과 민주주의 정신을 가진 교수 모임 양 진영과 모두 거리를 두었다. 그러자 이 부부를 둘러쌌던 예전의 편견들이 스멀스멀 기어나오기 시작했다. 요한나는 그러한 분위기를 확실히 감지했다. 음악회 초대가 뜸해졌고 고트프리트의 정치적 행동을 요한나가 뒤에서 다 조정한다는 말까지 나돌았다.

사실 민주정치 진영의 대변인으로 점차 정치적 급진주의자가 되어가면서 고트프리트는 요한나에게 고백한 적이 있었다. 만약 자신이 요한나를 만나지 않았더라면 반란을 지지할 힘이라곤 하나도 없는 본의 불쌍한 보통 사람들이나 마찬가지로 교회 대표쯤 되어있었을 것이라고, 그런데 당신은 참으로 신기하게도 내 안의 남성, 이 시기 꼭 필요한 심지를 가진 남성을 찾아내어주는 사람이라고. 요한나는 고트프리트에게 예술적 영감의 뮤즈만이 아니라 정치적 용기의 추동력까지 되어준 여인이었다.

1848년 12월 요한나는 〈민주주의자의 노래〉(작품 번호 없음)를 발표한다. 그 가사는 이러하다. "민주주의여 일어나라, 붉은 군주에 맞서라." 그가 아이들을 위해 만든 노래, "나 자라면 모든 것 달라지리. 깃발을 높이 흔들며, 자유를 위해서 내 생명 바치리"(op.20-10)라는 노래를 도시 수비대가 부르자, 본 사회는 요한나를 피에 굶주린 혁명가라며 손가락질했다.

1849년 본의 민주정치 진영의 입 역할을 하는 신문의 편집자직을 맡으며 적극적으로 정치적 사건에 개입하였다. 이 신문이 본의 마지막 남은 자유 언론임을 절감하며 정치 투쟁에 앞장서, 여성은 정치 참여에 관련되지 않아야 한다는 부르주아 지배계층의 사고를 과감히 떨쳐버렸다.

반란(Palatine-Baden Rebellion)에 참여했던 고트프리트가 프러시아 군대에 붙잡혀 투옥되자, 요한나는 극심한 가난에 빠졌고 네 아이와 함께 부모님의 집으로 옮겨가야만 했다. 생계를 이어가기 위한 음악 레슨도 다 끊어졌다. 누가 정치적 아웃사이더에게 아이의 레슨을 맡기겠는가. 요한나는 싸늘한 사회의 냉대 속에 남편의 사형 선고 소식을 듣는다. 그러나 요한나는 민주 진영 지인들의 도움을 끌어내 고트프리트의 사형을 가까스로 종신형으로 낮출 수 있었다.

요한나는 남편을 살리기 위해 발벗고 나섰고, 제자 칼 슈르츠의 도움으로 간수에게 돈을 써 남편을 탈옥시켰다. 베를린-스판다우에 위치한 감옥을 배경으로 요한나 킨켈 연출, 고트프리트 킨켈과 칼 슈르츠 출연의 '대담한 탈옥'은 성공적으로 촬영을 마칠 수 있었다. 고트프리트와 슈르츠는 스코틀랜드를 거쳐 파리에 도착했고, 그곳에서 요한나는 남편과 극적으로 재회했다. (나는 음악인의 삶에서 1848년 무렵 유럽을 휩쌌던 혁명의 기운이 이처럼 직접적으로 절절하게 아로새겨진 경우는 요한나 킨켈의 예에서 처음 보았다.)

1851년 두 사람은 네 아이와 함께 런던으로 이주해, 망명자를 도우며 새로운 삶을 시작했다. 고트프리트는 여전히 정치적 문제에 연루되어 있었고, 폴란드, 헝가리, 이탈리아, 러시아에서는 연이어 반군주제 혁명의 물결이 일었다. 두 사람은 혁명가들의 정신적 지주이자 실제적인 은신처였다.

삶은 이어가야 했고 그 책임은 '혁명가이자 남편'이 감옥에서 나왔어도 여전히 '혁명가였지만 아내'였던 요한나에게 주어졌다. 요한나의 몫이었다. 사람들이 그의 음악가로서의 가치를 몰라주던 런던 시절 초기에는 싼 값에 다수의 아이들에 대한 단순한 레슨에 만족해야 했다. 그 단조로움을 견딜 수 없어지면 그는 작곡과 집필에 몰두했다.

그런 사람이 있는 것이다. 단조로운 일상, 아내로서의 역할, 매일매일의 돈 벌기가 아니라 자신의 온 정신과 열의를 다해 몰두할 것이 있어야만, 그 안에서 자신을 갈고닦아야만 사는 것 같다고 느끼는 사람. 가끔씩이라도 그로 인한 산뜻한 성취감을 맛보지 못하면, 나날이 스스로 혁명을 하지 않으면 삶의 의미를 이어갈 수 없는 사람. 그 사람이 여성일 때 가족을 부양하고 있다 해도 사회는 그를 '유난하다'고 말한다.

고트프리트가 혁명군을 위한 기금 모금을 위해 미국으로 떠나있던 1852년, 삶에 지친 요한나는 남편에게 이렇게 썼다.

"당신들 남자들은 영광을 이야기하며 조국을 위해 가족을 희생하지요. 그 모든 것의 결과를 생각해 본 적 있나요, 희생된 가족이 어떠할지 당신은 진정 관심이 있나요?"

고트프리트가 자유로운 몸이 되어 교수직을 얻자 요한나는 다시 런던 사회에 이름을 알려나갔다. 음악사를 공부하기 시작했고, 피아노 연주, 강연을 하는 틈틈이 모차르트와 베토벤, 멘델스존에 대한 논문도 발표했다. 동갑내기 작곡가 쇼팽을 영국 사회에 소개한 것도 요한나였다. 실제로 그는 뛰어난 쇼팽 연주자였다고 한다. 또한 이민자의 삶을 묘사한 소설을 발간하기도 하였다.

그러나 혁명가 남편이 가정으로 돌아왔다 해도 가족의, 여성의 행복은 완성되지 않았다. 모든 왕성한 창작과 그로 인한 만족에도 불구하고, 그는 자주 앓았다. 그동안의 삶의 곡절과 생계를 위해 치러온 전쟁 같은 고통에 런던의 음산한 날씨까지 육체를 괴롭혔다. 심장질환에다 천식, 편두통, 불면증까지 계속되었다. 그러나 몸보다 더 아픈 것은 마음이었다. 이미 그는 40대 후반에 들어서 병까지 얻은 상태였지만, 40대 초반의 고트프리트는 살롱에서 늘 여인들에게 둘러싸여 있었다. 파니 멘델스존이 자신의 30대 중반에 젊음과 사랑이 사라져감을 예감하고 〈사계〉 중 11월에서 지극한 슬픔을 노래한 것처럼, 요한나 킨켈은 30대를 혁명과 생계에 투신하고 40대에 자신의 창의를 불태우고는 이제 런던의 병상에서 나이 듦을 서글퍼하고 있었다. 그의 서글픔은 파니의 그것보다 더 구체적이고 쓰라렸다. 남편에 대한 질투로 몹시 괴로워했던 것이다. 자신의 몸에선 이미 모든 매력이 사라졌으나, 남편은 감옥까지 다녀온 혁명투사였으며 여전히 매력적인 남자였다. 그는 남편이 집에 없을 때면 미칠 듯이 괴로워했다.

1858년 11월 15일, 런던이라 더 쓸쓸하고 음습했을 11월의 한 중간에 요한나는 자신의 집 3층 창문에서 떨어졌다. 자살이라는 소문이 파다했지만 고트프리트는 온 힘을 다해 이를 불식시키려고 동분서주했다. 독일 이민자들과 요한나의 영국 친구들이 오래도록 요한나를 애도했다. 누군가는 요한나의 빛나던 정신과 용기에 대한 긴 시를 쓰기도 했다.

요한나 킨켈은 여성도 진리와 정의를 위한 용맹한 전사가 될 수 있음을, 지적인 창의의 영역에서 끊임없이 고양된 그 무엇을 할 수 있음을 보여준 빛나는 여성이었다. 그러나 동시에, 아이를 키우고 생계를 유지하며 남편을 사랑하고 질투하는 보통 여인의 삶 위에서 이러한 빛남이 다 가능함을 몸으로 말해준 여인으로, 어찌 보면 현대 여성이 앓고 있는 슈퍼우먼 콤플렉스라는 억압의 원조가 되기도 했겠다는 생각이 든다. (요한나, 왜 그랬는가. 어째서 모든 걸 다 잘해내려 그리 애썼는가.)

이미 혁명 전에 종교적 신념을 바꾸고 신학을 포기했던 고트프리트 킨켈은 예술사를 가르치다가 런던에서는 독일어와 독일 문학을 가르치고 1866년 취리히 공과대학의 고고학과 예술사 교수직을 받아들여 그곳에서 세상을 떠났다. 부인이 죽고 난 24년 후의 일이었다.

시대를 초월한 두 성악가의 만남
—마리아와 체칠리아

전자 미디어가 발달하기 이전에 살다간 예술가의 인생을 재구성한다는 건 쉽지 않은 일이다. 남아있는 초상화들로 그의 외모를 그려보고, 탄생과 죽음, 이주의 기록을 들춰 어떤 역정을 지났을지 더듬어보고, 직접 남긴 글이나 오간 편지글 속의 성정을 짐작해 보며, 그를 다룬 매체가 전하는 글 속에서 그의 중요도와 세간의 느낌을 유추해 본다. 그가 작곡가나 화가가 아닌 연주가였을 때, 그가 남긴 악보도 그림도 손에 쥐어진 채 전해지지 않을 때, 우리는 그가 연주한 악기, 그의 목소리를 그가 연주했던 레퍼토리로 짐작해 본다.

마리아 말리브란(Maria Malibran, 1808-1836)은 19세기 초반 전 유럽을 통틀어 가장 유명했던 오페라 가수 중 한 명이었다. 그는 아름다운 얼굴과 목소리, 인기 스타가 갖출 만한 온갖 전형성을 다 갖춘 채 폭풍우 같은 성격과 극적인 인생으로 28년이라는 짧은 인생을 살고 가 전설이 되었다.

마리아 펠리시아 가르시아(마리아의 결혼 전 이름)는 1808년 3월 24일 파리에서 태어났다. 그는 스페인의 유서 깊은 음악가문인 가르시아의 후손이었다. 아버지 마누엘 델 포폴로 비센테 가르시아는 안달루시아의 유명한 테너이자 작곡가였으며 (마리아의 첫) 음악교사이기도 했다. 어머니 호아키나 시트케는 소프라노였고, 오빠와 여동생 또한 유명한 음악가였다.

마리아의 아버지는 가족을 이끌고 음악의 중심지를 찾아 이 도시 저 도시로 옮겨 다녀, 마리아가 4살 때부터 프랑스, 이탈리아, 영국을 오가며 지냈다. 마리아가 오페라에 처음 출연한 것은 8살 때인 1816년 나폴리에서 아버지가 출연했던 무대였다. 그는 같은 해에 아버지가 알마비바 백작으로 출연한 로시니의 〈세비야의 이발사〉 초연을 위해 로마에 동행했다. 공연은 생각만큼 성공적이지 못했고 작곡가 로시니는 크게 실망했다. 그때 이 예쁘장한 여자아이가 작곡가를 위로했다. 1년 뒤 로시니가 회고하기를, 그때 그 8살짜리 마리아가 다가와 깜찍하게도 불어로 이렇게 말했다는 것이다.

"너무 슬퍼하지 마세요. 좀 기다려보세요. 내가 크면 온갖 곳에서 〈이발사〉를 노래할 거예요. 하지만 이곳 로마에선 절대, 절대 안 부르겠어요. 교황이 내 앞에서 무릎 꿇고 애걸해도 부르지 않을 거예요."

로시니는 그 뒤로도 소녀를 '황홀한 생명체'라 부르며 귀하게 여겼다. 그 황홀한 생명체와 로시니의 만남은 딸과 아버지와의 만남만큼이나 운명적인 것이었다. 로시나, 체네렌톨라, 탄크레디, 니네타, 세미라미데, 아르사체, 무엇보다 〈오델로〉의 데스데모나 등이 유성처럼 마리아의 이름을 널리 알릴 것이었다. 그 일을 계기로 로시니는 가르시아 가족에게 늘 문을 열어놓았고 너그러웠다고 한다.

마리아가 정식으로 오페라에 데뷔한 것은 17살이던 1825년 6월 11일 런던에서였다. 바로 〈세비야의 이발사〉의 로시나역이었다. 사실 그날 로시나는 당대 최고의 이탈리아 소프라노 주디타 파스타(Giuditta Pasta, 1797-1865)가 연기하기로 되어있었으나 갑자기 몸이 아파 마리아가 대역으로 바로 직전에 투입된 것이었다. 마리아는 곧 장안에서 화제가 되었다.

그러나 늘 새로운 것을 찾는 마리아의 아버지는 이번에도 유럽을 떠나 새로운 대륙에서 행운을 찾고자 온 가족을 이끌고 미국으로 떠났다. 미국에서 이탈리아 오페라 흥행사를 시작해 볼 적기라고 여긴 것이다. 흥행사는 뉴욕 파크 극장 무대에 가르시아 가족이 주연하는 로시니의 오페라들을 무대에 올렸다. 마리아는 여주인공으로 활발히 활동했다. 이탈리아의 극작가로 모차르트의 〈피가로의 결혼〉, 〈돈 조반니〉, 〈코지 판 투테〉 등의 대본을 쓴 로렌조 다 폰테(Lorenzo da Ponte, 1749-1838)의 지원으로 가르시아 가족은 모차르트의 〈돈 조반니〉를 무대에 올리기도 했다. 마리아는 극 중 쾌활한 체를리나 역을 맡았다. 그는 곧 미국 초기 오페라 무대 최고의 스타로 떠올랐다.

그렇다면 그는 늘 자신의 인생을 이끌고 맘대로 떠나고 이주시키는 완고하고 독재적인 아버지를 그냥 따르기만 했을까. 부녀의 관계는 문제가 좀 있었다고 전해진다. 성마른 아버지와 성인이 되어가는 딸의 충돌에 대한 일화가 수없이 많다. 잘 참지 못하는 성미는 피에 섞여 마리아에게도 흐르고 있었던 것이다. 그 성미의 절정은 아버지로부터의 완벽한 도피, 결혼이었다. 뉴욕 정착 반년 후, 17살의 마리아는 자기보다 28년 연상인 40대 남자와 결혼해버렸다. 스페인 가계의 프랑스인인 외젠 말리브란(Eugene Malibran)은 그렇게 갑작스럽게 이 세기의 여인과 자신의 성(姓)과 성(性)을 나누게 되었다(이 결혼에 대해서는 결혼의 대가로 은행가인 돈 많은 말리브란이 마리아의 아버지에게 큰돈을 주기로 되어있었다는 뒷말도 있다). 가르시아 흥행사의 일원으로 뉴욕에 머물고 있던 주디타 파스타의 남편 주세페는 아내에게 보낸 편지에 이렇게 쓰고 있다.

"마리아가 며칠 전 40살이 넘은 한 사업가와 결혼했다오. 나이는 많지만 아직은 꽤 잘 생겼고 무엇보다 부자라오. 이제 마리아는 가르시아와 계약을 해지하고 무대를 떠날 거라고 하오. 그게 사실이라면, 뉴욕의 이탈리아 오페라는 이제 끝이오."(1826.3.14.)

도피였든 사랑의 결혼이었든, 아니면 정략결혼이었든, 마리아와 외젠의 관계는 시작부터 삐걱거렸다. 외젠이 무리한 사업으로 파산 직전까지 내몰린 것도 그 이유 가운데 하나였다. 마리아는 생계를 위해 다시 노래를 시작해야 했다. 필라델피아에서 콘서트를 기획했고 뉴욕에서도 다시 무대에 올랐다. 가난과 불행한 결혼 생활에서 벗어날 수 있는 단 하나의 방법은 유럽으로 돌아가는 것뿐이었다. 이듬해인 1827년이 저물어갈 무렵, 채 스무 살이 안 됐지만 여전히 자신만만한 마리아는 프랑스를 향한 배에 몸을 실었다. 그때부터였다. 그의 범상치 않은 성악 경력을 제대로 쌓게 된 것은.

로시니의 너그러운 후원으로 마리아는 이내 파리인의 우상이 되었다. 오페라 흥행주들은 너 나 할 것 없이 매력적인 조건을 제시하며 모셔가려 했으며, 팬과 안티 팬들 사이의 논쟁은 언론을 전쟁터로 만들어버렸다. 쇼팽과 리스트, 멘델스존 등이 그를 칭송했지만, 들라크루아 같은 화가는 그의 목소리는 예술적 취향이 없는 무지한 대중들에게 호소할 뿐인 싸구려라고 혹평했다. 그러나 그는 상류사회의 호화로운 저녁 자리에 자주 초대되었고 조르주 상드와 라마르틴, 뮈세 등이 '불멸의 여인'이라 불렀다. 그와 같이 20대였던 탈베르크, 모셸레스, 파가니니가 제각각의 악기로 그와 기교를 경쟁했다. 미국 독립전쟁의 전설적 영웅 라파예트 장군은 마치 아버지처럼 그와 우정을 나누며 후원자가 되었다. 그는 종종 런던 무대에도 섰는데 코벤트가든과 드루리 레인, 킹스 등의 극장을 사로잡으며 영국 음악 애호가들의 찬사 또한 얻어냈다.

남편 외젠과의 관계는 사실상 정리된 상태였다. 파리에서 마리아는 벨기에 출신의 바이올리니스트 샤를 드 베리오

(Charles de Beriot)를 만나 사랑에 빠졌다. 마리아가 아직 말리브란이라는 성을 가진 채로 공공연히 다른 남자와의 관계를 드러내자 마리아의 상황은 조금 달라졌다. 여성 예술가는 어떤 특정 상황에서만 사회적으로 용인받는다는 사실을 마리아는 알았을까. 훌륭한 예술가인 그는 멋들어진 상류사회의 행사에 엔터테이너로 초대받을지언정 게스트로 초대받진 않았다는 것을.

파리는 이 두 남녀의 관계에 대한 의견에 따라 또 둘로 갈라졌다. 열정적인 프랑스의 젊음들은 마리아를 아예 진정한 낭만주의 아이콘으로까지 여기게 되었으며, 파리의 상류사회는 자신들끼리의 스캔들만으로도 벅차서인지 냉대로 마리아를 벌했다. 아마 이 아름다운 존재를 두고 보기엔, 듣기엔 좋았으나, 그 치명적 존재가 자신들의 삶에 결부될 수도 있으리란 생각에 아찔했을지도 모른다. 자신의 명예와 명성이 그대로 남아있는 프랑스였지만 마리아는 결국 사회적 압력을 이기지 못하고 파리를 떠난다. 그리고 그때부터 죽을 때까지 마리아는 자신에게 냉정한 두 얼굴을 보였던 파리에서 다시는 노래하지 않았다.

마리아의 열풍은 프랑스를 떠난 뒤에도 쉬이 가라앉지 않았다. 그것은 마치 독립운동의 들불과 같이 이탈리아와 벨기에, 영국으로 퍼져 나갔다. 로마, 나폴리, 볼로냐, 밀라노와 베네치아, 그 외 수많은 작은 도시들에서도 그의 이름은 드높았다. 여기에서 그는 처음으로 벨리니(Vincenzo Bellini, 1801-1835) 오페라를 노래했다. 그건 이전에 불렀던 어떤 노래보다도 그의 목소리와 천성에 잘 맞았다. 〈몽유병의 여인〉의 아미나로, 노르마와 로메오로, 그는 전 이탈리아를 사로잡았다.

프랑스에서 낭만주의의 여신이었다면 이탈리아에서 그는 사람들에게 '자신들 중 하나'로 받아들여졌다. 어디서나 그는 사람들에게 둘러싸였으며 노래를 하지 않고는 지나갈 수 없었다. 나폴리에서는 용감하게도 왕에게까지 도전했다. 산 카를로 극장에 내려진 박수갈채 금지령을 풀지 않으면 왕을 대면하지 않겠다고 공언했다. 밀라노에서는 도니제티(1797-1848)의 〈마리아 스투아르다〉 타이틀롤을 검열 없이 공연하게 해줄 것을 요구하며 관리에게 맞섰다. 오스트리아 지배하의 포 계곡과 볼로냐에선 이탈리아 독립운동의 화신이 되었고, 베네치아에서는 폐관 위기에 처한 극장을 자선 공연으로 살려냈다. 그 극장은 그의 이름을 따 말리브란 극장(Theatro Malibran)이란 이름으로 오늘날까지 남아있다.

마치 성공가도를 달리는 여주인공의 궤적을 빠르게 좇는 영화 장면을 연상시키듯 이탈리아 각지를 누비는 마리아의 모습은 대서양을 넘나드는 피곤한 여정에 비하면 아무것도 아니었다. 속도에 대한 사랑과 자신의 목표 성취를 위한 열정이 이 젊은 여인을 움직이는 추동력이었는데, 대개 남자 옷을 입고 마부는 안에 태운 채 자신이 직접 말에게 채찍을 휘둘러가며 마차를 달리는 것이었다.

상상해 보라. 남장을 한 아름다운 얼굴로 다음 공연장을 향해 직접 말 달리는 1830년대의 마리아. 그를 내쳤던 파리는 혁명 중이었고, 그를 반겨준 이탈리아는 오스트리아 압제에 독립운동 중이었고, 그는 말 달리는 중이었다. 휘날리는 갈기를 가진 건 말만이 아니다. 모든 달리는 것들은 몸 어딘가에 갈기를 가진다. 그 갈기가 바람에 휘날리지 않으면 안 되도록, 그래서 달리도록 되어있는 것이다. 사람이든, 사회이든.

오늘날로 치자면 로드매니저를 뒷자리에서 쉬라 하고 자신이 시속 150킬로미터쯤의 운전대를 잡은 격인 마리아는 슈퍼스타가 가질 만한 것을 다 가진 여성이었다. 마리아는 17, 18세기 오페라의 영웅이던 카스트라토에 견줄 만한 명성을 누린 첫 번째 여성이었다. 대륙 간 경계를 허물어뜨리며 이름을 드날린 것도 그가 처음이었다. 그를 둘러싼 논쟁은 식을 줄 몰랐고, 개런티는 천문학적으로 치솟았다. 멘델스존은 그와 드 베리오를 위해 바이올린 독주가 포함된 솔로 성악곡을 작곡해 주었으며, 벨리니는 마리아를 위해 대표작 〈청교도〉를 메조소프라노 버전으로 다시 쓸 정도였다. 그 밖에도 수많은 작곡가가 곡을 헌정했고, 그는 계속해서 수많은 예술가와 시인에게 영감을 주었다. 극적인 표현력, 여리고 섬세한 외모, 감성적 연기력, 굴곡진 삶과 육체적 연약함(그렇게 말 달리는 여성이면서도, 병치레가 끊이지 않았고 자주 기절했다고 한다). 이 모든 것이 그를 낭만적 여성의 원형으로 만들어놓았다. 그러나 이 모든 진부한 것들 때문에 잊히기 쉬운 것이 있으니, 바로 그의 강한 의지와 독립심과 진취적 현대성이며, 그 또한 어렵고 외로우며 자주 절망에 빠지는, 육체적으로 지치고 아픈 한 인간이었다는 사실이다.

앞서 말했듯 우리는 주관적인 당대의 언론이 전하는 것들을 제대로 해석함으로써, 그가 불렀던 노래, 맡았던 역할로 그의 메조소프라노 음색의 독특함을 유추해 봄으로써, 그가 직접 작곡한 곡들로 그의 음악성을 짚음으로써 그에게 다가갈 수 있을 뿐이다. 다양했던 레퍼토리는 감정적, 극적 표현이 대단했음을 알 수 있게 하며 탁월한 재능을 증명해 준다. 여러 언어가 뒤섞인 기발하고 정열적인 편지들은 그의 남다른 개성을 보여준다. 로시니는 이렇게 말한 바 있다.

"……그는 드로잉과 유화를 그리며 자수를 놓고 때로 자신의 옷을 직접 만들어 입는다. 무엇보다 그는 글을 쓴다. 그의 편지는 하나하나가 유창한 위트와 유머와 견줄 바 없이 독창적인 표현으로 가득한 걸작이다."

1836년 무렵 마리아의 커리어는 절정을 이루었고 사생활도 순탄해졌다. 몇 년을 질질 끌었던 외젠과의 이혼 수속도 그해 봄쯤 해결할 수 있었다. 샤를과 결혼 후, 함께 여행할 때를 제외하고는 파리를 벗어나 브뤼셀 인근에서 살았다. 1832년 아버지가 세상을 떠난 후에는 어머니와 여동생도 그곳으로 와 있었다. 바야흐로 그해 봄부터 그는 인생의 여름을 향해가며 꽃을 피울 듯했다. 8살부터 무대에 올라 경력 20년이지, 사실 그의 나이는 28살. 이제 시작해도 될 만한 꽃다운 나이라면 꽃다운 나이가 아닌가.

그러나 행복한 삶은 정말 오래 가지 않았다. 그해 가을 모든 것이 갑작스럽게 끝났다. 샤를의 아이를 임신 중이던 마리아는 몇 달 전 런던에서 있었던 승마 사고 후유증으로 맨체스터에서 숨을 거두었다. 의사에게 보일 필요도 없다며 털고 일어났고 무대에도 변함없이 올랐었는데, 마리아의 자신감 넘치는 강단이 이른 죽음을 불러왔을지도.

봄이 길디 길어서였을까, 아니면 이른 나이에 인생 역정을 다 겪어서였을까. 다른 이들이 여름을 맞을 만한 나이에 인생 사계를 순환한 듯 그는 생을 마감했다. 그는 탄생과 생만큼이나 죽음도 남다르게, 이르게, 극적으로 맞았다. 그렇게, 낭만주의의 화신은 화려한 삶을 마감했다.

이렇듯 19세기 초반에 코즈모폴리턴적인 삶을 살았던 여인에 대해 삶과 예술의 족적을 좇는다 해도 일반인의 입장에서는 그 가치를 다 알기 쉽지 않을 듯하다. 그가 세 옥타브를 넘나드는 음역을 가졌었다는 것을, 어쩜 그 배역을 하는 목소리로 어떻게 저 배역까지 했을지 예외적인 유연함과 완벽한 호흡 통제를 찬탄할 수 있는 일반인은 그리 많지 않을 테니까.

사실 생의 대부분을 노래했다지만 28년의 짧은 마리아 말리브란의 삶에서 제대로 된 무대 경력은 10년 안팎이었다. 10년이라는 기간에 바로크부터 모차르트를 거쳐 로시니, 도니제티, 벨리니까지 섭렵한 이는 그가 처음이었고 오늘날까지도 거의 찾아보기 힘들다. 그를 위해 작곡된 곡을 보면 기교적인 콜로라투라에 중간 음역 없이 대단한 도약이 난무한다. 그의 음색에 대한 힌트를 제공하는 기록을 보면, 그의 목소리는 고음에 올라갔을 때에도 상당히 안정적이면서 어둡고 부드러우며 고왔다고 한다. 사실 프리마돈나라고 하기엔 콘트랄토에 가까웠으며 오늘날로 치자면 분명히 메조의 음색이었을 것이라고 한다.

우리 시대를 대표하는 메조소프라노 체칠리아 바르톨리가 그 마리아의 흔적을 좇았다. 이만한 적역이 있을까. 바르톨리는 데뷔하면서부터 마리아 말리브란을 떠올린다는 말을 많이 들어왔다. 음악 가정에서 태어나 어두우면서도 부드러운 음색을 지닌 점, 아름다운 외모 등이 두 여성 성악가를 비교하게 했을 것이다.

예전 FM 가정음악 인터뷰에서 마주했던 바르톨리의 눈빛은 매우 밝으면서도 명민하였다. 시끌벅적한 맥주집에서 신나게 함께 마시다가 바로 진지한 대화도 나눌 수 있을 것 같은, 친구가 되고 싶은 사람이었다. 대단히 탐구적이며 지적인, 그러면서도 겸손하고 성숙한 사람이라는 느낌을 받았는데, 그렇지 않아도 바르톨리가 가진 바로크와 고전시대 음악에 대한 깊이 있는 지식과 각별한 느낌이 마리아의 벨칸토 레퍼토리에 대한 접근을 더욱 끌어당기게 했다.

바르톨리는 마리아 말리브란이 불렀던 노래의 악보들이 있는 곳을 비롯해 베네치아의 말리브란 극장 등 그의 족적이 남아있는 곳을 찾아다니며 그의 숨결을 느꼈다. 벨리니 외에 우리에게 조금은 생소한 조반니 파치니, 주세페 페르시아니의 곡 등 마리아의 레퍼토리를 2백 년 후의 메조소프라노가 다시 불렀다. 또 멘델스존이 마리아와 남편 드 베리오를 위해 작곡한 곡은 바이올리니스트 막심 벤게로프와 녹음하였고, 이국적인 요들이 삽입된 아버지 가르시아의 곡들, 그리고 마리아 자신이 직접 쓴 곡들을 발굴해 음반(〈Maria〉, Decca)에 담았다.

21세기의 체칠리아 바르톨리는 오페라 속 가상의 주인공이 되는 것을 넘어서, 시대를 거슬러 오페라가 작곡된 당대에 살았던 여인, 19세기의 마리아 말리브란이 되었다. 체칠리아는 마리아의 노래들을 부르며, 노래하며 살아간다는 것, 아니 어느 시대 어느 곳에 태어나 사람으로 살아간다는 것만으로도 우리는 친구가 될 수 있다는 것을 깨닫지 않았을까. 체칠리아가 전하는 마리아의 노래를 들으며 우리 모두도 2백 년 전 말 달려 국경을 넘으며 거침없이 사랑하고 거침없이 노래했던 마리아와 마음속 깊이 친구가 되어본다.

4부

표절
— 진리 속의 공감

마르그리트 유르스나르의 《하드리아누스 황제의 회상록》 21세기 표절본

1903년 벨기에 브뤼셀에서 프랑스인 아버지와 벨기에인 어머니 사이에 태어난 작가 마르그리트 크레앵쿠르(Marguerite Crayencour)를 나는 이전에 전혀 알지 못했다. 20세기 벽두에 태어나 세계 1, 2차 대전을 온몸으로 겪은 여성이 1800년 전인 2세기의 로마 황제 하드리아누스(76-138, 재위 기간 117-138)의 회상록을 썼다는 것은 더더욱 알지 못했다. 그는 한국의 민주화 운동이 정점을 이루었던 1987년에 세상을 떠났다. 그때까지 한 번도 결혼하지 않아 남편의 성으로 바꿀 계제가 없었으나, 열여섯 살 자비출판으로 첫 장시집을 출간할 때부터 유르스나르라는 필명을 썼다. 'Yourcenar'는 아버지로부터 받은 성 'Crayencour'의 철자를 흔들어 재정렬한 이름이었다. 진부한 표현이지만, 마르그리트는 글과 결혼한, 글과 맺어진 셈이리라.

건국 이후 일정 시기가 지난 뒤 450년 세월 동안 로마를 이

끌었던 공화정이 끝을 맺고 기원전 27년 옥타비아누스(아우구스투스)를 첫 황제로 로마제정이 시작되지만, 그가 죽고 나서는 100년에 가까운 혼란기를 거친다. 이후 기원후 96년 시작되어 네르바-트라야누스-하드리아누스-안토니누스 피우스-마르쿠스 아우렐리우스로 이어지는 80여 년은 여러 역사가에게 현명한 황제들이 선정을 베푼 '로마 오현제' 시기라 불리는데, 후계를 양자로 지명해 승계한 이 시기가 로마제국의 국력을 종합하여 보았을 때 단연 로마의 최전성기라 할 만하여 붙여진 이름이다. 그러나 유르스나르가 오현제 중 한가운데에 있는 하드리아누스를 회상록의 화자로 삼은 것은 그 현명함만이 직접적인 이유는 아닌 듯하다.

> 키케로에서 마르쿠스 아우렐리우스에 이르는 시기는, 이교의 신들이 더 이상 존재하지 않고 그리스도는 아직 나타나지 않아, 인간 홀로 존재했던 유일한 시대였다.[1]

유르스나르는 플로베르의 이 문장에 매료되어 '마지막 자유로운 인간들의 세기'를 통치했던 황제 하드리아누스의 이야기를 구상하기 시작했다고 고한다. 신탁이나 신화에 의지했던 그리스로부터 신들을 도입한 로마가 시간이 흘러 그로부터 다소 자유로워진 동시에 아직 유럽 그 어느 땅도 기독교에 매몰되지 않았

---

1 마르그리트 유르스나르, 곽광수 역, 《하드리아누스 황제의 회상록 2》, 민음사, 2008, 241~242쪽.

던 시기의 통치자들에 관심이 갔던 것. 왜 그 시대 중 하필 하드리아누스인지는, 40페이지에 달하는 창작 노트의 한 중간에,

> 만약 하드리아누스 황제가 세계 평화를 유지하지 못하고 제국의 경제를 개혁하지 못했다면, 그의 개인적인, 행복하고 불행했던 일들은 나에게 덜 흥미로울 것이다.[2]

라고 보다 유보적으로 표현하고 있다. 하드리아누스는 전임자와 달리 군사적 팽창보다는 영토 확장 없는 평화 유지를 택했고, 국민들의 경제생활에 신경을 썼으며, 심미안을 가진 예술 애호가로 특히 그리스 문화를 사랑했고, 2차 유대 로마 전쟁을 직접 지휘했으며, 재임 기간의 절반 정도를 집을 떠나 시찰과 여행으로 보냈다. 서른 살 훌쩍 아래인 미소년 안티노우스를 사랑하여 늘 같이 지냈으나 그가 스무 살이 되던 해 자살로 생을 마치자 극심한 슬픔에 젖어든다. 책은 늙고 병든 황제가 자신이 지명한 세손 마르쿠스 아우렐리우스에게 자신의 지난 삶을 이야기해 주는 형식으로 되어있다.

유르스나르는 20대 초반에 이 책을 구상해 쓰기 시작했으나 30대에 그동안 썼던 모든 원고를 불태웠고 어느 시점에는 써 놓은 문장 중 '나는 내 죽음의 옆모습이 눈에 띄기 시작한다'만이 남아있었다고 기록한다. 엄청난 자료조사는 기본이고 로마

2 위의 책, 261쪽.

와 티볼리의 별궁을 포함해 당시 제국 안팎 하드리아누스의 흔적을 좇는다. 화마의 원고들을 토대로 다시 쌓아올린 원고는 한반도에서 한국전쟁이 한창인 1951년, 작가의 나이 마흔여덟에 책으로 출판되었다.

유장함과 심원함으로 완성된 독보적 기품. 나를 포함한 독자는 이 책에서 뿜어져 나오는 이 기품은 누구의 것이겠는가, 유르스나르의 것이 아니겠는가라는 생각에 접어들 것인데, 작가는 말한다. 신중하지 못한 사람들이 늘, "하드리아누스 황제는 바로 당신이지요?"라고 묻는다고. 이에 대한 그의 답은 "인간의 모험을 살았던 사람은 모두 나 자신이다"였다. 《하드리아누스 황제의 회상록》은 천하를 다스린 현명한 자의 가슴에 스민 여성의 통치론이라고 할 수 있다.

고결한 정신은 진공이나 무중력 상태가 아니다. 지독히 세속적인 땅에 발 딛고 서 있는 존재의 몸부림 속에 고결이 있다. 하드리아누스의 정신과 몸에 깃든 유르스나르의 사상은 바로 그러한 세속에 발 디딘 고결한 기품이기에 소개하고 싶었다. 어떤 방식의 소개가 좋을지 오래도록 고민했다. 아니 나는 '오래'라는 말을 쓸 자격도 없다. 한 인간이 30년 가까이 공을 들여 1800년이라는 오랜 세월을 거슬러 그 인간의 마음이 되어 쓴 화석 같은 고귀한 글을 여기 소개할 능력이 나에게는 없다.

고육지책으로 내가 고안한 처음의 아이디어는 내가 죽어가는 21세기 가상의 통치자가 되어 미래의 통치자에게 유르스나르와 하드리아누스의 마음이 되어 편지를 남겨보는 것이었다. 로마제국이나 대한민국같이 인간에 의해 국경이 그어진 나라가 아닌 성곽도 철책도 없는 미래의 세상. 그러나 곧 발신인을 지금의 나 자신, 그저 범속한 한 인간으로 수정했다.

나는 가상의 미래에 있을 지도자의 이름을 고안해야 했는데, 이는 즐거운 일이었다. 떠오른 이름은 '류드밀라'였다. 김초엽의 단편 〈공생 가설〉에 나오는 이름으로, 류드밀라의 우리 식 이름 혹은 '자(字)'로는 '유밀(流密)'이 떠올랐다. 흐를 유 빽빽할 밀 流密. 유르스나르와 같은 초성이라는 점도 마음에 든다. 密: 촘촘하고 빈틈없고 꼼꼼하고 가깝고 조용하고 깊숙하고 은밀한데, 流: 흐르고 흐르게 하고 퍼지고 떠돌고 방랑하고 구하고 찾으며 바뀌고 거침없다. 목적어로 해석하든 그저 나열이든 아주 좋은 의미가 되어 이름만이 아니라 통치의 이념으로 삼아도 좋으리라는 생각이 들었다.

아무튼 이 글은 20세기에 미루어 쓴 2세기의 생각을 21세기적으로 표절한 회상록이 될 것이다. 난 감히 확신할 수 있다. 세상 떠난 유르스나르는 자신의 글을 마음대로 표절하여 사람들 마음속에 깃발처럼 휘날리게 하는 걸 즐거이 바라볼 것이라고. 내가 지금의 생각에 이르러 기술하는 것들 중 온전히 내 것이라 할 수 있는 게 무엇이 있겠는가. 그것을 내 것이라 주장하지 않는 한 앞서 간 자의 생각들에 대한 허가 받은 표절이 아니겠는가.

친애하는 마르쿠스여.[3]

이렇게 시작하는 회상록의 큰 미덕 중 하나는 상대를 교화하거나 가르치겠다는 의식 없이 자신의 생각과 해온 일을 자랑도 부끄러움도 겸손도 없이 담담하게 기술하고 있다는 점이다. 물론 필자가 자타공인 훌륭한 통치자였기에 가능한 구성과 태도이지만, 그래도 부담 없이 읽을 수 있고 선택권이 읽는 자에게 있다는 점, 어쭙잖은 겸양을 치워버려 담백하다는 점이 특징적이라 여겨졌다. 21세기 표절본은 정확히 그 태도와 구성을 표절하려 한다.

친애하는 미지의 류드밀라, 流密이여.

불면의 밤을 지나 당신에게 편지를 씁니다.

하얗게 온 밤을 지새운 정도의 불면은 아니고 내게 늘 있어온 습관적인 불면입니다. 잠자리에 들어서도 몇 시간은 기본으로 잠이 들지 않고 잠의 지속 또한 몇 시간 되지 않는 것. 한 시간에 한 번씩쯤 깨었다가 다시 잠깐 자는 것. 단 한 번도 아침에 일어나 '아, 잘 잤다'라는 탄성과 함께 콧노래를 부르며 상쾌한 하루를 시작해 본 적이 없는 건 그 때문일 것입니다.

잠에 대해 타인과 이야기해 본 적이 없어서 나는 남들도 다

3 위의 책, 일부 인용.

나와 같다고 여기고 살았습니다. 그러나 어떤 이는 어디서 머리를 대든 바로 잠들 수 있고 날이 밝을 때까지 깨지 않고 죽 잘 수 있다는 것을 어느 날 알게 된 후 나의 빈곤한 잠에 대해 생각하지 않을 수 없었습니다. 보통과 비교하니 더욱더 빈한한 내 잠의 상태. 그러다 어느 날 이렇게 생각하기로 했습니다.

'어떤 사람은 이틀에 한 번 자도 되는 사람이 있는 것이다. 잘 못 자고 세상에 나가서도 멀쩡히 사는 내가 잠까지 잘 자고 나갔으면 세상을 말아먹었을 것이다. 이 정도의 에너지 레벨로 살라고 내게는 잠을 덜 주신 것이다.'

이리 생각하며 밤을 지내기 시작하니 마음이 조금 편안해졌고 이 세상의 여러 다름처럼 받아들이고 나니 유일하게 부러웠던 부유한 잠도 부럽지 않아졌습니다. 하지만 회상록에 나온 잠과 관련한 명언은 꼭 인용하고 싶네요.

> 수면은 그토록 짧은 시간에, 나의 과도한 악덕에 기인한 피로를 치료해 주었을 것과 똑같은 공정함으로써 나의 과도한 덕에 기인한 피로를 치료해 주었다…… 그 위에 대한 복원자(수면)가 그의 시혜를 잠자는 사람이 어떤 사람인지를 고려함이 없이 베풀어 준다는 데에 그의 신성이 기인하기 때문이다. 그것은 치료 효력이 있는 샘물이 그것을 마시는 사람이 누구인지 결코 괘념하지 않는 것과 같다.[4]

---

4 마르그리트 유르스나르, 곽광수 역, 《하드리아누스 황제의 회상록 1》, 민음사, 2008, 37~38쪽.

구별 없이 베풀되 필요한 이에게 더 베푸는 것이 현명한 신성일 것입니다. 잠과 샘물의 시혜의 신성. 어쩌면 나는 이 이야기를 위해 당신에게 이 편지를 쓰는 것일 겁니다.

하드리아누스는 마르쿠스 아우렐리우스에게 아름다운 라틴어 소제목들에 따라 1) 인간과 나이 듦, 병듦, 죽음에 대하여 2) 나와 세상과의 관계에 대하여 3) 통치이념과 방식에 대하여 4) 사랑과 행복, 영혼과 육체에 대하여 5) 미래와 6) 자신의 마지막 표어가 될 인내(Patientia)에 대하여 말했습니다. 앞선 세대가 간곡한 마음으로 지정하고 응원하는 미래의 지도자에게 그러한 것들에 대해 말해보려 합니다. 간곡한 마음이 응집되면 이루어진다고 믿고 싶습니다. 쓰는 데에 온전히 오랜 세월을 바치진 못한 만큼, 불면의 밤을 포함해 지금까지 깨어있던 온 시간의 정신을 다해보겠습니다. 아니 잠시 잠든 동안 꾸었던, 잠보다 길었던 꿈들마저도 그 정신에 보태고자 합니다. 유르스나르의 정신에 애써 빙의해 보려 합니다. 이 글이 당신에게 가닿을 때엔, 전장에 나가기 위해 진군하는 로마 군인에게 그늘을 만들어주던 가로수와 같기를 바라는 마음입니다.

1. 인간과 나이듦, 병듦, 죽음에 대하여

삶의 의미를 모르겠기에 나이 듦의 의미는 더욱 알 수 없었고 죽음과 병은 두렵지 않았습니다. 어느새 갑자기 죽음이 찾아와도 그렇게 아깝지 않은 나이가 되었습니다만, 요즈음은 순간 순간 아찔한 살아있음의 희열을 느낍니다. 희열은 뜨거운 여름 저녁 도로에 나섰을 때 코끝을 포함한 온몸에 열이 훅 끼치는 것 같이 밀고 들어오기도 하고 봄 꽃잎이 산산이 흩어져내리는 것 같이 은은하기도 하며 귤이나 자몽의 과육같이 새콤하게 탱글탱글하기도 합니다. 약관과 이립과 불혹을 지나지 않은 채 천명을 알게 된 것만 같아 과분한 기분입니다. 묵묵히 열등생으로 지내다 보니 어느 날 우등생이 되어있는 기분이 이러할까요. 내가 어떻게 살 만한 삶을 살지가 아니라 왜 사람들이 사는 건지를 알고 싶었던 나는, 산다는 건 살만해서 사는 것이 아니라 그것과 무관하게 사는 것이어야 한다는 생각에는 변함없습니다.

몇 년 전 이탈리아 시골을 여행하다가 그 마을의 오래된 허름한 식당을 들어갔을 때, 마침 옆 테이블에는 나보다 열댓 살은 많아 보이는 희끗한 머리를 한 남자의 가족이 그 어머니의 생일을 축하하고 있었습니다. 아들 며느리와 손녀와 손녀의 아기까지 4대가 모여 생일 케이크의 초를 불고 노래를 하고 우리 테이블에도 케이크를 나누고 모두들 흥에 겨웠으나 생일 당사자인 늙은 긴 머리의 여인은 축하의 대상이 자신인 것조차 아는지 모르는지 눈빛이 혼미해 보였습니다. 평상시 주장하던 나이듦의 덧없음과 무용함을 뒷받침하는 증거를 국외에서도 수집하듯, 나는 그 테이블을 몰래 넘겨보면서 동반자들에게 그런 이야기도 건넸던 것 같습니다. 가족들이 웃고 떠드는 저녁시간 내내 고목처럼 조용히 자리를 지키던 늙은 여인은 파티를 마치고 식당을 떠나면서 우리 테이블을 지날 때 내 눈을 정면으로 깊이 바라보며 미소로 인사를 보냈습니다. 내가 그전에 무언으로 보낸 말이 '저 봐, 늙어서 정신이 없을 때까지 살아서 대체 무슨 의미야? 가족들이 저렇게 축하를 해주어도 아는지 모르는지. 세상에선 적절할 때 퇴장을 하는 것이 미덕일 뿐이야'였다면, 그의 눈인사는 이렇게 말하고 있는 듯했습니다.

"철없는 양반, 살아보시게. 그저 좀 더 살아보시게. 우리가 이렇게 눈인사를 나누는 것도 살아있어서 하는 일일세."

그의 은빛 머리카락과 붉은 얼굴, 나를 바라보던 온화한 눈빛이 아직도 생생합니다.

살아가는 것과 관련해 보편의 깨달음을 향해 가면서도 내가 보통의 현대인이 하는 것과 매우 다르게 견지하는 태도가 하나 있습니다. 건강검진을 받지 않는 일입니다. 검진을 받는 것이 일이지만 받지 않는 것도 일이라고 부를 만큼 나의 태도는 소수의 것이라서 때로는 검진받기보다 더한 결기가 필요할 정도입니다. 건강 지상주의는 마치 하나의 지켜야 할 이념 같아져서 대개는 말하지 않습니다만, 마치 반검진주의자라는 이상한 낙인이 찍히는 느낌입니다. 나는 그저 의술의 도움 없이 내가 받은 목숨대로 살다가 자연사하고 싶을 뿐이며, 검진으로 시간과 비용과 염려를 쓰고 싶지 않을 뿐입니다. 의술 없이 살았던 원시부족만큼만 살고 싶을 뿐입니다. 어느 시절에 태어났어도 살았던 만큼만 문명의 이기의 도움 없이 온전히 살다 가고 싶습니다. 하드리아누스가 되고 싶었던 "자기 자신과 홀로 있는 헐

벗은 인간"은 혹시 이와 비슷한 것이 아니었을까요? "병을 앓을 때, 혹은 첫아이가 죽었을 때, 혹은 주름살 하나가 거울에 나타났을 때 정녕 그리되지 않을 수 없는 것처럼"이란 문장에서 나는 넘겨짚어 보는 것입니다. "최선의 순간, 그 인간은 심지어 인간적인 것에서도 벗어난다." 인간 세상의 문명이란 개개인이 건강하게 오래 살라고 있지는 않을 겁니다.

걱정이 되는 건, 인류 보편의 사고와 행동들이 응집되고 집대성되면 그 힘으로 미래의 훌륭한 지도자의 사고를 형성한다고 할 때에, 나 같은 보편에서 벗어난 사람이 회상록 조의 편지를 써도 되는 것인가 하는 점입니다. 그러나 한편으로는 응집되어 전수되는 시대정신에 소수자의 정신이 더해지지 않는다면 그처럼 위험한 것은 없다는 생각이 들기도 하기에 진행하기로 합니다.

병들어보고 늙어보고 지나간 세대가 되어본다는 것의 미덕은, 그 세대의 아픔을 기억한다는 것의 온전한 의미는, 젊은 세대도 다른 이유들로 그만큼 아프며 그들 또한 늙고 병든 지나간 세대가 됨을 절감하는 것이라고 생각합니다. 진정 아픈 후에 타인의 아픔을 알 수 있습니다.

> 모든 극단적인 위치들을 번갈아 점했으나, 그것들을 견지하지 않았다. 삶은 언제나 나로 하여금 그 위치들에서 미끄러져 나오게 했다.[5]
>
> 나의 행동은 정녕 나를 닮아야 한다. 행동만이 나를 재는 유일한

---

5 위의 책, 47쪽.

척도요 수단이다.[6]

아무것도 나를 설명하지 못한다.[7]

이러한 문장은 어떤 무용함을 말하는 듯하여 평화롭게 느껴집니다. 인간 삶의 의미가 무엇인지 찾는 것이 사는 목표였던 자가, 인간이 별 특별한 존재가 아니며 삶에도 큰 의미가 없다는 깨달음에 가까워지면서 비로소 이제 사는 의미를 알겠고, 그래서 살아도 좋겠고 살만해집니다. 현재 내 마음의 상태입니다.

2. 나와 세상과의 관계, 일과 책무에 대하여

내가 젊음으로부터 멀리 와 있다는 건 육체만의 이야기가 아닙니다. 20대의 나를 생각하면 그것을 진정 '나'라고 할 수 있을까 하는 생각이 듭니다.

젊음이란 삶에 있어 덜 닦인 시절, 불투명하고 무정형하며 연약하고 쉽게 사라지는 시기이다. 스무 살 때 거의 오늘날의 내가 되어 있었지만 확고하게 그리되어 있었던 것은 아니다.[8]

너무 일찍 옳은 것은 그른 것인 법이다.[9]

---

6 위의 책, 47쪽.
7 위의 책, 49쪽.
8 위의 책, 69쪽.
9 위의 책, 150쪽.

청년 시절의 정신은 이후의 시기를 경멸하였으나 지금의 정신은 그 시절을 연민합니다. 어른이 된 내 아이들을 보면서도 가끔 생각합니다. '이 존재들이 어린 시절의 그 아이들이라고 할 수 있을까'하고 다른 존재처럼 느낍니다. "눈이 녹고 나면 그 흰빛은 어디로 가는 걸까?" 이렇게 물었던 후배가 있었는데, 어떤 빛은 녹아서 사라지고 어떤 빛은 덧입혀져서 다 다른 눈 꾸러미가 되어가는 것이 우리 삶의 행로 같습니다.

관계와 일. 세상을 살아간다는 건 어쩌면 이 두 가지로 축약될 수도 있겠습니다. 다른 존재와 맺는 관계와 세상사와 맺는 관계라고 할 수도 있겠습니다. 그러니까 산다는 건 관계입니다. 젊은 시절의 나는 "우리의 의지가 우리들의 운명에 연결되는 돌쩌귀—그것에 의해 규율이 천성을 억제하는 대신 오히려 돕게 되는—를 발견하기를 바랐다……. 삶이란, 우리가 최선을 다해 훈련시킨 후 그 움직임과 우리가 하나가 되는 말(馬)과 같은 것이다"[10]와 비슷한 염원을 가졌습니다. 사람과 맺는 관계보다는 세상과 맺는 관계가 숭고하고 열정을 쏟을만하다 여겼습니다. 의지, 규율, 최선, 훈련 이런 것들로 나를 단련해 세상에 쓸 만한 존재로 내보이길 바랐습니다. 일종의 머나먼 출사표를 마음으로 쓰며 살았다고 할 수도 있겠습니다. 능력을 갈고닦아 이 세상에 유용하게 쓰고, 그렇게 나 자신을 잘 쓰고 가는 것이 잘사는 삶이라 여겼습니다.

10 위의 책, 78쪽.

겨울의 흰빛이 사라진 지 얼마 안 된듯한데 어느덧 봄이 온 것만 같았던 날이었습니다. 오후에 커피를 주문하러 커피숍 카운터에 서 있을 때였습니다. 알바생일 그 친구가 상냥하게 주문을 받고는 사레에 걸렸는지 계속 기침을 하더니 마스크를 하고 있었음에도 당황한 얼굴로 앞에 선 내게 시종 죄송하다고 말하며 고개를 돌린 채로 자리를 비켜섰습니다. 그러자 옆 카운터에서 일하던 그의 동료가 대신 들어와서는 잠시 후 나온 커피를 내게 내주었습니다. 귀까지 빨갛게 된 처음의 그 친구는 동료들의 가벼운 걱정을 받으며 기침을 추스르고 나는 괜찮다는 의미로 그에게 미소를 보내며 서 있던 그 몇 분 사이, 사람과 사람이 커피를 매개로 일시적인 만남으로 마주친 다시 안 올 그 짧은 시간에 나는 이상한 기쁨을 느꼈습니다.

> 어질 인(仁)자는 사람 '人'변에 두 '二'가 붙어 있다. 부모와 자식이건, 주인과 종이건, 이웃이건 여행에서 만난 낯선 사람이건, 사람의 일이란 둘이 얼굴을 마주하는 순간 반드시 지켜야 할 규범이 생기는 것이다. 그것이 인이다. 상대방 입장에서 서로를 배려하는 것을 가리키는 말이다.[11]

마주하면서, 혹은 같은 방향으로 어깨를 나란히 하고 함께 가면서, 서로 삼가고 배려하는 것을 넘어서는 어떤 더 큰 방도

---

11 이노우에 야스시, 양억관 역, 《공자》, 학고재, 2013, 55쪽.

가 삶에 있다고 생각하지 않습니다. 우리는 그저 우주의 먼지 같은 존재로서 크게 보면 서로의 반려 종인 것입니다.

내가 지금 하는 생각이 역사 속 누군가는 했던 생각이라는 것. 이것만을 내가 유일하게 안다고 말할 수 있습니다. 진화의 방향을 잘은 모르겠으나, 이것 하나만은 확실해 보입니다. 인간중심주의를 벗어나는 길로 갈 것이라는 것. 인간이 우주의 일부에 지나지 않는다는 것이란 것. 나는 이를 어떤 이념에 따라 신조로 가진 게 아니라 물리학과 천체학 서적을 읽으며 몸으로 받아들였습니다. 그 체득의 즈음에 을지로 공구 시장을 지나며 오히려 이 번잡하고 시끄러운 인간 세상이, 내 마음속에서 중심을 내어준 인간이라는 존재가 참으로 아름답다 느꼈습니다. 인간이 정말 보잘것없으며 그러나 동시에 놀라운 존재이고 세상의 진보에 역할을 다하면서도 우리가 세상의 전부가 아님을 아는 것. 그것만이 우리가 할 수 있는 일입니다.

3. 통치이념과 통치방식에 대하여

> 증오와 우매와 광기가 지속적인 효력을 가지고 있을진대, 명석성과 정의와 온정이 역시 그렇지 못할 이유를 나는 알지 못했다.[12]
>
> 평화 유지 협상 (……) 그것이 소강상태 (……) 일시적인 것이긴

12 마르그리트 유르스나르, 곽광수 역, 《하드리아누스 황제의 회상록 1》, 민음사, 2008, 170쪽.

해도 하나의 증거였다. 분쟁에 중재가 이루어질 때마다 그것은 장래에 있어 하나의 선례요 보증이었다.[13]

(……) 노예와 (……) 만인(오랑캐)이라도 로마가 지속되는 것을 보는 것이 그들에게 이로워지도록 하고자 했다.[14]

오늘날 여성들의 자유, 지위는 예전보다 많고 높아졌거나 적어도 뚜렷해졌지만 역사의 한 국면에 지나지 않는다 (……) 예전에 여성들이 지니기를 사회가 요구했던 똑같은 미덕들이 여전히 요구된다.[15]

우리의 불행의 일부분은 너무나 많은 사람들이 수치스럽게 부유하거나 혹은 절망적으로 궁핍하다는 사실에서 온다.[16]

모든 비참과 난폭성은 모두가 인류의 아름다운 육체에 가해지는 모독이기에 금지되어야 할 것이었고, 모든 불공정은 모든 영역들의 하모니 속에서 피해야 할 틀린 음이었다.[17]

인간의 역사를 들여다보았을 때 인간 세상에 대해 가지게 되는 절망과 포기의 마음을 잘 압니다. 국가, 종교, 민족, 이념 등에 따라 언제나 본인이 속해 있는 집단을 우선하는 순간 통치는 길을 잃고 만다고 생각합니다.

'사과'를 매개로 통치에 대해 말해보려 합니다.

대학원 경제학 수업 시간이었습니다. 거래비용, 하이에크,

13 위의 책, 170쪽.
14 위의 책, 200쪽.
15 위의 책, 202쪽.
16 위의 책, 204쪽.
17 위의 책, 235쪽.

뭐 그런 내용들로 채워진 강의시간에 교수님이 물었습니다.

"유정아 씨도 사과를 사러 가면 쌓여 있는 사과 중에서 좋은 사과를 골라서 사시지요?"

인간의 합리성을 전제로 한 경제이론을 설명하기 위한 질문이었지요. 내가 대개 '장 보는 성인 여성'이었기 때문에 내게 물었을 겁니다. 답을 할 수가 없었습니다. 나는 평상시 사과를 살 때 그렇게 하지 않기 때문이었습니다.

"그러니까 아무리 많이 쌓여 있어도 좀 더 좋은 걸 골라줘었다 내려놓기도 하고…… 애들 먹일 좋은 걸 고르는 거죠."

"……."

"대답이 힘들어요?"

"…… 전 안 고르는데요."

"그럼 어떻게 사세요?"

"그냥 열 개 달라고 하거나 위에서부터 대충 집어서 사는데요."

나는 주류경제학 이론에 아무 뒷받침이 안 되는 비합리적 인간인 겁니다. 난 정말 좋은 걸 골라서 사는 게 귀찮기도 하고 다른 한편으로는 그걸 골라내는 손을 보는 게 싫습니다. 좌중에서 바구니에 담겨 나온 귤을 골라 먹는 손을 보면, 그럼 남겨진 맛없어 보이는 귤은 남 먹으란 말인가, 라는 생각이 들면서 그 손이 참 꼴사나워 보이곤 했습니다. 나온 귤을 먹을 때뿐 아니라 내가 내 돈 주고 살 때라 할지라도 내가 골라가면 다음 사람들은 순서대로 덜 좋은 과일을 가져가는 게 과연 맞는 일일까

하는 생각이 들곤 했습니다.

그러다가 헝가리 부다페스트에서 살던 한국인이 시장에 가서 사과를 샀던 이야기를 읽게 되었습니다. 가게 주인이 일방적으로 사과를 골라 내주는데 좋은 알과 중간치, 작은 알이 고루 섞여있더랍니다. 첫날은 그냥 왔지만 다음번엔 가서 좋은 것들로 달라 요청했더니, 그러면 다음 사람은 어떡하느냐고 하더란 거죠. 그래서 다음번에 가서는, 돈을 좀 더 낼 테니 좋은 것을 사 가고 싶다고 했다가 싸늘한 혐오의 눈빛과 함께 문전 박대를 당했다는 이야기였어요. 당신 같은 자기만 아는 사람, 돈이면 다 할 수 있다고 생각하는 사람한테는 팔고 싶지 않으니 가시라고. 이 세상에 자신의 이익과 유리함을 앞장세워 상품을 골라내는 일이 당연하지 않은 사회도 존재한다는 사실에 순수하게 기뻤습니다. 우리는 그러기도 하는 존재들입니다.

다음은 사과를 베어먹는 소년.

배고픈 소년은 누군가 호의로 내민 사과를 한 번에 받지 않습니다. 남이 공짜 음식을 먹으라고 권할 때 적어도 세 번 고사하라는 어머니의 말씀을 새깁니다. 늘 배곯는 자식이 가난 속에서라도 최소한의 위엄과 체면을 지키며 살길 바라는 마음에서 나온 눈물겨운 교육. 그 말씀대로 세 번의 고사 끝에 소중한 그것을 받아서 한 입 베어 물 때 온 입에 퍼지는 새콤하고 달콤한 과즙의 맛. 귀한 희열의 순간을 맛보는 불우하고 가난한 소년.

다음은 사과를 베어 물던 소년의 삶의 행로.

그 소년은 명민한 머리를 타고나 좋은 학교에서 공부하고 이 나라에서 지금까지도 오래도록 유행하는 미국 유학을 일찌감치 다녀와 모교의 교수로 자리 잡았습니다. 나아가 그 대학의 총장이 되었고 젊은 날 그가 견지하던 주장과 상반되는 정책을 펼치는 정부를 대표하는 관료가 되었습니다. 그의 주군 역시 가난한 어린 시절을 딛고 출세와 성공을 거듭하다가 커리어의 정점으로 대통령이 된 사람이었습니다.

그들의 삶은 성공일까요? 그들이 내세웠던 희망과 성공과 노력은 타당할까요? 어떤 것이 세상의 공평함일까요? 능력에 따라 정당한 대가가 주어지는 세상은 답이 될까요? 그러면 능력 없이 태어난 사람은 어떡하지요? 그러한 출생에는 이유가 없습니다. 우연히 그렇게 세상에 왔는데, 능력 없이 온 것도 억울할 수 있는데 게다가 평생 가난한 삶이 주어진다면 너무하지 않나요? 노력할 수 있는 것도 능력인데, 노력하지 않는다는 손가락질까지 더해집니다. 누구든 우연히 그런 삶으로 태어날 수도 있습니다. 소년 안의 명민함은 자신의 가난을 넘어 세상의 가난과 고난을 공감하고 구제하려 노력하는 데에 쓰일 때 더욱 아름답게 완성되리라 생각합니다. 자신의 삶만을 구제하는 차편에 타더라도 어린 시절의 아픔을 승화시켜 타인의 삶을 어여삐 여기고 나아진 삶을 함께 나눌 수 있다면 부끄럽지는 않은 삶이겠지요.

타고난 아름다움은 타고난 것이 이미 대가일 뿐 그에 상응하는 어떤 보상이 있을 수 있을까요? 세상의 많은 능력 있는 자들은 그 능력을 발휘할 세상을 만나지 못했다고 비관하고, 그에 걸맞은 자리와 일과 보수가 주어지지 않는다고 불평하다가, 세속적인 꼬드김에 홀리거나 유치한 속셈을 스스로 도모해서라도 분연히 나서서 망신스러운 모습을 보이고야 맙니다.

다음은 사과성.

정물의 대가, 현대 미술의 아버지라 일컬어지는 폴 세잔(Paul Cezanne, 1839-1906)은 사과에 사로잡힌 화가였습니다. 수많은 과일 중 사과는 40년 지기 친구였던 에밀 졸라를 어려서 처음 만난 날 그에게 받았던 과일로, 세잔이 제일 좋아하는 과일이자 또한 우정의 상징이었다고 하지요. 무엇보다 화가로서 세잔은 정물을 대하는 다른 화가들의 관습적인 태도, 즉 인간 본위, 인간 필요에 따른 정물화를 그리는 것에 근본적인 회의를 가지고, 인간 입장에서 '먹음직스러워 침이 고이는' 사과가 아닌 사과 자체의 본질을 그리려 했습니다. 그것을 소설가 D. H. 로렌스가 '사과성(appleness)'이라고 표현했습니다. 그러니까 사과성이란 타자의 눈에 보이는 대상의 외면적인 클리셰가 아닌 내부를 관통하는 존재의 실재를 말한다고 하겠습니다. 세잔의 그림에 등장하는 수십 알의 사과만이 아니라, 그로부터 '사과처럼 가만히 앉아있으라'고 무섭게 호통 들으며 한 치의 움직임도 없이 고통 속에 모델을 수행한 인물들도 초상화 속에서 예뻐 보이지도 멋져 보이지도 않은 자신만의 사과성을 획득한 것입니다. 사과에서 비롯되어 사과와 함께 갖게 되는 우리의 사과성. 나의 사과성을 나는 알고 있다고 할 수 있을까요? 오히려 타자의 눈에 보이는 클리셰를 나로 받아들이고 살고 있는 건 아닐까요? 더 나아가 좋은 통치란 통치 대상의 사과성에 근접하는 일 아닐까요? 세잔은 평생 분투한 끝에 한 알의 사과를 아는 데 성공했을 뿐이라고 로렌스는 씁니다. 그래서 세잔의 사과는 우리를 아프게 한다고.

아파도 할 수 없습니다. 그것이 실재와 실제라면.

세잔의 사과를 들여다보면 이 또한 탐스럽게 먹고 싶어집니다. 그러나 그것은 먹고 싶게 그린 것과는 차원이 다른 문제입니다. 본질에 닿게 그려진 그것에서 탐스러움이 느껴진다면, 그러한 투사를 통과한 탐스러움이라면 말입니다.

마지막으로 극상의 상태.

식물학에서 '극상'이라는 새로운 단어를 알게 되었습니다. 잘 와닿지 않아 영어사전을 찾아보니 허무하게도 영어로는 잘 아는 단어 클라이맥스(climax). '극상'이란 해당 지역에 균류와 동식물 등 비율이 조화로운 상태입니다. 생물량이 가장 많으며 생물이 태어나고 죽는 양도 이와 비슷해 극상의 단계에서 평형을 이루면 더 이상 군락은 커지지 않는다고 합니다. 사과도, 배도, 인간도 이 순간 절정의 쾌감을 느끼지 알 수 없지만 세상에는 이러한 단계가 존재하는 겁니다. 플로베르나 유르스나르가 콕 집어냈던 자유로운 인간들의 시기, 자크 아탈리가 소설의 소재로 삼았던 세 종교의 평화로운 공존의 시기가 이와 비슷한 단계일까요? 이 상태 혹은 단계가 영원하진 않을 것입니다. 순환하겠지요.

머리 좋고 공부를 잘하는 사람은 학자가 되고, 인류애가 높은 사람은 나라를 위해 능력을 바쳐 명예를 얻고, 돈 버는 데 관심이 있는 사람은 기발한 사업으로 세상에 도움이 되는 대가로 돈을 벌고, 힘쓰는 게 좋은 사람은 주먹을 쓰거나 권력을 누리는 어떤 일을 하고. 이 영역들이 자리를 잡고 나면 마개가 닫히는 림프절처럼 통하지 않고 분절되어 학력, 지력, 부, 권력, 명예가 분산되면 좋겠습니다. 좋은 학교 나오면 그 기쁨으로, 나라를 통치하는 일은 헌신하는 자의 큰 명예로, 부유함은 그저 좀 편하고 자유로운 생활로, 권력은 누리는 자가 자꾸 누리면 몹시 추하다고 취급될 수 있다면. 위에 언급한 각 '력'들이 한 인간에게 집중되어 쏠리면 매우 몰염치한 불명예가 되는 그런 세상. 역사 속에 그런 세상 없지 않았습니다.

당신도 나도 각자의 궤도를 돌고 있는 별입니다. 별 부스러기로 만들어진 존재들입니다. 그러나 그러한 보잘것없는 존재들이 역사를 기술하고, 사랑보다 더 깊고 짙고 진한 감정을 상상하고 견디고, 아름다운 것들을 짓고 쓰고 만들며 살고 있습니다. 무엇보다 훌륭한 개념과 관념을 만들고 퍼뜨립니다. 역사를 보면 참담하지만 그것을 가감 없이 기술하는 역사가의 존재는 찬란합니다. 영웅이 되려는 나라를 보면 개탄을 금할 수 없지만 그런 나라가 어쩔 수 없이 빚어내는 전쟁의 일선에서 영웅답게 행동하는 인간들은 아름답습니다. 세상의 고난은 끝없이 가혹하지만 그것을 견뎌내는 극복자들은 늠름합니다. 연애라는 행위, 결혼이라는 제도는 우습지만 그 끝에 매달린 사람들은 눈물겹습니다.

4. 사랑과 행복, 육체와 영혼에 대하여

> 영혼은 육체의 최후의 귀착점이거나 생존의 고통과 쾌락의 연약한 발현에 지나지 않는 것일까? 반대로 영혼은 육체보다 더 오랜 것이고 그래 육체는 영혼이 형상을 본떠 빚어져 일시적으로 그럭저럭 그 도구로 사용되는 것일까?[18]

인간이 '오래된 약속'을 수행하기 위한 존재로서 꽤 멀리 진화해온 것이 사실이지만 아직까지 해답에 이르지 못한 질문이 있다면 '영혼'과 관련해서입니다. 특히 인공지능 개발에서 인간의 의지, 마음, 영혼에 대하여 수많은 질문이 쏟아지고 있지만 답의 길은 요원하여 질문의 깊이나 세부는 하드리아누스의 그것에서 많이 나아지지 못했습니다. 우리는 어떤 것을 쉽게 정의하지 못할 때에 그것이 아닌 것을 정의하거나 예를 나열함으로써 그것의 개념을 설명할 때가 있습니다. 영혼과 마찬가지로 그렇게 언저리에서 이리저리 접근해가며 규명할 수밖에 없는 게 바로 '사랑'입니다. '타자 혹은 세계를 향한 이 약동, 사랑'이라고 한마디로 표현한 경우도 있습니다만, 범위도 차원도 저마다의 경험도 다 달라 접근이 쉽지 않습니다. 하지만 이것만은 확실할 겁니다. 사랑도 영혼도 실재하는 것이며 예전에도 현재도 그리고 당신이 살아갈 미래에도 인간세계의 영원한 화두

18 마르그리트 유르스나르, 곽광수 역, 《하드리아누스 황제의 회상록 2》, 민음사, 2008, 61쪽.

라는 것만은.

나는 사랑이라는 감정 혹은 체험이 우리에게 주는 선물은 '안도와 확장'이라고 생각합니다. 서로의 마음에 상대의 상이 비치고 서로의 마음이 흔들리고 롤러코스터같이 방정맞은 감정의 굴곡이나 머리 지끈거리는 열기를 지나고 나서 사랑하는 자로부터 얻어지는 위로는 '내가 살아있어 좋구나. 살아봐야겠다'라는 안도와 정신의 확장입니다. 때론 이대로 숨을 내려놓아도 좋을 만큼의.

사랑은 어쩌지 못하고 미어져 나온 감정의 편린들이 존재를 더 이상 인내할 수 없게 만들 때 시작됩니다. 자신에게 그런 자격이 있는지 묻기도 하지요. 사람이 어떤 사람을 좋아하고 존중할 수 있는 자격은 정말 진정으로 그 사람을 좋아하는지에 있다고 생각합니다. 제대로 그 사람의 정곡을 보고 좋아하는 것에 말이지요. 허울이나 표피를 보는 게 아니라 그의 정수 혹은 핵(그러니까 사과성!)을 보고 거기서 어찌할 도리 없는 애정을 느끼고 그 애정의 밀도가 블랙홀의 폭발 지점을 넘어설 만큼 터져 나와 흘러넘친다면, 저는 일차로 이 사람이 그 사람을 애정 할 자격을 갖춘다고 생각합니다. 사랑에 빠진 한 어여쁜 영혼의 문장을 엿본 적이 있습니다.

'인류가 사람의 사람에 대한 그 깊고 크고 강렬하고 가련한 감정을 그것이라고 할 때에, 지금 우리의 이것이 그것이 아니라면 무엇이겠는지요. 지금 당신과 나 사이의 이것을 그것이라 부르지 않으면 무엇이라 하겠는지요. 하지만 애써 숨죽여 삼켜봅니다. 삼킨다 한들 그것이 사라지겠는지요. 숨죽인다 한들 들통나지 않겠는지요.

요즘 제 일상에서는 당신을 생각하지 않는 시간이 당신을 생각하는 시간보다 훨씬 적습니다. 밤에 잠을 제대로 못 이루는 이유 중 가장 큰 것은 온종일 온몸의 세포가 명징하게 깨어나 가라앉질 않기 때문입니다. 세포의 돌기들이 물풀처럼 일어나 당신을 생각하는 물결대로 이리 쓸리고 저리 쓸려가며 제 정신과 육체를 달콤한 피로로 적십니다. 물풀의 뿌리는 깊은 바다 모래 속에, 그 안에 당신의 핵이라도 있다는 듯이 굳건하게 박힌 채입니다. 얼굴은 가느다란 미소들로 길을 이룹니다. 구체적으로 믿는 신도 없으면서, 어떤 큰 섭리에게 묻습니다.

"제게 왜 이런 행복을 주시는 겁니까?"

진심으로 낮은 자세가 되어 이렇게 제 가난한 자격을 물음과 동시에, 이미 자격의 알리바이를 구성해 놓고 저 자신을 수성하듯 방어합니다. 난 이것을 할 만하다고. 지켜낼 자격이 있다고, 지켜낼 만큼 담대하며 크고 강렬한 감정을 가지고 있다고.'

마음 내는 사람의 마음의 강도와 밀도가 사랑의 자격임에도, 이 사랑 낸 자는 가련하기 짝이 없습니다. 가련은 안도와 확장과 더불어 사랑의 대표적인 속성인 것일까요? 《표준 전쟁》이라는 책을 읽으며, 내가 전쟁 없이 표준을 바꾸는 데에 관심이 있다는 걸 알게 되었습니다. 어쩌면 세상의 사랑의 표준도 전쟁

없이 슬쩍 변경 혹은 해체해 볼 수 있지 않을까요?

가령 이런 겁니다. 나는 내 본 모습보다 잘 보이고 싶지 않습니다. 과대평가되고 싶지 않습니다. 그저 원래 모습대로 보이면 되고 혹여 오해가 생겼을 때 풀릴 인연이라면 시간이 지나 다시 만나게 된다고 생각하는 편입니다. 사랑이나 관계에 자주 있는 핑계나 보답을 좋아하지 않습니다. 산다는 게 칼바람 부는 일이거나 말갈기 휘날리며 달리는 일이 아니어서 무시로 시시했는데 핑계나 보답은 그 시시한 지역에서 안온함이라는 이름으로 정착하고 있습니다.

내게는 연애를 추동하는 사랑의 감정보다 더 짙고 깊은 감정으로 연결되기를 바라는 마음이 있습니다. 그 연결이 발현되는 모습이 어때야 하는지는 알지 못합니다. 우리는 그런 관계를 보지 못했고 사람의 삶 속에서 무엇으로 그것을 증거할지 몰라 괴로울 수 있습니다. 그러나 한번 애써 상상해 봅니다.

사랑이 여행지와 같아서 닿고 나면 닿기 전과 달라지는 마음이라면, 닿은 것도 닿지 않은 것도 아닌, 아니 닿았으면서도 닿기 전과는 전혀 달라 알 수 없는 미래의 느낌까지 가지는 도시가 있다면 그것이 궁극적으로 우리가 바라는 관계란 생각이 듭니다. 소진되지 않는 사랑의 관계란 지평선 너머의 사건이 될 만하며, 그를 위한 인내는 관계의 유지를 위한 힘이자 삶을 이어가는 근력인 셈이겠지요.

지속을 꿈꾸지 않음으로 지속되는 것들, 버리고 또 버리고 지우고 또 지우면서 고양되는 것들, 강화되면서 깊어지는 것들, 소진되지 않는 대체 불가능성과 끝없는 단련의 내면. 어떤 관계에서 이러한 단어들을 떠올릴 수 있다면 이 관계가 지속되는 동안은 화양연화의 계절입니다. 아니, 그 화려한 시절은 다시 오지 않으리라 생각하겠지만, 자신이 지었다 피기를 그치지 않는 진정한 꽃이라면, 분수에 맞는 양의 물을 마시며 밤을 보내고 다시 아침을 맞는 살아있는 꽃이라면, 내년에는 또 다른 내년의 화양연화가 기다리고 있을 것입니다.

'당신이 곁에 있어서, 당신이 세상 어딘가에 있어서, 당신이 있었기에'는 '당신이 없어도, 당신이 없었어도'로 이어지고, 이렇게 이어지다 보면 그 사랑 너머의 존재가 이 세상에 없어도, 없었어도, 나는 여전한 화양연화의 계절입니다. 그러니까 그 관계는 지속되지 않고 사라져도, 없었어도 되는 것으로 수렴합니다.

피아니스트 박종화의 독주회에 가서 브람스의 〈파가니니 주제에 의한 28개의 변주곡〉을 들은 적이 있습니다. 파가니니의 격정이 브람스의 이지와 명상에 녹아 굽이쳐 흘렀지요. 다만 끝을 맺을 뿐 영원히 계속될 수 있는 세계, 주제(motive)와 그에 의한 변주(variation). 주제의 제시자와 변주곡 작곡자의 심리 세계의 연결은 이 세상 수많은 관계 중 으뜸으로 아름답다고 생각했습니다. 내가 주제넘게 표준을 바꾼다며 제시하는 주제, '사랑 그 너머'는 주제와 변주의 관계처럼 끝나지 않으며 이 지구를 아름답게 흘렀으면 합니다. 그러니까 '사랑 그 너머'가 미래 사랑의 모습이었으면 합니다.

하드리아누스는 사랑하는 안티노우스를 지하 동굴에 매장하고 나오며 이렇게 썼습니다.

> "그는 공기도 빛도 계절도 끝도 없는 지속, 어떤 삶도 거기에 비하면 짧은 것으로 보이는 그 지속 가운데로 들어갔다. 그는 그 안정에, 아마도 그 평온에 도달했을 것이다. 시간의 어두운 태내에 아직도 품어져 있는 수천 세기들이 그에게 생존을 되돌려 주지 않으면서, 그러나 그의 죽음을 강화하지도, 그가 존재했었다는 사실을 부정하지도 않으면서, 그 무덤 위를 흘러갈 것이다……. 나와서 푸르고 차가운 하늘을 다시 보자, 그것은 거의 하나의 환희였다."[19]

5. 미래와 미래의 표어에 대하여

> "인간의 조건을 개선하기 위한 우리들의 연약한 노력은 우리의 후계자들에 의해 산만하게 계승될 뿐일 것이다. 반대로 선 내부에 포함되어 있는 과오와 멸망의 씨앗은 제 세기를 거치면서 엄청나게 자라날 것이다. 우리에게 싫증 난 세계는 다른 수단들을 찾게 될지도 모르고, 우리에게 현명하게 보였던 것이 신통치 않은 것으로…… 인류는 늙어가면서 거기에 새롭게 정제된 끔찍한 일들을 더할 것이다."[20]

---

19 위의 책, 108쪽.
20 위의 책 축약 인용, 154~155쪽.

동북쪽에서 서남쪽으로 계속해서 진출하던 고트족이 바다를 처음 보았던 날이 있습니다. 기원후 4세기 말의 어느 날입니다. 로마제국의 황제들에게는 게르만 일파의 진출, 훈족의 진출, 켈트족의 진출 등 모든 다른 민족의 진출을 적극적으로든 소극적으로든 막아야 제국의 영화를 지속시킬 수 있었음은 지당합니다. 하드리아누스 황제는 적극적 방어인 공격을 중지하고 잠시의 소강상태라 할지라도 철책을 세우는 등 평화 유지 정책을 펼쳤다고 알려져 있습니다. 재위 20년 중 12년을 로마 황궁에서 벗어나 일정 처소 없이 임시 거처나 군영지, 변경의 달빛 아래에서 보냈습니다. "움직임의 가장 큰 수단은 완전한 상태의 몸"[21]이라고 담담하게 밝히며 불필요한 습관은 거의 갖지 않으려, 아무 선입견을 갖지 않으려 애썼는데, 역설적이게도 그가 애써 따랐던 관습은 있었던 모양입니다. 자신의 이름이나 사랑하는 안티노우스의 이름을 딴 도시를 갖는 것, 그러니까 기존 도시에 새 이름을 붙인 것이었습니다. 그리하여 '하드리아노폴리스'라는 이름을 가진 도시가 몇 군데 남아있는데 오늘날에는 '아드리아노플'이라고 불리며 별도의, 원래의 도시명을 가지고 있습니다. 그 가운데 하나가 지금은 터키 땅으로 그리스와 불가리아 국경 근처의 도시인 에디르네(Edirne)입니다. 바로 이곳에서 378년 8월 9일 동로마의 황제 발렌스와 고트족 연합군의 전투에서 발렌스 황제가 전사하고 고트족이 대승을 거둬, 이

21 마르그리트 유르스나르, 곽광수 역, 《하드리아누스 황제의 회상록 1》, 민음사, 2008, 212쪽.

날의 패배가 100년 후 서로마 멸망을 가져오고 길게 보면 중세의 시작이 되었다고 이야기합니다. 이곳을 로마가 내주면서 고트족이 이동을 이어갈 수 있었고, 진군하며 바다를 처음 보게 됩니다. '바다, 끝없이 움직이는 바다, 사물에 날개를 달아주는 바닷바람……. 대륙에 갇힌 시간의 감옥에서 우리는 영원성이 느껴지는 바다의 자유를 꿈꾼다'라고 한 유럽인이 있습니다.[22] 전쟁에서의 어떤 패배는 상대 민족에게 처음으로 바다를 보게 합니다. 하드리아누스가 한 일일까요?

고트족의 다른 일파(서고트족)는 이베리아반도로 들어가 원래 살고 있던 셀티베로족, 페니키아인(셈족), 켈트인, 그리스인, 카르타고인, 로마인, 유태인, 이후 아랍인과 집시 등 여러 민족이 뒤섞여 오늘날의 스페인이 되었습니다. 로마제국 당시 히스파니아로 불리웠던 그 땅은 하드리아누스가 태어난 곳이기도 합니다(논란이 있는 부분이나). 앞서 바다를 본 날에 이어 이번에는 휴일 하루 끝의 그늘에 대해 이야기하겠습니다.

스페인 안달루시아 지방 말라가주의 도시 론다(Ronda)에 있는 아름다운 투우장에서 한참을 앉아있었던 적이 있습니다. 투우는 화려한 복장을 한 투우사와 소의 대결이라는 설정, 동물 학대로 여겨져 오늘날에는 각광받지 못하고 있다는 점만 알고 있지만 좀 더 자세히 들여다보면 흥미로운 부분이 많습니다.

투우사만 해도 주역인 마타도르, 작살을 꽂는 반데리예로,

22 클라우디오 마그리스, 이승수 역, 《다뉴브》, 문학동네, 2015, 일부 인용.

말을 타고 나오는 피카도르, 그리고 부를라데로라는 조수 여러 명까지 많은 인물이 나옵니다. 론다의 투우장 내 전시실에는 그들이 입었던 아름답기 그지없는 옷과 창, 마타도르가 매력적으로 흔들던 망토인 카포테와 붉은 물레타, 18세기부터 모아놓은 투우 광고문과 포스터 등 볼만한 자료가 많이 있습니다.

그리고 소. 가끔 사고로 투우사가 죽는 경우도 있지만 대개의 일요일 저녁 행사가 끝날 때쯤 죽임을 당하고 마는 검은 소. 외부로부터 유입된 이민족이 많았던 이베리아반도에서 투우에 등장하는 검은 소는 이민족이자 자기 자신을 상징하는 것이라고 했습니다. 워낙 일찌감치 반도로 유입되어 살면서 또 다른 이민족의 유입을 보고 또 보니 내가 원주민인지 이주민인지, 내가 네가 되고 네가 내가 된다고 해야 할까요. 소의 이중 정체성인 셈이지요. 북동쪽은 피레네산맥에 막혀 주로 남쪽 아프리카나 남동쪽 지중해를 통해 들어오던 이슬람교도 등 이민족 유입이 많은 안달루시아 등지에서 투우가 성행한 이유는 아마 그 때문일 것입니다. 이 지역에선 기독교와 유대교와 이슬람교가 평화롭게 공존했던 시절이 있습니다. 나는 자크 아탈리의 《깨어있는 자들의 나라》에서 묘사되는 그 100년이 '증오와 우매와 광기가 아닌 명석성과 정의와 온정'이 우리의 공동체에 깃들 수 있음을 증거하는 시절이라고 여깁니다. 침략과 정복과 지배가 아닌 공존과 존중과 인정. 그러니까 검은 소는 당신이자 나이자 그들이자 우리입니다. 나는 먼저 있던 자일 수도, 이제 들어온 자일 수도 있습니다. 소와 마주하는 그 팽팽한 긴장의 순간, 적과 마주하는 동시에 나 자신과 마주하는 것입니다. 그 소가 창에 찔려 피 흘리고 쓰러질 때 느끼는 감정은 쾌감이자 고통이자 사는 것의 비애입니다. 그 평화롭던 공존은 순간인 듯 끝이 나고 기독교도의 레콩키스타(재정복운동)는 15세기에 완성되어 이슬람교도는 쫓겨갑니다. 레콩키스타가 완성된 해로 꼽히는 스페인의 1492년은 세 가지로 역사에 남는 해입니다. 첫 번째는 콜롬버스를 고용하여 신대륙을 발견케 했다는 점, 두 번째는 그라나다의 알함브라궁전에 머물며 안달루시아를 통치하던 이슬람의 마지막 왕을 쫓아냈다는 점, 세 번째는 결혼과 전쟁의 결과 기독교로 대동단결한 땅에서 쓸 스페인어 문법책을 처음으로 발간했다는 점이지요. 어떤 통합과 성공은 어떤 배제와 분노와 슬픔입니다.

투우는 매년 봄 부활제의 일요일부터 11월까지, 매주 일요일 오후에 열렸습니다. 그러니까 겨울을 제외한 봄, 여름, 가을날 좋은 세 계절 동안 즐기는 행사였습니다. 투우 경기장 관람석은 R, S, A, B 이렇게 나뉘는 것이 아닙니다. 'Sol y Sombra'와 'Sombra'로 나뉩니다. '태양이었다가 그늘'과 '그늘'입니다. 경기가 시작되는 늦은 오후에는 뜨거운 햇살이 비치다가 경기가 끝날 즈음이면 시원한 그늘이 되는 자리와, 원래 그늘이었고 내내 그늘인 자리. 빈자와 부자는 각각의 분수에 맞는 표를 사서 투우장에 들어와 자기 자리에 앉아있다가 나갈 때는 모두 시원한 그늘의 자리에서 투우장을 떠납니다. 적을 죽이거나 자신이 죽는 격정의 투우장엔 내내 고통스럽게 뜨거운 자리는 없습니다. 세상 어디에나 해가 사라지는 밤이 오니까요. '쏠 이 쏨브라.' 론다의 투우장 객석에서 이 표지를 발견하고는 마치 세상에 공동선이 존재한다는 증거를 발견하기라도 한 양 기뻤습니다.

바다에 대해서, 그늘에 대해서, 엄청나게 낭만을 떠는 이야기를 했습니다. 사랑을 이야기하면서도 죽여놓았던 낭만의 감정이 바다와 그늘처럼 드넓게 펼쳐집니다. 하지만 이상향을 향해 넘쳐흐르는 풍요로운 우리의 감정을 어디에 쓸 수 있겠습니까? '사랑 그 너머'를 상상하며 억누르고 단련했던, 차가운 얼음에 댄 손을 떼지 않아 불처럼 뜨거워진 손과 가슴은 바로 이럴 때 쓰는 것이라 생각합니다.

구별 없이 베푸는 시혜를 가진 잠과 샘물 이야기로 시작해 바다와 그늘 이야기로 글을 마칩니다. '인내(Patientia)' 같은 덕목보다는 그 덕목을 발휘해 우리가 다 같이 되찾았으면 하는 상징으로 미래의 표어를 대신했습니다. 누구에게나 평등하게 오는 잠과 샘물, 바다, 그늘. 이것을 염두에 두고 우리가 재탄생했으면 좋겠습니다.

"한 인간의 진정한 탄생처럼 시간이 걸리는 것은 없다."

당신의 진정한 탄생을 온 마음으로 염원하며 나 자신을 돌아봅니다. 나의 정신을 끝까지 밀어붙여 막바지까지 가보아야만 또 다른 누군가의 정신이 그렇게 하고 그런 순간이 축적되어 당신에게까지 가는 것이라고, 내가 깊게 할 수 있어야만 깊은 그곳에서 이어져 당신이 더욱 깊어진다고 여깁니다. 우리 모두가 제대로 탄생해야만 당신이 제대로 탄생할 수 있습니다.

부킹회의 어느 날

나이가 몇 살 차이 나는 친구 둘과 시작한 책 읽는 모임이 기간으로 6년째, 횟수로 한 달에 한 번씩 60번을 넘어섰다. 모임의 이름은 부킹회. 'book-ing', '책-하다'이다. 문학에서 시작했으나 범위가 넓어져 역사, 예술학, 물리학, 생물학, 유전학, 화학, 식물학, 여성학, 고전 기행문 등 혼자서는 고르고 완독하기 어려웠을 책을 서로 의지하며 읽게 된 고마운 모임이다. 셋이 돌아가며 책을 추천해 같이 읽는데, 책을 추천한 사람이 식당을 고르고 그 달의 모임을 주관한다. 처음에는 당연히 한 권씩이었던 것이 두 권이 되고 세 권이 되더니 어느 날은 네 권이 되기도 해서 원성을 샀다.

지난해 봄 꽤 따스했던 3월의 마지막 날은 내가 책과 식당을 고르고 잡은 날이었다. 그날의 책은 《오래된 서울》(동하 2013), 《영원한 유산》(문학동네 2020), 《모든 것은 영원했다》

(문학과지성사 2020), 《완전히 자동화된 화려한 공산주의》(황소걸음 2020), 이렇게 네 권으로, 원성을 산 장본인은 바로 나였다. 그러나 네 권 모두 두껍지 않은 책으로, 이전에 읽었던 목침 같은 책 두어 권보다도 페이지 수로 따지면 오히려 적으며, 내용 또한 머리를 쥐어짰던 물리학 등과 달리 어렵지 않고 부담 없었다.

그날은 다른 날보다 조금 이른 시간인 5시에 만나 《오래된 서울》에 나오는 서촌 인왕산 자락의 곳곳을 산책하고 길 건너 효자동의 작은 스페인 식당에서 저녁을 함께 했다. 이 다양한 책 네 권을 함께 읽자고 제안한 이유를, 그것도 앞에 쓴 순서대로 읽으라고 추천한 이유를 부킹회 멤버들에게 간략하게밖에 설명하지 못해, 여기에서 그 책을 따라갔던 생각의 행로를 두괄식도 미괄식도 아니게 차근차근 말해보고자 한다.

《오래된 서울》은 도시 사학자 최종철과 언론인 출신 김창희가 공동 집필한 '서울학' 서적으로 서울의 깊고 넓은 여러 층위를 역사적 공간적으로 살피는 책이다. 서울이 수도가 될 만한지 타진했던 고려인이 되어 개성에서 서울로 들어오는 길목을 상상해 보고, 500년 도읍지로 조선 왕실의 터전이었던 이곳에서 선비나 중인층 조선인이 주고받던 문화적 향취를 더듬어보고, 식민지의 수도에서 나라 빼앗긴 국민이 잃었던 것과 꿈꾸던 것의 흔적을 좇아본다. 여기서의 서울은 조선 왕실의 왕궁이었던 경복궁 주변 동네로 지금 내가 사는 동네, 서촌이 무대의 주를 이룬다. 길 건너로 마실 가듯 책 속의 장소들을 다녀보면 되니 나로서는 더욱 반가운 일이라 아니할 수 없었다.

공저자 중 한 분인 김창희 선생님을 어렵게 모셔 두 번 정도 이런저런 사람들과 답사했었다. 그 소중한 '조교' 경험을 바탕으로 이후에는 몇몇 지인에게 내가 직접 안내해 주기도 하였다. 널리 널리 이 이야기가 퍼져나가기를 바라는 마음으로. 윤동주의 하숙집, 이상의 제비다방, 이쾌대와 이여성 형제의 집터, 안평대군의 비해당이 있었을 곳, 아파트를 헐고 나자 고스란히 드러난 수송동 계곡의 기린교, 남겨진 그림 속 산세와 달빛(이건 과장) 등으로 추정해 본 조선 중기 중인의 시화 행사 장소 등 가슴 벅찬 장소들 중에서 내가 이어 고른 두 권의 소설을 연결해 준 장소는 다음 두 군데이다.

하나는 장동 김씨, 여흥 민씨 등 왕실 처족 세도정치의 중심 집안이 대대로 차지했던 옥류동과 인왕동(오늘날에는 이 둘이 합쳐져 옥인동) 일대 송석원 터 주변에 세워졌던 '벽수산장'이다. 조선시대 내내 세도정치의 전리품이었다가 나라를 팔아먹는 데에 앞장섰던 20세기 초반 다른 의미의 세도가 윤덕영(1873-1940)의 손에 들어온 2천 평 이상의 땅에 그는 인근 이완용의 집(옥인동 19번지)을 능가하는 집을 짓겠다는 야심찬 계획을 세웠다. 왕궁을 내려다보는 위치에 프랑스 한 귀족의 집 설계도를 따라 오만한 저택을 건축한다. 짓는 데에만 20년을 훌쩍 넘겨 1935년 완성되었으나 건축주는 몇 년 누리지 못하고 세상을 떴다. 후손이 일본 광산 회사에 팔아넘겨 해방 이후 적산이 된 저택은 미군정 시절 미군 장교의 숙소나 국제연합 언커크(UNCURK)의 청사 따위로 사용되다가 1966년 보수공사 중 화재로 불타 건물의 기능을 상실하고 1973년 완전히 철거되고 말았다.

1972년 서촌에서 태어난 심윤경은 어린 시절 집 마당에서 할머니에게 안겨 찍은 사진의 저 뒤쪽에 보이는 아름다운 첨탑과 톱니 문양 테두리를 두른 창문을 발견하고 그것의 정체를 묻고는 '벽수산장', 그 유난한 역사의 전말을 파고들었다. 그러니까 그 결정적 사진은 그가 태어난 72년과 동네 사람들이 '엉커크'라고 불렀던 건물이 철거된 73년 사이 촬영되었음이 틀림없고, 그가 자신의 전공과는 좀 다른 길을 걷게 된 덕분에《영원한 유산》이라는 소설로 우리 앞에 나오게 되었다. 소설은 사실과 상상을 곁들여 '작고 많이 짧은'《토지》의 느낌을 살짝 풍기며 읽는 기쁨을 선사한다.

다른 하나는 대한민국임시정부의 조직에도 깊이 참여했던 현순(1878-1968) 목사와 그의 첫딸 앨리스 현(1903-1955?)의 원적지 '옥인동 92번지'이다. 지금 이곳은 우리 아이들이 자주 배달시켜 먹기도 하는 동네 대표 치킨집인 bbq가 있는 자리이다. 이 대중적이고 이용이 손쉬운 가게와 달리, 앨리스 현의 삶은 몹시 가닿기 힘들다. 역관 집안에서 태어난 아버지 현순은 1903년 하와이 사탕수수 농장 이민자들을 태운 배에 통역자로 동행해 도착 직후 앨리스 현을 낳았다. 그는 미국에서 태어난 첫 한국계 미국인이었다. 1907년 귀국하여 옥인동 등지에 살며 이화여전에 다니다가 1920년 상하이로 망명하는 아버지를 따라가 상하이와 일본에서 교육받고 1930년 미국에 정착한다. 뉴욕의 헌터 칼리지 등에서 공부하다가 하와이로 가 미국 공산당원으로 노동운동가 그룹에서 활동했고, 해방 이후 주한미군 예하 민간통신검열단(CCIG-K) 군무원으로 근무하던 중 스파이로 지목되어 미국으로 추방된다. LA에서 재미조선인민주전선의 서기와 주간지 《독립》의 편집부원 등으로 일하였으나 미국 내에서 입지가 좁아지면서 북한으로 향한다. 북한에서 행적은 전언일 뿐인데, 중앙통신사 번역부장을 거쳐 외무성, 혹은 상하이 때의 인연으로 박헌영의 지근거리에서 일했다고도 전해진다. 한국전쟁 이후 1955년 박헌영이 재판에 회부되었을 때 그가 '미 제국주의자들과의 연결고리'로 지목되었고 이후 북한의 어느 기록에도 등장하지 않아 그 무렵 처형되었다고 추정할 뿐이다. 하와이-서울-상하이-일본-뉴욕-하와이-서울-LA-평양. 길지 않은 삶의 복잡한 행로 뒤에 자리한 한 인간의 마음속 심연을 우리가 어찌 안다고 할 수 있으랴. 미국에겐 북의 스파이, 북한에선 미 제국주의 앞잡이로 의심받은, 시대와 사상과 국가 사이에 끼인 여인이 앨리스 현이었다.

그에겐 일본에서 만난 조선인 남성과의 사이에서 낳은 아들이 하나 있었는데, 이름은 정웰링턴. 그는 1927년 10월 하와이에서 태어나 10대 말 외항선 선원이 되었다가 UCLA 예과에서 잠시 공부하고 1948년 배와 열차편으로 체코에 도착해 프라하에서 의사 공부를 마쳐 의사가 되었다. 소비에트 출신 체코 여인과 결혼하여 딸을 낳고 귀화해 한 병원의 연구소장으로 발령받았으나 1963년 자신이 일하던 병원의 해부실에서 독극물을 마시고 자살했다. 정웰링턴은 북한으로 가기를 바란 공산주의자였으나 북한은 미국 시민인 그를 배척했다. 또한 체코 비밀경찰 협력자로 활동했으나 체코 측도 그가 공산주의자라고 믿지 않았다고 한다. 그 또한 어머니의 운명처럼 어디서도 받아들여지지 않은 국외자의 삶을 살았다. 정웰링턴의 삶을 추적하는, 아니 추적이라기보다는 어머니보다 더 길지 않았던 삶의 사이사이를 수놓는 아름다운 소설이 정지돈의《모든 것은 영원했다》이다.

이루 말할 수 없이 쓸쓸한 농담 같은 삶들이 지나간 자리에서, 나는《완전히 자동화된 화려한 공산주의(Fully Automated Luxury Communism)》라는 이루 말할 수 없이 럭셔리한 농담 같은 책을 진지하게 읽고 싶었다. 20세기 한 중간 공산주의 국가에서 자신 안의 공산주의를 증명하지 못했던 정웰링턴과 어디서나 활발히 활동했으나 어디서도 받아들여지지 않았던 앨리스 현에게, '21세기 공산주의 선언'이라는 부제가 붙은 젊은 영국 정치경제학자의 산뜻한 낙관적 공산주의 전망을 선사하고 싶었다. 물론 몇 가지 전제가 붙지만 상당히 그럼직한 이 전망은, 인공지능이나 기후변화 등으로 인간의 노동과 인간의 삶 자체에 대한 어두운 전망이 팽배한 이 시대에 가히 인간 사고의 대전환을 촉구하는, 어쩌면 마지막으로 기대해 볼 만한 방법 중 하나일 거라는 생각에 이르게 된다. 우울하지 않고 적막하지 않게, '인간이 원래 노는 게 좋지 언제 일하는 게 좋았어?'라고 눙치면서.

자본주의이든 사회주의이든 공산주의이든 그것을 무어라고 부르든 우리에게는 당대와 미래에 있어 어떤 체제의 방식이 보다 나은 것일지 탐색할 자유가 있다. 큰 사상이 움트고 몇십 년이 지나, 세계 여기저기에서 실험도 있었던 20세기 전반 식민지 조국 안팎에서, 조국의 미래를 위해 어떤 사상이 우리에게 맞는지, 무엇이 우리를 해방할지 생각해 본 사람들이 있다는 게 나는 한 인간으로서 자랑스럽다. 자본주의경제 자유민주주의를 택하게 된 20세기 후반 대한민국에서 우리가 택한 이념과 체제가 적절하게 운용되고 있는지 의문을 가지고 계속해서 투쟁해 온 역사가 있어 그 빈틈이 메워지며 약점이 보완된다고 나는 믿는다. 한 가지 사상만을 고집하고 순응만 한다면 역사는 맹목일 뿐이다.

'화려한 공산주의'에서 화려한 저택으로 다시 돌아가 윤덕영의 벽수산장을 그려본다. 30대부터 근처 한옥에 살면서 아침 저녁으로 공사를 '손수' 지켜보며 자신의 집을 짓는 데에 몰두했을 때, 1935년 53세의 그가 20년 넘는 긴 공사를 마치고 흐뭇하게 집을 완공했을 때, 그 시기 다섯 살 아래 현순은 자기 집을 짓는 대신 상하이에서 임시정부 짓는 것을 돕고 해외에서 자신의 사상과 조국의 독립을 위한 행보를 이어갔다. 아버지를 따라 계속 이주했던 앨리스 현 또한 혼란한 시대 자신의 마음의 집을 지어나갔을 것이다. 현씨 부녀만이 아니라 많은 조선의 핏줄이 만주에서 중국에서 추운 벌판에서 나라의 독립을 위해 운동하고 있을 때 어떤 이는 자신이 조력하여 일본에 넘긴 조선 왕궁이 발아래로 내려다보이는 집을 지었다. 조력 덕에 챙긴 많은 이권을 바탕으로 한 재력으로.

조력자, 무엇을 도울 것인가.

짓는 자, 무엇을 지을 것인가.

과거의 어떤 조력이 반성 없이 당대와 미래에 반복된다면 어느 날의 부킹회는 지금 내가 쓰는 이 언어로 읽고 말하지 못할 수 있을 것이다. 그것이 옳지 않았다고 단언하고 징벌할 시공간을 놓쳐 지금에 이르렀으나 진정한 반성을 하게 만들 청산의 순간은 진정으로 필요하다. 도와야 할 것을 돕지 않고 다른 것을 도우면 제대로 된 것을 짓는 데에 지장을 초래하니까.

이것이 부킹회의 어느 날 네 권의 책을 통과한 내 생각의 행로이다.

삼국지와 김초엽

2021년 한 해 동안 가장 많은 책을 발간한 작가 중 한 명이 93년생 김초엽일 것이다. 극찬을 받았던 첫 단편집《빛의 속도로 갈 수 없다면》이후 지난 한 해에만 두 번째 단편집《방금 떠나온 세계》, 장편《지구 끝의 온실》, 짧은 단편집《행성어 서점》, 연말에 경장편《므레모사》까지 나와서, 연초에 변호사 김원영과 함께 낸《사이보그가 되다》를 합하면 한 해에 총 다섯 권의 책을 낸 것이다. 한꺼번에 다 주문해 탐독하고 나서는 김초엽의 글을 당대에 같이 읽을 수 있음이 파바로티의 노래를 당대에 들을 수 있었던 것보다 더 큰 행운이라고 생각했다.

나만의 생각일지 모르지만, 지난 10여 년 세월의 문단 내 여성주의 작풍과 시선이 일거에 통합되어 수렴하는 느낌이었다. 이 사회와 개인의 내면에까지 뿌리내린 가부장 의식과 성차별을 짚는 데서 구체적으로 진일보해 데이트 폭력, 여성 혐오,

성소수자, 여러 차원을 아우르는 연대 등을 다뤄온 작가들의 문제의식을 용해하여 새로운 토대에 다 다른 빛깔로 드러내고 있다고 해야 할까. 그의 작품은 각각의 주제를 삼켜버리는 것이 아니라 뛰어넘어 승화시킨, 진화한 문제 정의로 보였다. 동시에 그 문제의식은 다 읽고 나면 각각의 작품으로 오롯이 기억나기보다는 원래 있어야 할 것들이 있는 듯 자연스러워서, 세상에 원래 있던 음들을 되살린 천재 작곡가의 작품처럼 오묘하며 당연한 기시감을 주었다. "이야기의 쉽게 잊히는 속성이 그것의 완전무결함을 보여주는 증표"라고 제발트가 어떤 글에서 말한 바 있는데, 김초엽의 단편들이 그러하다고 여겨졌다.

지난 3월에는 '본다'의 총량에 있어서는 더하다고 할 수 있는 짓을 했는데, 2010년쯤 나온 드라마 〈삼국지〉 95화를 독파한 것이다. 정권이 바뀌는 시기 주변 떨거지 같은 인간들의 행태가 담긴 보도에 지레 질려 신문도 끊고 기사 검색도 하지 않으면서, 2~3세기 중국 대륙, 먼 과거 이국땅의 일에 빠져들어서는 공교롭게도 3월 마지막 날 95화를 시청하며 종지부를 찍었다. 두 아들이 다 집에 없던 어느 날은 낮부터 깜깜해질 때까지 열 시간쯤 계속 이어서 보다가 혼잣말로 '이젠 그만해야 해'라고 고개를 흔들며 티브이를 끄기도 했다. 10여 편짜리 미니시리즈도 제대로 끝까지 본 적이 없는 내게 꽤 고된 일이었을 텐데 이 잘 만들어진 드라마는 고생보다 훨씬 큰 즐거움을 주었다.

〈삼국지〉가 준 즐거움의 제일은 연기와 대사로 생생하게 되살려낸 조조, 유비, 손권과 그를 둘러싼 명장과 책략가의 면면을 감상하는 것이었다. 제대로 읽어본 적 없으니 실상 모르는 것이었던, 어디서 들어보기나 했던 이야기들이 구슬 잇듯 아롱아롱 마음속에서 꿰어졌다.

후한 말기 황건적의 난이 발발한 184년부터 위나라 왕조가 사마염의 진에게 선양되던 265년을 지나 오나라가 멸망한 280년까지 중국 대륙의 패권을 둘러싼 위촉오 삼국의 대결과 흥망성쇠가 꿈결같이 흐른다. 수천 년 역사 속 백 년도 안 되는 시기의 이야기지만, 천년의 세월이 지난 원나라 때 나관중이란 사람이 사실 기반 소설《삼국지연의》를 다시 쓸 정도로 중국의 전 역사를 통틀어 사람들의 흥미를 가장 많이 끄는 시기이다. 끊임없이 이어지는 전쟁에는 공성(攻城)과 수성(守城), 해전(海戰, 강에서)과 야전(野戰), 전면전과 매복, 진(陣)짜기와 진휘젓기, 연합과 배반, 속임수와 수 읽기, 충절과 관용과 믿음과 배포, 불충과 불관용과 불신과 조급이 뒤섞인다. 무엇보다 대의와 명분이 나부낀다. 각 나라 군대가 휘날리며 진군하는 깃발은 대의명분의 깃발이다. 아름답고 매력적인 주인공들을 다 다르게 애정하면서도 그들이 내세우는 대의와 명분을 비웃는 나는 여러 상념에 빠져들었다.

"병사들의 피가 강을 이룰 것입니다."

"누구의 피냐?"

"아군 절반, 적군 절반이옵니다."

대개의 전쟁은 완승이나 완패가 아닌 경우, 아니 아예 전투를 포기하지 않는 경우, 위와 같은 답변에 수렴하는 죽음을 수

집할 것이다. 우수한 장수 몇몇과 잘 훈련받은 군인이 아닌, 씨뿌리고 밭 갈다가 동원된 필부 병사들은 예전부터 인해전술의 톱니바퀴였을 것이다. 드라마는 계속해서 보여준다. 성벽에 맞대어 올린 사다리를 타고 오르다가 화살을 맞고 떨어지는 병사 뒤에 또다시 오르는 병사, 병사들. 맞고 또 맞다가 안 맞은 병사가 하나둘 오르면 수성에는 금이 가고 공성은 성공의 길목에 드는 것일 것이다. 들판을 진군하는 병사들의 얼굴에는 기개나 용기 같은 것은 보이지 않는다. 멍한 눈빛은 오랜 시간 드라마 촬영에 동원된 21세기 엑스트라의 눈빛이자 끝나지 않는 전쟁에 동원된 3세기 병사의 눈빛이다. 둘 다 자신의 의지와 별 상관없이 주최 측 연출자에게, 내가 살고 있는 시대에게 시달린 얼굴이다. 말 달리다 한쪽 눈의 반쯤을 가릴 정도로 삐끗하게 돌아간 병졸들의 투구를 보며 짠해서 웃었다.

드라마를 보다가 혼자서 놀라워하며 발견한 특이사항 하나가 있다. '빠오'(報, 우리말로 '아뢰오'쯤 될 것인) 하고 외치며 왕에게 보고하는 하급 신하와 장수들 뒤에서 출전하는 병사, 혹은 주요인물의 배경으로 화면의 뒤쪽을 차지하는 등장인물을 위촉오와 상관없이 같은 연기자를 썼다는 점이다. 주유의 출병시 장수들 뒤에 서 있던 오나라 병사를 맡은 연기자가 조조에게 보고하는 위나라 신하나 유비의 집안일을 돕는 촉의 하인 역할도 하는 식이다. 처음엔 내가 잘못 봤겠지 싶어 몇 화 몇 분 하는 식으로 기록을 해두었다가 그들이 다른 장면에 나타났을 때 확인해 보았다. 그런 인물이 적어도 서너 명은 되었는데 감독에게 물어볼 순 없으니 짐작만 해볼 뿐이다. 184년부터 시작해 280년이 되는 동안 손견 손책 주유 관우 조조 장비 유비 조자룡 제갈량 사마의 등의 순서로 죽는데, 주인공은커녕 조연도 안 되는 병졸의 나이를 일일이 먹게 할 수도, 세월에 따라 다 다르게 쓸 수도 없었을 터. 연출의 고육지책이었을 수도 있겠으나 달리 생각해 보면 앞서 말했던 '필부' 의식의 발로라고도 할 수 있으리라. 전쟁과 나라와 대업과 역사 속에 태어난 필부들은 대를 이어 그가 누구인지와 상관없이 이 나라 저 나라의 전쟁터 곳곳에서 이름 없이 아군이거나 적군으로 살다가 죽어갔다는 것. 몇몇 훌륭한 인물을 제외하고는 다 그럴 뿐이라는, 쓸쓸하지만 인정할 수밖에 없는 진실. 이는 평화 시의 세상 도처에서도 일어나는 일이지만 전쟁터에선 더욱 극대화되어 드러난다.

관우의 팔을 치료하던 신의(神醫) 화타는 훌륭한 치료에 감복한 관우가 전쟁터에 남아 다친 군사들을 돌봐달라고 부탁하자 한치의 망설임도 없이 멋지게 답한다. 자신은 전쟁의 상처는 치료하지 않는다고. 치료하고 나으면 다시 전쟁에 나갈 것이기에. (실은 관우의 팔도 전쟁의 상처인데 말이다.)

필부들과 대조되는 주인공에게는 늘 그럴듯한 대의가 주어진다. 대의는 존재하는 것이 아니라 만들어지고 주어지고 가져오고 획책되는 것이다. 후한의 왕조를 잇는다든가, 망해가는 나라를 바로 세운다든가, 백성을 제대로 먹여살린다든가, 힘 잃은 나라를 대신할 새 왕조를 연다든가 하는 그들의 대업이란 결국 어떻게 되었는가? 고작 몇십 년씩 명맥을 유지하다가 흡수

되고 다른 왕조에 넘겨주고 그조차 곧 사라져 혼란의 (위진)남북조로 이어졌다. 백성들의 삶 또한 나아졌다고 할 수 없다. 그들이 휘날리던 대의의 깃발은 다음 왕조의 깃발에 자리를 내주고 사라졌다. 화타가 치료를 거부했어도 병졸들은 계속 다시 채워져서 전쟁은 계속되었다. 그러한 대의가 혼란기를 거친 이후 짧은 수의 통일, 이어지는 당의 번영을 만들었는가? 21세기 거대 중국의 초석이 되었는가?

드라마 〈삼국지〉를 보며 김초엽이 자연스럽게 떠올랐다. '초엽'이라는 이름이 삼국 중 어느 나라의 대도독쯤 될 만한 비상한 자(者)의 자(字)를 연상시켜서는 아닐 것이다. 김초엽이 상정하는 나라 혹은 개인의 토대가 되는 공동체가 미래이면서도 현재이고, 상상이면서도 현실이며, 삼국과 같으면서도 위촉오가 아니기 때문이다. 그의 글은 낙관도 비관도 아닌 '지켜보기'이다. 처음 '삼국지와 김초엽'이라는 글을 구상할 땐 앞의 전쟁과 뒤의 세계는 매우 대조되었으나 쓰는 과정에서 둘은 긴밀히 연결되었다.

말 달리느라 돌아간 투구를 쓴 멍한 눈빛의 엑스트라 병졸은 여전히 대의의 톱니바퀴이지만, 김초엽의 세계에선 하나의 단독자가 된다. 말 따위 없이 색깔로 소통하는 경우도 있으며 어떤 이들은 공기 중의 입자에서 시차를 두고 의미를 언어로 해석한다. "사랑이란 그 사람과 함께 세계에 맞서는 일이기도 하다는 것"을 알게 된 순례자들은 떠나서 돌아오지 않는다.[1] 먼 별에서 온 존재들은 그 별의 풍경을 기억하면서 그 기억이 떠나지 않기를 바란다.[2]

생태계에서 '미생물들이 죽음을 다시 삶의 원료로 되돌리듯이 전 우주적 규모에서 순환의 매개체를 자처하는 어떤 존재들은 참혹한 현실을 있는 그대로 마주하는 강인함을 지니도록 훈련되어', 가치 있는 멸망의 폐허에서 생기 남은 정보와 자원을 다른 우주 공간으로 보내며 타인의 죽음에 기생해 살아간다.[3]

시지각 이상 같은 제한된 감각을 가졌기에 신경계의 임플란트 격인 감각보조장치로 살아가는 존재는 어느 날 테러를 벌이기도 한다. 일시적으로 그 감각 제한을 경험할 수 있는 전환물질을 독극물처럼 분사하여 그것이 어떤 것인지 나머지 95%의 사람들이 알 수 있게 한다.[4]

신의 부재를 확신하며 도덕적 규율로서 신앙의 필요만을 믿는 사제는 그 필요에 복무한다. 개체 중심적 사고에서 벗어나지 못하기에 어떤 존재들이 연합하여 삶을 멈추고 그 시간을 행성에 온 낯선 방문자들에게 나누어주었다는 것을 몰랐던 사제들은 더 이상 앎이 자신을 구원하지 않고, 무지가 구원하며, 신도 금기도 없이 오래된 약속만이 있음을 깨닫는다.[5]

---

1 김초엽, 《우리가 빛의 속도로 갈 수 없다면》 수록 단편 〈순례자들은 왜 돌아오지 않는가〉, 허블, 2019, 일부 인용.
2 위의 책 수록 단편 〈공생 가설〉, 일부 인용.
3 김초엽, 《방금 떠나온 세계》 수록 단편 〈최후의 라이오니〉, 한겨레출판, 2021, 20쪽.
4 위의 책 수록 단편 〈마리의 춤〉, 일부 인용.
5 위의 책 수록 단편 〈오래된 협약〉, 209쪽.

인지 공간이라는 격자망에는 뇌의 명백한 한계를 넘어서 인간의 일화 기억이나 절차 기억 정도가 아닌 영구적 지식과 학문, 구체와 추상의 모든 것이 남겨져 전승된다. 그러나 인지 공간이 확장된 사고라면 그 사고가 개별적인 영혼에 깃들지 못할 이유가 없다고 생각한 열외자가 만든 자신만의 인지 공간 스피어를 통해, 인지 공간은 더 이상 불필요하다고 판단해 기억하지 않는 세 번째 달을 잊지 않는다.[6]

폐쇄된 우주정거장에서는 도달하지 못할 것을 알면서도 가족을 먼저 떠나보낸 행성을 향해 출발하는 할머니가 있다.[7] 멸망의 끝자락에서 사랑 같은 전쟁으로 토대를 살려내는 존재들이 있다[8]. 그리고 마침내는 절멸의 폐허에서 아무것도 하지 않을 권리와 자유를 주장하는 유안이 있다[9].

김초엽의 작품 속 존재들은 성이 지워진 채 유기체로서 삶을 살아간다. 두 가지 성(性과 姓) 모두 여간해선 드러나지 않는다. 여전히 약자와 소수자가 존재하고 차별과 배제가 남아있고 약탈과 희생이 따르고 장애와 고통이 선명하지만, 전 우주로 공간이 확장되고 미래로 시간이 확장된 김초엽의 세계에서 두 성이 지워진 존재들은 한결 숭고한 차원의 고민을 한다. 숭고한 고민의 세계로의 초대가 김초엽의 미덕이다. 그 묵직한 초대가

---

6 위의 책 수록 단편 〈인지 공간〉, 269쪽.
7 김초엽, 《우리가 빛의 속도로 갈 수 없다면》 수록 단편 〈우리가 빛의 속도로 갈 수 없다면〉, 허블, 2019, 일부 인용.
8 김초엽, 《지구 끝의 온실》, 자이언트북스, 2021, 일부 인용.
9 김초엽, 《므레모사》, 현대문학, 2021, 일부 인용.

고맙기 그지없다.

그 초대받은 세계는 '방금 떠나온 세계'만큼이나 평화롭지 않다. 새로운 전쟁이 열린다. 대의나 대업을 내세우는 조조 유비 손권의 살육의 전쟁이 아닌 고요한 그것. 병졸 하나하나가 명민한 눈빛으로 다 함께 대할 수 있는 아름다운 명분. 제국들이 제멋대로 그어놓은 국경선이 아닌 제대로 된 마지막 선 긋기. 그조차 지우고 사막의 모래 위에 쌓는 시간과 공간과 숨의 나눔. 어떤 섭리와의 오래된 약속을 기억에서 되살려내는 순간 인간은 비로소 이 우주에서 할 도리를 다한 무신론의 사제일지 모른다. 그 전쟁을 마치면 마음 놓고 영원한 망각의 죽음에 들어갈 수 있을 것이다.

전쟁 아닌 전쟁, 전쟁을 대체한 다른 차원의 전쟁, 그것을 무엇이라 불러야 할까. 사로잡는 것을 넘어서는 것, 초렵(超獵 넘어설 초, 사냥할 렵)이라는 신조어라도 만들어 내야 할까. 그 초렵에서는 대업과 대의가 삼국지의 그것처럼 스러지지 않기를 바란다. 그 전쟁에서 승리했을 때엔 이익이나 계승, 이념, 종교를 넘어선 대의가 흥청망청 완성되고 지속되는 혼융의 세상이 펼쳐지길 바란다.

비인간 이구아나와 도나 해러웨이

아름다운 도입부로 유명한 가와바타 야스나리의 소설《설국》에서 내가 가장 좋아하는 부분은 그 눈에 갇힌 기나긴 겨울 마을에서 삼 지지미를 눈 바래기 하는 풍경의 묘사이다.

몇 페이지에 걸쳐 작가가 옛사람을 들어가며 구구절절이 묘사하고 설명한 이유는 다음을 쓰기 위함이었으리라. 천연 눈의 습기의 도움이 없으면 잣기 힘들 정도로 얇은 삼실을 자아 짠 섬세하나 취약한 옷감 지지미가 인간관계보다, 인간보다 길게 감을 말하기 위해서.

우리가 사는 곳의 주인공은 인간이 아니다. 공부를 해갈수록 아는 것보다 모르는 것이 많다는 걸 더욱 실감하고 앞으로 이 세상이 나아갈 방향 또한 오리무중이지만 단 하나 내가 안다고 말할 수 있다면, 세상은 인간중심주의를 벗어나는 쪽으로 진화하리라는 것이다. 가와바타 야스나리의 묘사는 결국 옷감을 짜고 바라기 하는 것을 보면서도 그것을 인간과 비교함으로써 철저히 인간 중심적이라고 하겠으나, 그 묘사된 모습만큼은 지구를 채우는 비인간의 아름다운 풍경으로서 손색이 없다.

인간이 주인공이 아닌 아름다운 관계와 대화를 우리나라 젊은 작가의 단편에서도 찾아볼 수 있다. 이유리의 단편 〈이구아나와 나〉에는 말하는 이구아나가 나온다. 말하는 앵무새 정도가 아니라 인격, 아니 이격 혹은 나격(이구아나의 격)을 가진 단독자로서 동물이 주인공으로 당당히 등장한다.

같이 지내던 남자친구가 침대 위 여름 홑이불마저 걷어간 채 짐을 싸서 떠나고, 남겨놓은 것이라곤 수조 안의 이구아나뿐이다. 징그럽고 비릿한 냄새를 피워 좋아하지 않던 이구아나는 남자친구의 전 여자친구의 전 남자친구로부터 연쇄적으로 전해져와 계속되는 천덕꾸러기 신세였다. 수영 강사인 화자는 어느 날 술을 마시고 들어와 술김에 같이 버림받았다는 동병상련의 마음으로 그 징그러운 미간에 살짝 손가락을 대보는데, 생각보다 그 감촉은 부드럽고 매끈했다.

"저기, 저기요."[1]

축약해 전하는 이야기라 할지라도 이구아나의 이 첫마디

---

1 이유리, 《브로콜리 펀치》 수록 단편 〈이구아나와 나〉, 문학과지성사, 2021, 일부 인용.

는 꼭 따옴표로 전하고 싶어지는 말이다. 소스라치게 놀란 화자가 어디서 나는 소리인가 싶어 좁은 방안을 둘러보자 톡, 톡, 앞발로 수조 벽을 노크하여 자신이 발신처임을 알린 이구아나는,

"갑작스런 부탁 죄송한데, 혹시…… 저한테 수영을 가르쳐주실 수 있나요?"

라는 예의 바른 부탁을 하고, 벗었던 옷을 황급히 주워 입은 화자는 종지 안의 찬물을 앞에 두고 이구아나와 마주 앉아 자초지종을 듣는다.

무정했던 커플에 커플 대를 이어 보살핌을 받지 못한 이구아나는 햇빛과 영양 부족에다 탈피할 때 허물을 제대로 벗지 못해 꼬리는 물론이고 온몸이 상처투성이로 곧 죽을 것 같으며 죽기 전에 꼭 하고 싶은 일이 있다고 말한다.

"멕시코에 가고 싶어요. 거기까지 헤엄쳐가려면 먼저 수영을 배워야겠지요."

멕시코는 그에게 하와이나 발리처럼 그저 여생을 보내고 싶은 따뜻하고 한가로운 휴양지가 아니었다. 같은 파충류 전문 펫숍에서 태어났던 엄마가 말하길, 멕시코는 이구아나의 천국, 사시사철 신선한 풀과 짠물 민물이 지천에 있으며 낮 동안엔 데워진 돌길 위를 산책하고 밤이 되면 바위틈에서 파도 소리를 들

으며 잠을 잔다고, 자신은 단 하루만이라도 그렇게 살 수 있다면 그다음 날 죽어도 좋을 것이라는 것이다. 그냥 자신이 멕시코에 데려다주겠다는 화자의 제안을 단호히 거절한 이구아나는 수영만 가르쳐줘도 차고 넘치게 감사하며 그 뒤의 일은 '혼자 힘으로 해내고 싶다'고 말한다.

그리하여 화자는 이구아나의 부탁에 대한 응답으로 난생처음 인간 아닌 존재에게 수영 특훈에 나선다. 김장용 고무 대야를 사서 발장구부터 시작해 꼬리를 노처럼 써서 방향을 조절하는 법, 사지를 늘어뜨리고 물에 떠 쉬는 법 등을 가르친다. 식단도 다시 짜고 찬물 적응 훈련까지 거듭해 수영 실력이 일취월장하자 한강에서 도강 훈련까지 마친다. 하루하루 떠날 날이 가까워온다고 느끼자 얼토당토않은 숨 참고 버티기 연습, 추 달고 헤엄치는 연습, 장애물 피하기 연습 등의 억지 연습을 시키며 날을 미루던 화자는 어느 날 드디어 '이제 떠날 때가 되었다'고 말하는 이구아나를 배웅하러 동해 경포대로 함께 떠난다. 고마웠다는 마지막 말을 남기고 바다를 향해 한 발 한 발 기어가던 이구아나는 파도가 밀려오자 잠깐의 망설임도 없이 물결 속에 몸을 던지고 배운 대로 헤엄쳐, 작은 점이 되어 수평선 너머로 사라진다. 그리고 몇 달이 흐른 어느 날, 화자는 멕시코로부터 이구아나의 발 도장이 찍힌 엽서를 받는다.

온 생을 상처투성이로 지내다 자신에게 관심을 보이고 자신을 만지는 화자의 손에 용기를 내어 톡, 톡, 수조를 두드리며 말을 걸었던 이구아나. 자신의 힘으로 꿈을 이루겠다며 진지하게 훈련에 임하는 이구아나. 정중하게 부탁할 줄도 알고, 떠날 때를 알아 고마워하며 저 멀리 바다 너머로 사라져간 이구아나. 어렵사리 자신의 발 도장이 찍힌 엽서로 안부를 알린 이구아나. 이 이구아나의 발 도장 같은 단편에 더 이상의 부연 설명은 필요하지 않다. 다만 이보다 좀 더 숙연해지는 작품이 또 하나 있다면 칠레 출신 루이스 세풀베다(1949-2020)의 짧은 장편《연애 소설 읽는 노인》이다. 마침 이 책의 한국어판 표지에는 앵무새, 펠리컨과 더불어 행복에 겨워 보이는 중남미의 이구아나가 그려져 있다.

이 책이 좀 더 숙연한 이유는 자신의 꿈을 공유하는 이구아나가 아니라 자신의 죽음을 공유하는 암 살쾡이가 나와서이다. 인간에게 철저히 짓밟힌 이 존재는 자신을 알아줄 것 같은 노인에게 이구아나와는 다른 방식으로 말을 건다. 자신이 당했던 살생과 똑같은 방식의 살생으로. 늠름하고 아름다운 살쾡이는 말 그대로 늠름하고 아름다운 자연이며, 동시에 늠름하고 아름다우나 탐욕스러운 정복을 저지르는 같은 종에게 훼손되는 인간이다. 훼손하는 존재이자 훼손당하는 존재인 인간이 할 수 있는 일이란 무엇인가. 한 글자 한 글자를 오래도록 들여다보는, 천천히 책을 읽는 일일까.

> 노인은 천천히, 아주 천천히, 책을 읽었다. 그의 독서 방식은 간단치 않았다. 먼저 그는 한 음절 한 음절을 음식 맛보듯 음미한 뒤에 그것들을 모아서 자연스러운 목소리로 읽었다. 그리고 그런 식으로 단어가

만들어지면 그것을 반복해서 읽었고, 역시 그런 식으로 문장이 만들어지면 그것을 반복해서 읽고 또 읽었다. 이렇듯 그는 반복과 반복을 통해서 그 글에 형상화된 생각과 감정을 자기 것으로 만들었던 것이다.

음절과 단어와 문장을 차례대로 반복하는 노인의 책 읽기 방식은 특히 자신의 마음에 드는 구절이나 장면이 나올 때도 마찬가지였다. 그는 도대체 인간의 언어가 어떻게 해서 그렇게 아름다울 수 있는가를 깨달을 때까지, 마침내 그 구절의 필요성이 스스로 존중될 때까지 읽고 또 읽었다.[2]

노인이 이따금 기분이 좋지 않을 때 혼자 중얼거리는 말은, 도저히 이해할 수 없었던, 기하학 책에서 발견한 "직각삼각형에서 빗변은 직각의 맞은편에 있다"는 문장이었다. 내가 좋아하는《조선시대의 못》에 나오는 '지단미(지당하고 단순하여 아름다운)' 있는 문장들과 닮았다.

'지지미'와 '이구아나'와 '암 살쾡이'와 '천천히 연애소설 읽는 노인'에 대한 글의 끝에서 이야기하고 싶어지는 인물은 도나 해러웨이이다. 그는 1944년 미국 콜로라도주 덴버 출신으로 생물학 철학 문학을 공부한 과학자이자 여성학자로 손꼽히며, 저서《사이보그 선언》,《트러블과 함께하기》,《겸손한 목격자》를 비롯해, 세계만들기(worlding), 책임(responsibility)을 다하

2 루이스 세풀베다, 정창 역,《연애 소설 읽는 노인》, 열린책들, 2009, 일부 인용.

기 위한 응답-능력(response-ability), 인류세가 아닌 자본세 혹은 플랜테이션세, 자신의 연구분야를 방문하기 위한 정중함의 미덕, 촉수적 사유(tentacular thinking), 무구하지 않음, 말하기가 아닌 의미 생성 지연이 있는 글쓰기, 하나의 과학이 아닌 다수의 과학, 수많은 SF 중 그가 사랑하는 실뜨기(string figure) 등 수많은 의미 깊은 개념과 운동을 고안한 소중한 사람이다. 각각의 개념에 대해서는 각자 애써 찾아 살펴보길 바라는 마음으로, 나는 여기서 내가 이해한 나의 단어로 그의 생각을 적어보고자 한다. 《연애 소설 읽는 노인》만큼 반복과 반복을 거듭해 읽고 또 읽지 못했고 그 글에 형상화된 생각과 감정을 완벽히 내 것으로 만들었다고 자부하진 못하지만, 이렇게 글자로 한 자 한 자 써봄으로써 '해러웨이 구절'의 필요성에 극한의 존중을 표하며 그 지극한 아름다움에 가담하고 싶다.

지구가 생겨난 이후의 지구의 역사를 말하는 지질시대에서, 지금 우리가 살고 있는 시기는 약 1만 년 전부터 홀로세로 분류된다. 그러나 산업혁명 이후 인류의 산업 활동으로 지구 환경이 극단적으로 변화했다는 책임감의 발로로 인류세, 혹은 인신세라는 지칭을 하게 되었다. 그 기본적인 문제의식은 타당하나 이 단어는 인류의 무엇이 어떤 변화를 초래하였는지의 정확한 책임소재를 흐리고, 그저 인류에게 책임이 있음을 통감할 뿐 개선의 방향을 제시하지 못하는 맹점이 있다.

이 단어의 맹점과 우리의 태도가 가지는 맹점은 묘하게 매우 비슷하다. 우리는 무구하지 않으며, 과학 또한 객관적 진리의 체계가 아니라 집단적 신념의 체계일 뿐이며, 근본적 문제 해결은 불가할지도 모른다. 그런데 무구한 듯 도덕적 안도감을 주는 정당함의 기준을 제시하거나, 하나의 진리가 없으니 모든 것은 상대적이라는 피상적인 상대주의에 빠지거나, 어렵다는 이유로 냉소에 빠져 아무 일도 하지 않는 무기력에 접어든다.

우리가 나아가야 할 방향은 명확하다.

첫째, 누군가의 생명에 빚지고 사는 우리의 삶의 조건을 은폐하지 말고, 삶과 죽음은 서로 기대어 있으며 누구도 다른 생명을 죽이는 것으로부터 자유롭지 않음을 인정하고 죽이기의 책임과 윤리를 바로 세우며 살자는 것이다.

둘째, 학문이나 진리의 상대성만을 소리 높여 주장하지 말고 그에 대항하는 대안들을 모색하며 설명하려 애쓰자는 것이다. 통념을 뒤로하고 흥미로운 무언가를 발견하고 물음을 던지도록 상상력을 훈련한다. 그것이 타인과 세상에 대한 '정중한 방문'이며 제대로 된 '응답'이다. 억압과 기만에 대한 진정한 대항은 적대를 상정하는 계급적, '남성적'인 경험보다 관계적으로 세상을 대하는 '여성적' 경험에서 나올 수 있다.

셋째, 인간의 본성에 대한 종말론적인 비관을 먹고 자라는 냉소는 부활을 도모하는 협력적이고 실천적인 노력에 찬물을 끼얹는다. 아무짝에도 쓸모없는 생각이다. '트러블과 함께하기'란 문제를 쉽게 해소하기보다는 그 문제를 불러일으키고 더욱 애매하게 만들어서 해결을 방해하는 듯이 보이지만, 결국에는 근본적인 해결이라는 오지 않을 미래를 마냥 기다리는 게 아니라 지금 이 시간에서 해결을 도모한다. 결국 불러일으키는 것이란 문제이자 응답 능력이다.

해러웨이를 체화하려 애쓴 이 글을 병참술로 마무리하고자 한다. 무구하지 않은 인류의, 지구에 한정된 자유와 적절한 풍요를 위해서라도, 표준을 변경하거나 해체하기 위해서라도, 아마 전쟁은 사라지지 않을 것이다. 전쟁이 일어나면 적기의 물자 공급이 무엇보다 중요하다. 변하지 않는 것이 있다면 전쟁이요 병참이지만, 변할 수 있는 것은 병참의 방식이 아닐는지. 미래의 병참술, 다음과 같으면 어떨까.

실뜨기를 할 때의 중요한 규칙은 자신의 순서를 건너뛸 수 없고, 번갈아 하며, 상대가 패턴을 만들 때 가만히 있어주어야 한다는 것이다. 주체와 대상, 능동과 수동을 교차하며, 지구의 반려종(인)이 전해준 패턴을 다소곳이 받아 나의 패턴을 새로이 만들어 또 다른 반려종(인)에게 전달하는 것, 그것이 우리가 이 땅에 왔다 가는 고요한 병참의 흔적이 아닐까 싶다. 이러한 움직임이 타인에게, 또 다른 타인에게 전달되어 전 세계로 번져나갈 때, 수동적으로 당하는 세계화(globalization)가 아니라 같은 편들로 퍼뜨리는 능동적인 세계만들기(worlding)가 될 것이다.

쉽게 행동으로 말해보자. 징그럽고 싫었던 존재의 미간에 고요히 손을 대볼 일이다. 싫게만 생각했던 대상의 감촉은 예상 밖에 부드럽고 매끈할지 모른다. 우리가 한정된 더듬이로 연결할 편은 무해하면서 숭고한 꿈을 꾸는 자들이다. 고무대야를 사고 수고로운 시간을 거쳐 눈물겨운 이별을 할지라도 우리는 끝내 아름다운 발 도장 무늬의 실뜨기 패턴을 돌려받을 것이다.

* 도나 해어웨이 관련 부분은 최유미 저 《해러웨이, 공-산의 사유》(도서출판 b, 2020)를 깊이 참조하였다.

권여선의 이모 최진영의 고모 이기호의 삼촌

한 아이를 사심 없이 귀히 여기며 말도 안 되는 투정에도 신경질 내지 않고 받아주고 편들어주는 존재의 이름 중 서늘하게 다정한 것들이 있다면, 그 아이의 이모요 고모요 삼촌이다. 피가 섞여 있으면서도 육아의 막중한 책임이나 피로는 면하는 집안의 가장 가까운 사람? 부모와 가장 닮았으면서도 조부모 대가 아니라 젊은 혈족이어서 더욱 친근하고 만만한 존재? 이러저러한 설명들을 뒤로 한 채 담담하고 고요하게 소설의 안과 밖에 빛을 던지는 등장인물들이 있다.

1. 이모

어릴 적 나의 예뻤던 이모들과의 첫 기억은 연희동 외갓집 마당이다. 낮잠을 자고 깨어나 지금이 아침이라고 주장하는 어린 조카를 보고 두 이모는 그게 귀여워 현관문 밖으로 데리고 나가 아침이 아닌 저녁을 보여주던 장면. 잠투정까지 섞여 눈물방울을 매달고 아침을 주장하던 나는 뭔지 모를 어스름 속에서 저무는 기운을 느끼고는, 웃음기 가득한 얼굴로 내려다보던 이모들 손을 양손에 붙들고 못 이기는 척 주장을 철회했으리라. 어쩌겠는가, 어두운 밤이 오고 있으니 아침이 아님이 확실한 것을.

둘째 딸이었던 엄마 아래로는 외삼촌 하나와 이모 둘이 있었으며, 엄마와 각각 다섯 살, 여덟 살 차이가 나는 이모들은 내 기억에 늘 싱그럽고 고왔다. 연희동 집 거실과 현관을 잇는 어둑한 복도 한편에 나란히 있던 두 이모의 방문을 열면 환하고 향기로운 냄새가 났던 것만 같다. 엄마가 외할머니를 서른둘에 잃었으니 두 이모는 20대에 엄마를 잃고 엄마 없이 결혼을 했다. 두 이모네 사촌 동생들이 기억하는 외할머니는 내가 기억하는 외할머니가 아니라 이후 어느 해 크리스마스에 고운 한복을 입고 우리에게 선물을 주며 들어오신 새 할머니이다.

외할아버지는 아들딸 구별 없이 다섯 자식의 중고등학교와 대학교 입학식과 졸업식에 한 번도 빠짐없이 참석하실 만큼 빈틈없고 단정하신 분이어서 아들딸 구별 없이 자식들과 손주들의 존경과 사랑을 받았다. 그렇지만 일찌감치 미국에 정착한 아들을 따로 더 그리워하셨다. 손주가 열이 훌쩍 넘는데도 추석 때 물어 답해드린 '요즘 재밌는 것'을 다음 설에 아직도 그게 재밌냐고 물어볼 만큼 나를 기억해 주셨지만, 외삼촌네 큰 아들

우식이만큼은 아니었다. 그리운 아들과 친손자들은 먼 곳에 있을 뿐이어서 먼저 떠난 새 할머니와 외할아버지의 마지막 수발은 서울에 있는 딸들이 다했다. 많지 않은 재산이었을 테고 나는 잘 모르는 일이나, 이후 엄마와 이모들의 말 없는 표정에서 많이 섭섭했음을 읽을 수 있었다.

우리 외가에는 사업하다 말아먹은 골치 아픈 아들은 없었지만 대개의 많은 집안엔 꼭 그런 뼈아픈 아들이 하나둘씩은 있어서 집안 대대로 얘깃거리를 만든다. 그 이야기의 안 보이는 곳에는 묵묵히 고생하는 그들의 여자 형제들, 바로 이모나 고모가 있다. 권여선의 〈이모〉의 화자가 결혼한 남편의 외가도 그런 대개의 집이었다.

결혼 후 처음 드린 인사에서 이미 늙고 병들어 있던 시이모는 일평생 직장 다니며 모은 돈을 그런 남동생의 사고에 여러 차례 쏟아붓고는 단단히 마음먹고 처음 독립이란 것을 한다. 조카며느리 된 이가 글을 쓴다는 이야기를 듣고는 반가이 여겨 그 작고 초라한 집에서 일주일에 한 번씩 만남을 갖는 것이 이 단편의 얼개이다. 티비도 세탁기도 전화도 그 무엇도 없는 셋집에서 아침 점심 저녁 세 개비의 담배와 간소한 식사, 일주일에 한 번 마시는 소주 한 병, 정기 휴관일을 빼고는 매일 동네 도서관에서 하는 독서로 이루어진 몇 달간의 마지막 자유로운 삶. 내가 본 일상생활인의 삶 중 가장 계획적이고 규모 있고 위엄에 찬 가난이라고 해야 할까.

"사는 게 이렇게 비참하다 비참해."[1] 라고 넋두리하곤 했던 삶에 실패한 아버지, 사랑한다는 이의 손바닥에 담배를 눌러 끈 젊은 날 자신의 잔인함, 염치없는 이웃과 염치없는 어머니에 대한 염증을 뒤로하고, 죽음에 이르기 전 이모의 말년은 말갛게 치켜뜬 눈동자처럼 가감 없이 담백하고 아름다웠다.

몇 년 전 여행 중 밤에 자리에 누워 김영하의 목소리로 이 소설을 같이 들으며 '난 나중에 이렇게 살다 가고 싶어'라고 했더니 곁에 있던 친구가 하염없이 쓸쓸해했다.

2. 고모

고모는 중학생이 된 나를 오랜만에 보고는 이렇게 말했다.

"어머머, 둘째 오빠가 여자가 돼서 들어오는 거 같아."

많이 쑥스러웠지만 오빠와 오빠의 여자 버전인 나에 대한 애정만큼은 담뿍 느낄 수 있었다.

둘째 아들이었던 아빠의 아래로는 삼촌 둘과 막내 고모가 있었고 아빠 위로는 큰아버지, 그 위로 큰고모가 있었다. 6 · 25 때 할아버지가 납북되신 이후로 가난하고 어려웠다는 집안에서 아들들은 대학까지 공부시켰으나 딸들은 제외되어, 네 형제는 모두 명문고에 명문대를 졸업했고 고모 둘은 대학을 나오지

---

1 권여선, 《안녕 주정뱅이》 수록 단편 〈이모〉, 창비, 2016, 일부 인용.

않았다. 좋은 머리는 남녀를 차별하지 않으니 만일 고모들도 공부를 허용받았다면 형제들만큼 좋은 성적을 거두었을 것이라 생각한다.

큰고모, 큰아버지, 아버지 순서로 돌아가시고는 두 삼촌을 건너뛰고 아버지 돌아가신 다음 해 막내 고모가 세상을 떠났다. 아빠가 돌아가시고 나서 알게 된 일이 하나 있었다. 내가 딸이어서 뒤늦게 알게 된 일. 몇 년 전 경기도 일원에 있는 유씨 문중 선산을 무슨 연유인지 정리하면서 땅을 후손들에게 분배하는데, 각 집안의 한국에 있는 남자 후손 수로 배분을 한다는 방침을 세웠다고 했다(난 도무지 이 문장의 주어를 아직도 알지 못한다). 그 당시 우리 집안은 그러니까 큰집 두 사촌동생 둘, 둘째 집의 우리 아빠와 남동생 둘, 아들 셋인 셋째 집은 삼촌까지 넷, 아들 둘인 막냇삼촌네는 삼촌까지 셋, 이렇게 합쳐 열한 명만큼의 배분이었다. 한국 바깥에 사는 유씨 남자들의 동향은 모르나 한국에 있는 유씨 여성들은 분개해 모임을 가졌고 어느 날 거기에 갔다 온 고모는 그냥 자기는 포기하겠다고 (힘없는 목소리로) 삼촌들에게 전했다는 것이다. 여자들이 목소리를 내고 남자 형제들과 합의가 된 집안에는 나누어 지급을 했으나 합의가 되지 않은 집안은 원래대로 받았는데, 아빠가 삼촌들에게 이 11의 분량을 고모와 나를 넣어 13으로 나누면 어떻겠느냐는 제안을 했으나 삼촌들이 답하지 않아 그대로 나누고는, 아빠가 자신의 몫은 돌아가시고 나면 내게 주라고 하셨다고 해서 알게 된 복잡하고도 시끄러운 내용이었다. 자손들이 뭘 했다고 문중의 땅을 일한 돈 받아 가듯 거리낌 없이 받아챙기지? 아버지가 넘겨주신 그것을 받으면서도 사람들 참 뻔뻔하다는 생각이 들었다. 내가 아들이거나 손자 삼촌이었다면 나 또한 알지 못하는 유씨 집안 조상이 남긴 땅을 당당히 옳다고나 넘겨받았을까.

최진영의 《겨울방학》에는 가난한 젊은 고모가 등장한다. 집안 대소사에서 자신의 몫을 다하면서도, 남을 해치지도, 폐를 끼치지도 않는 삶을 살면서도, 삶을 대하는 태도가 조금 달라 부모와 형제에게 여전히 혀 차는 소리를 듣는 고모. 그 조금 다른 삶의 태도란 결혼도 치부(致富)도 조직생활도 하지 않는 것이다. 화자는 동생이 생겼던 어린 시절 한 해의 겨울방학 동안 고모네 집에서 함께 지냈던 기억을 따라간다.

넓은 아파트에서 맞벌이를 하며 생활은 풍족하고 교육은 엄격하게, 그래서 그들의 부모 입장에서 보면 모범적이고 자랑스럽게 사는 자신의 집과 달리 아빠의 여동생 고모의 집엔 아무것도 없다. 엘리베이터도, 욕실엔 샤워부스도 욕조도, 화장대도 거울도, 두 켤레의 운동화가 다인 신발을 넣을 신발장도, 침대조차도. 이 없음의 이질감 속에서 아파트 소녀는 고모의 낯선 삶의 방식을 바라보며, 그러나 삶의 방식이 다르다고 달라질 리 없는 여전한 피붙이의 따스함으로 동생 본 설움, 엄마 아빠에 대한 보고픔을 잊어가고 이겨간다.

'고모는 아이처럼 질문하고 웃고 어지럽혔다. 어른처럼 침묵하고 치우고 늦게 잤다.'

처음에는 고모의 집과 삶 주변을 관찰하다가 같이 다니며 놀던 것과 해준 음식들과 잠결에 파고들던 고모의 품을 회상하던 화자는 막바지에 비로소 고모라는 사람 자체를 묘사한다. 아이를 간직한 어른, 괜한 어른 됨이 아니라 필요한 어른 됨만을 습득한 아이. 그리고 고모가 혼잣말처럼 했던 말을 떠올린다.

"이 정도면 충분해."[2]

삶의 저편 기슭에 가닿은 늙은 이모가 아닌데도, 젊은 고모는 정갈하고 소박하게 차려진 자기 몫의 삶의 밥상 앞에서 이렇게 말한다.

삶의 태도가 남다르지 않았던, 무난하게 결혼하고 부족하지 않게 살았던 우리 고모는 둘째 오빠를 유난하게 좋아했다. 고모는 오빠들보다 못 배우고 불우한 어린 시절을 보냈지만 '이 정도면 충분하다'는 생각을 한 적이 있었을까? 자신의 삶에 주어진 조건을 남과 비교 없이 받아들이고 담담하게 사랑했을까? 세상 떠난 고모의 유일한 친정 여조카인 나는 노년을 향해 가며 생에 주어진 내 몫의 밥상을 생각해 본다. 이것으로 충분하다고 생각한다.

---

2 최진영, 《겨울방학》 수록 단편 〈겨울방학〉, 민음사, 2019, 일부 인용.

3. 삼촌

아빠가 돌아가시기 전 몇 년 간 형제간의 갈등으로 내왕 없던 셋째 삼촌은 갑작스러운 부고에 저 멀리에서 달려와 아버지 영정사진 앞에 꿇어앉아 오래도록 통곡했다. 아버지의 상가에서 가장 강렬한 인상으로 남은 장면이다. 저기서부터 달려오던 슬픈 발걸음에 온 장례식장 바닥이 짓눌려 쿵쿵 흔들렸다. 병으로 어릴 때 죽었다는 아빠 바로 밑의 동생이 있었다면 셋이었을 나의 삼촌들은 순차적인 결혼과 함께 차례대로 작은아버지들이 되었다. 우직하고 고지식한 셋째와 머리 굴리는 수준이 수준급인 넷째에게 둘째인 아빠가 공부를 가르쳤다고 했다. 볕 좋은 삼청동 툇마루에 고등학생 아빠부터 앞니 빠진 고모까지 네 남매가 앉아 찍은 사진을 본 적이 있다. 그들의 밝은 얼굴에서는 죽음도 불화도 감지할 수 없었고 몇 년 전의 전쟁도, 직면한 가난도 그저 아스라할 뿐이었다.

이기호 작가의 단편 〈밀수록 다시 가까워지는〉에서는 나의 두 삼촌을 섞어놓은 듯한 삼촌이 등장한다. 그는 87년산 기아 프라이드와 함께 출현했다가 2004년 사라진다. 후진이 안 되는 프라이드를 얌전히 담벼락에 주차해 놓은 채.

위의 두 아들만큼 공부도 못 시키고 고향에서 고생만 하다가 서울 공장으로 일하러 간 셋째 아들이 마음에 쓰여 할머니는 소 판 돈을 종잣돈 삼아 삼촌에게 자동차를 사준다. 차가 있으면 여자가 생기고 장가도 들지 않을까 하여. 구로의 대동피혁에는 삼촌이 좋아하던 대학생 출신 노동자가 있었고 구로동일꾼 노동자회 정기모임 후 늘 그를 집에 데려다주는 데에 그 프라이드가 요긴하게 쓰이긴 했다. 그러나 그것은 잠시뿐, 프라이드는 다른 데에 쓰이게 된다. 은행원으로 속이고 접근한 고모의 남자친구가 실은 그 노동자회를 집중 감시하는 경찰이어서 여친을 매개로 정보를 수집했고, 모임의 정보가 자꾸 새어나가는데 하루 일당 8천9백 원 받는 노동자가 몇 백만 원짜리 프라이드를 타고 나타났으니 그 노동자를 의심하기에 이른다. 삼촌은 프락치로 의심받아 폭행을 당하고 모임의 노동자들은 국가보안법 위반에 폭행 혐의까지 더해져 일망타진된다. 차를 살 때 고모부의 돈이 30만 원 들어간 것을 나중에 알게 된 삼촌은 그 액수만큼의 후진장치를 빼내고 후진 불가 프라이드에서 숙식을 하며 전국을 떠돌다가 세상에서 사라진다.

이기호 특유의 희화로 그려낸 대한민국의 1980년대는 너무 결함이 없어 회사에 보탬이 안 되었다는, '결과적으로 실패한 모델' 프라이드가 처음 등장한 때이기도 했으나, 학출(學出) 노동자와 국가보안법과 경찰서 공안계 사찰 문건과 물고문과 프락치의 시절, 도서관 투신과 화염병과 최루탄과 쇠 파이프의 시절이었다. 이 땅에서 사라진 삼촌들은 이기호가 그려낸 1980년대 이전부터 허다했다. 제주에서 남도에서 산으로 들어가고 땅에 묻히고 총탄에 쓰러지고……. 많은 어머니들과 누이들의 가슴을 까맣게 태우고도 그 사실을 소리 죽여 웅숭그려 말할 수밖에 없었던 것은 군사독재 시절 유지된 연좌제 등의 후환

이 있었기 때문이었다.

'비극'이라는 단어는 시대와 공간을 지운 진공의 느낌이 나서 쓰기가 꺼려질 만큼 가슴 아픈 20세기 한복판 한반도의 이모와 고모 삼촌들은 사라지거나 기억됨으로써 이 시대에 남았다. 비극의 끝자락을 직접 목격한 조카이거나(현기영의 〈순이 삼촌〉) 제삿날 잠결에 두런두런 낮은 소리로 집안의 사라진 자와 쫓았던 자의 안부를 주고받던 어른들의 이야기를 엿들은 더 어린 조카들은(조갑상의 〈밤의 눈〉) 비극의 당사자였던 후손들(이청준, 김원일 등)과 더불어 그 사실을 문학으로 기록했다.

그러나 문학과 어른 이후의 공부로 알기 전 나는 학교에서 이전 세대의 사라짐에 대해 배우지 못했다. 제주 4·3과 보도연맹과 한국전쟁과 이후의 광주를 객관적으로 이해한다는 게 무엇일지, 객관적 이해가 가능은 한지에 대해 스스로 해답을 얻으려면, 그 사실에 대한 기술이 있어야 하고 그 사실을 보는 여러 관점은 무엇이 있는지 배웠어야 한다. 일본의 후세대가 전 세대의 제국주의와 식민 침략과 전쟁 패배에 대해 배워야 하듯이.

이모와 고모와 삼촌에 대해서도 마찬가지가 아닐까? 그 다정하고 눈물겨운 이름들이, 이름에 들어있는 남녀가, 차이에 따른 정당한 대우인지, 아니면 부당한 차별인지 판단할 수 있으려면, 그 다름을 기술하고 그에 따른 역사와 사회 속 인식과 행위가 어떠했는지 배워야 한다. 그래야만 문제를 제대로 정의할 수 있다. 문제를 제대로 정의해야 그 문제의 경중을 따질 수 있고, 본질을 짚은 대안을 도모할 수 있고, 실현 가능성과 부작용을 참작해 가장 나은 해결책을 마련할 수 있다.

제주 방언으로 '삼촌'은 참으로 적절하게도 성별과 촌수를 지우고 가까운 동네 어른까지 아울러 부르는 말이다. 이 글을 마칠 무렵 때마침 제주도를 배경으로 동네 어르신에게 '삼추운~'이라고 애살스럽게 부르는 드라마가 시작되었다. 그 드라마 속 모든 등장인물처럼, 이모 고모 삼촌 누구이든, 남녀 불문, 자신의 삶과 세상 앞에서 강자인 자가 어디 있겠는가. 늘 자신을 이겨먹으려는 인생과 세상 앞에서 보다 다정하게 함께 살아갈 방도를 같이 모색해 보자는 것뿐이다.

70년의 고독

이 아름다운 제목은 2015년 노무현시민학교가 주최한 제2회 〈사람사는세상 영화제〉의 제목으로 지정한 이름이었다. 그 전해부터 나는 인생에서 한 번도 가져볼 것 같지 않았던 직함, 시민학교 교장을 맡고 있었다. 2015년은 해방 70년을 맞은 해였고, 그 해의 시민학교 기획 강좌로 '해방 70년, 소설로 읽는 한국현대사—문학적 상상력이 감싸 안은 역사적 진실'이라는 취지하에 한승헌, 황석영, 현기영, 조갑상, 임철우, 최민석, 김남일, 이현수, 방현석, 박민규 등 대작가들을 모셔서 그들의 작품에 녹아든 20세기 한국사를 듣는 시간을 마련했다. 전년도 초가을부터 정성스레 준비하고 섭외를 마친 강좌가 새해 1월 성황리에 시작되었을 때 기획자로서 큰 기쁨이 밀려왔다. 포스터에 명기된 제목은 〈그들의 나라에서 우리 모두의 나라로〉였다.

여름에 열리는 영화제의 집행위원장은 1회부터 이창동 감독께서 맡아주고 계셨는데, 해방 70년 우리나라의 굴곡진 상황을 그린 우리 영화와 우리와 비슷한 식민, 해방, 독재, 민주화운동 등의 현대사를 겪은 남미와 아시아 여러 나라의 영화를 올리기로 하고, 이 감독님과 몇 달 동안 제목을 의논했다. 회의 시간마다 나는 영광스러웠다. 시민학교 교장이라는 과분한 직함으로 내가 이렇게 세계적인 감독과 머리를 맞대고 의논이란 걸 하고 있다니. 그 영광 속에 탄생한 제목이었다, 〈70년의 고독〉은. 해방과 동시에 실질적 분단이 시작되었다고 할 수 있는 1945년부터 2015년에 이르기까지 대한민국의 시공간을 무엇으로 지칭할 수 있을까를 고심한 끝에, 가브리엘 마르케스가 떠오르는 것을 무릅쓰고 '고독'이라는 단어를 선택했다.

평론가와 작가의 대담 형식으로 구성한 문학강좌와 훌륭한 감독, 제작자 등 영화 관계자와 작가, 학자들까지 참여해 준 GV를 대동한 영화제를 무탈하게 잘 마쳤다. 그 해의 노무현시민학교와 재단의 사업은 성공적이라고 평가할 만했지만, 그렇다고 해서 우리의 20세기가 시원하게 해소되지 않음은 당연하다. 기획자가 일말의 성취감을 느끼고 많은 시민이 그 역사의 모퉁이를 공유했다는 연대감을 지닐지라도 말이다. 사안 사안마다 아직도 그것을 어떻게 보아야 하는지 논쟁이 진행 중이며, 문학이나 여타 예술작품에서 새롭게 다루고 있는 시각과 문제적 문제가 있다. 배삼식의 희곡 〈1945〉와 이민진의 장편소설 《파친코》에 대해 이야기하고자 한다.

동명의 희곡을 바탕으로 한 최우정의 창작오페라 〈1945〉에는 아주 위험한 여성이중창이 나온다. 조선인 분이와 일본인 미즈코의 이중창.

만주에 위치한 일본군 위안소에서 위안부로 일하던 두 여인에게 우정이 있었다면 그때까지였을 것이다. 1945년 일본의 패망과 조선의 광복은 두 민족의 일원에게 다른 행로를 지시한 셈이고 만주의 아수라장에서는 각자도생뿐이었을 것이다. 그런데 그 둘은 그러지를 않았다. 분이는 군인의 아이를 뱃속에 가진 미즈코를 벙어리 동생이라고 속이고 장춘에서 떠나는 조선인을 위한 조선행 기차를 함께 탄 것이다. 미즈코는 그곳에서 만난 일본군 병사를 사랑하게 되었고 그는 전사했으나 그의 고향으로 돌아가 아이를 낳겠다는 꿈을 가지고 있었다. 미즈코의 눈물겨운 사연과는 상관없이 지금까지 이러한 연대의 모습을 그린 작품은 어디에도 없었다. 선명한 선 긋기를 해치니까.

분이와 미즈코는 각각의 고향을 그리며 각자 혹은 같이 아름다운 이중창을 부른다. 이들의 국적이나 갈 곳은 다르지만 처지와 계급은 같다고 할 수 있을까. 시대의 희생자라는 것, 식민지배세력이든 조국의 지배세력이든 그들은 그 세력으로부터 같은 착취를 당했다는 것. 두 여자의 목소리는 남녀의 어울림과는 또 다르게 아름다운 여운을 남긴다. 착취는 끝나야 하지만 노래는 영원히 끝나지 않았으면 하는 바람이 마음에 이는 것을 느낀다.

들리브의 〈라크메〉 중 '꽃의 왈츠', 모차르트의 〈피가로의 결혼〉 중 '편지의 이중창', 벨리니의 〈노르마〉 중 노르마와 이달지자의 이중창 등 오페라에서 두 여인이 함께 부르는 아리아에는 공통점이 있다. 대개 소프라노와 메조소프라노의 어울림이라는 것, 소프라노는 주인공, 메조는 조연이면서 두 여인은 신분이나 나이, 처지에 차이가 있다는 점이다. 삶과 비슷하게 오페라에도 공동 주연이란 없는지라, 고승의 딸과 그의 노예, 백작부인과 하녀, 여사제와 그 아래에서 사제 수업을 받고 있는 여인 등 '정'과 '부'의 관계이다. 이들의 관계는 떼려야 뗄 수 없는 관계인 듯하지만 그 한쪽에선 늘 벗어나고자 하는 욕망이 존재한다. 넘어서고 싶되 넘어설 수 없고 주고받는 지혜나 연민 속에 연대감이 싹트는 관계들. 오페라는 그 관계에 크게 주목하지 않는다. 여여관계는 주연이 아니라 늘 조연이다.

그런데 〈1945〉는 그 조연 관계를 주연으로 가져왔다. 그 둘이 정과 부의 관계인 것도 아니다. 대한민국의 해방과 일본의 패망의 해를 지시하는 제목 〈1945〉에서 일본인 위안부가 노래를 시작한다.

바닷바람 흔들리는 귤나무 아래
하얗게 펼쳐진 소금밭 위에
고통도 모르고 지옥도 모르고
귤나무 아래로 소금밭 위로
고향땅 시코쿠 다카마쓰……

〈1945〉라는 제목의 한국 오페라에서 일본군 병사의 고향 땅 시코쿠 다카마쓰를 그리는 일본 여인의 아름다운 노래가 흐른다는 것, 생각지도 못한 일이었을 것이다. 오페라의 대본이 비롯된 배삼식의 희곡은 이 새로운 관점에 있어 설왕설래를 넘어서는 공격을 받았다고 전해 들었다. 그러나 생각해 본다. 이것은 친일도, 반동도, 수구도 아니다. 친일이, 반동이, 수구가 아니다. 조국의 패망 후에도 조선 땅에 남기로 결심했던 일본 여인들에 대한 다큐멘터리를 본 적이 있다. 이처럼 거대한 선 긋기 뒤로 아무도 주목하지 않았던 존재에 대한 눈길을 제시하는 것이다. 선 긋기는 꼭 강자만 하는 것이 아니다. 꼭 필요했던 구별과 청산이 아직 끝나지 않았더라도 그 정신에 부합하는 새로운 관심들은 병행할 수 있다. 그 병행이 오히려 풍요로운 진보일 수 있다. 세부적인 논쟁은 뒤로하고, 그어놓았던 선을 지워나가는 것, 건어나가는 것이 역사의 진화라고 할 때 이 희곡의 문제의식은 확실히 진화의 첫 발자국인 셈이다.

재미교포 2세라고 할 수 있는 작가 이민진의 소설《파친코》를 읽으면서는 만감이 교차했다. 결론부터 말하자면, 나는 이 작품이 좋지 않았다. 일본 땅에서 고난의 삶을 살았던, 여전히 살고 있는 재일조선인의 삶을 꼭 그려내고 싶다는 작가의 선한 의도와 수년간의 자료조사와 그치지 않았을 노력을 생각하면 불호의 감정을 느끼고 이런 불호의 의견을 내는 것이 참으로 죄송할 뿐이다. 그러나…….

《파친코》는 진공의 시공간에 세워진 고난과 감동의 나라 같았다. 이러한 여성과 가족과 관계가 있었을 것이라는 가정하에 구축한 잘 짜인 가상의 세계. 내가 아는 재일조선인 서경식 선생이나 김석범 작가의 가족이 직접 오롯이 겪었을 것 같지 않았다. 이름과 배경만 바꾼다면 세상 어디에 가져다 놓더라도 있었을 법한 비극. 이 보편성과 전형성은 사실 문학작품이 획득만 한다면 좋은 평가를 받을 일일 텐데, 왜 《파친코》는 내게 그렇게 다가오지 않았을까. 작가의 의욕이 너무 앞섰기 때문? 영어로 쓰여서? 그가 그 삶을 이해하기엔 너무 다른 곳에서 다른 말을 쓰며 다른 삶을 살아서? 알 수 없었지만 아무튼 나는 그 순탄하게 잘 읽히는 이야기에 이입할 수가 없었다. 땅에 닿아있는 게 아니라 떠 있는 세계로 느껴졌다.

그러면서 한편으로 이 작품의 미덕을 생각해 보지 않을 수 없었다. 오바마까지 극찬했다는 이 소설은 애플TV에서 각색해 드라마로 만들어져 전 세계 시청자에게 선보였다. 일제 식민과 대한민국의 해방과 분단에 끼인 재일조선인의 비극을 다룬 어느 작품이 언제 이렇게까지 널리 세계인에게 다가간 적이 있었는가. 이 소설 덕택에 역사를 몰랐던 많은 이들이 알게 되었을 것이다. 세계 한편에서 발생했고 지속되고 있는 비극을. 그러한 비극은 세계 역사를 읽고 알아나갈수록 그저 이 땅에서만 일어난 독보적인 비극이 아니라 인간 세상 언제 어디에서나 일어났던 일이며, 그나마 종교가 개입되지 않아 덜 잔인했다는 생각이 들 때도 있을 정도이다. 그러나 개개의 비극의 역사가 다뤄질 때엔 보편성이 아니라 오롯이 그 비극만의 정체가 드러나야 한다는 본능적인 느낌이 있다.

이와 비슷한 실망을 나는 아프간 출신 미국 의사 작가인 할레드 호세이니의 장편《천 개의 찬란한 태양》을 읽으며 느낀 적이 있다.《연을 쫓는 아이》에 이어 작가의 두 번째 소설이었던 이 작품은 아프간 여성들의 현실을 다뤄 세계적으로 큰 반향을 일으켰으나, '몇십 주 베스트셀러 1위'와 별개로 내 마음엔 별 반향을 일으키지 않았다. 쓰지 않고는 배길 수 없는, 말할 수 없는 것을 애써 썼다기보다는, 써야 할 것을 말할 수 있게 써 내려갔다고 표현해야 할까. 아프간 여성과 재일조선인의 아픔은 세계인의 가슴에 다가갔다기보다 세계인에게 소비되어 버린 것 같다고 나는 느낀다.

그러니까 미덕과 소비 사이에서, 문학의 대중적 역할과 진실한 아름다움 사이에서 나는 나에게 되묻고 있는 것이다. 이주가 자유로운 세계화의 시대에 이전 조국의 비극을 목도하거나 전하고자 하는, 영어가 더 편안한 작가들이 있어 정성스레 내놓은 영문의 소설들이 전 세계인에게 읽히고 알려지는 좋은 일에도 불구하고 아쉬움이 짙어서이다. 이것에 있어서, W.G. 제발트의 산문집《캄포 산토》중 장 아메리에 대한 글을 좀 길게 인용하고 싶다. 본명이 한스 마이어인 그는 오스트리아 출신 유대 작가이고 2차대전 당시 레지스탕스 운동을 하다가 나치에 체포되어 처참한 고문을 받는 등 수용소에서 여러 차례 고초를 당했다. 전쟁이 끝난 후 1960년대에 개명하고 수용소 생활을 고발했으나 여러 번의 자살기도 끝에 1978년 끝내 스스로 목숨을 끊었다.

확실히 그는 자신이 겪었던 일이 이제 공적 담론에서 더 이상 금기시되지 않는다는 사실에 힘입어 자기 입장을 정리하게 되었으리라. 하지만 1950년대가 보여준 경이로운 무관심에 비하면 어쨌든 한발 나아간 것이라 할 수 있을 이러한 논쟁에서 진실한 목소리를 찾기란 실제로 어려웠다는 점, 그리고 이제 문학이 '아우슈비츠'를 자신의 영역으로 선언하는 데 보여준 바지런함이 어떤 면에서는 전대미문의 주제에 관여하기를 거부했던 그 이전의 태도 못지않게 역겨운 것이었다는 바로 그 사실이 아메리의 임무를 되려 지난하게 만들었다. 다른 누구도 아니라 바로 문단이 종용했던 집단적 망각을 이제는 비난하고 나서면서 도덕적인 이득을 취했다는 것, 이 경이로운 효율성을 목도하면서 장 아메리와 같은 진짜 당사자들은 다시 한번 부당한 상황에 놓이게 되었고, 종교재판관 롤프 호흐후트의 꽁무니를 좇아 소소한 비난을 문학 시장에 내놓은 이들로 인해 다시 한번 소외되었다. 그들은 직전 과거의 참혹한 한 장에 관심을 쏟는다고 해서 삶의 질에 지장을 받는다거나 하는 일은 없었던 것이다……. 1960년대의 몇몇 문학작품에서 최종 해결책을 논평하며 전반적으로 극적이고 서정적인 태도를 보이는 바람에 그 끔찍한 사건들의 정확한 이해를 방해하는 경우도 적지 않았다. 하지만 이런 근거로 그런 작업들을 단번에 배격할 수도 없는 이유는, 그 작업들이 윤리적, 미학적으로 미흡했음에도 불구하고 글쓰기라는 수단을 통해서 오늘날까지 점점 더욱 유력하고 세분화된 견해

들로 거듭한 법발견* 과정의 첫 시기를 형성하기 때문이다.[1]

'Rechtsfindung'을 번역한 '법발견'이란 '어떤 사건에 적용 가능한 법 규범을 찾아내는 행위'를 가리킨다고 주석이 달려 있다. 우리의 지난 20세기의 고독을 점철한 사건들도 글쓰기를 포함한 예술 구석구석에서의 탐색으로 제대로 된 이름과 규범을 갖게 되기를 기다린다. 역겨운 바지런함, 도덕적 이득, 경이로운 효율성을 넘어 윤리적, 미학적 미흡을 딛고 고독의 정수를 찾아내기 바란다. 이창동 감독님과 함께 한 고민 끝에 선택한 다소 문학적인 표현 '고독'은 그 시기를 무어라고 지레 규정짓지 않으려는 열린 명사였다고 생각된다.

1 W. G. 제발트, 이경진 역, 《캄포 산토》, 문학동네, 2018, 172~173쪽.

인간의 위엄을 완성시켜주는 울분

가난한 집안에서 태어나 훌륭한 학자가 되신 분에게 이런 얘기를 들은 적이 있다. 어머니가 늘 하시던 말씀이었는데, 누가 공짜 음식을 먹으라고 권할 때 적어도 세 번 고사하라고, 늘 배곯는 자식이 최소한의 위엄과 자존심을 지키며 살길 바라는 마음에서 나온 눈물겨운 교육이었으리라. 내 아이들에게도 그 이야기를 전했다. 밥은 안 굶고 살지만 어디 가서든 넙죽넙죽 공짜를 즐기는 몰염치한 인간은 되지 말아야 한다는 말과 함께. 그 말을 하면서 찔리는 데가 있었다. 출판사 '문학동네'에서 2008년부터 3년 연속 책을 내게 되어 문인도 아닌 주제에 문학동네 주변을 어슬렁거리면서 내가 제일 좋아하게 되었던 것, 바로 공짜 책 때문이다.

계약하기 위해 파주 문학동네 사무실에 갔을 때 계약 사실 못지않게 기뻤던 건, 출간하는 책을 집으로 보내준다던 약속이었다. 공짜 밥은 손사래를 치며 고사할 줄 알면서 공짜 책은 전혀 부끄러운 줄 모르고 받아먹어온 나. 하지만 덕분에 정말 새롭게 많은 작가의 세계를 만날 수 있었다. 천명관, 김언수, 김중혁, 김인숙, 권여선, 김사과, 마리오 바르가스 요사 등. 내가 뻔뻔하게 받아들인 그 자비로운 '약속'으로 인해 내가 만난 작가들은 손으로 헤아리기 어려울 정도이다. 그중 미국 작가 필립 로스는 아마 문학동네가 아니었으면 내 손에 들어오기, 그래서 내 마음을 차지하기 어려운 작가가 아니었을까 싶다. 《에브리맨》, 《휴먼 스테인》, 《나는 공산주의자와 결혼했다》를 위시한 그의 훌륭한 번역본을 문학동네에서 만나볼 수 있었으니까. 신문 서평 말고는 책과 작가를 찾아다니는 부지런함을 나는 갖고 있지 못하므로.

필립 로스의 책으로 내가 제일 처음 읽은 것은 《울분》이다. 《울분》은 2008년에 발표한 작품으로, 번역자는 《더 로드》 번역으로 유영번역상을 수상한 정영목 선생이다. 1950년대 초 미국을 배경으로 스무 살짜리 유대인 코셔 정육점집 아들 마커스 메스너의 대학 1학년 생활을 그린 소설, 이 책의 제목 '울분(Indignation)'은 다음 노래에 나오는 단어이다.

일어나라, 너희, 노예가 되기를 거부하는 자들이여!
우리의 살과 피로
새로운 만리장성을 건설하리라!
중국 인민이 위기에 빠졌다.

우리 모든 동포의 가슴에 울분이 가득하다.
일어나라! 일어나라! 일어나라!
모두가 한마음으로
적의 포화에 용감히 맞서
전진하자!
적의 포화에 용감히 맞서,
전진하자! 전진하자! 전진하자!

이 노래는 1931년 일본의 중국 침략 후 만들어진 노래로 2차 세계대전이 한창일 당시 일본 제국에 맞서는 중국의 투쟁을 여러 동맹국에서 지지하며 부르다가 1949년 중화인민공화국 국가가 되었다고, 책의 첫 장에 쓰여 있다. 지금으로선 상상이 잘 안 되는 일이지만 2차 세계대전 중 미국은 애국심을 고취시키기 위해 이 노래를 번역해 초등학교 집회 시간에 아이들에게 군가와 함께 부르게 했다고 한다.

주인공 마커스는 자신이 다니던 중부 내륙의 와인스버그 대학 의무 채플 시간에 그 지루하고 한심한 시간을 견디려고 이 노래를 부르곤 했다. 하지만 대개의 시간, 법률가가 되어 윤택한 삶을 살고 싶다는 현실적인 목표를 가진 마커스는 호텔 바에서 아르바이트를 하며 공부에 열중한다. "헤이 쥬!"라고 부르는 소리를 애써 "헤이 유!"였다고 믿기로 하며 제 할 일을 한다. 그러면서 한편으로는 2차 대전에 끌려가 목숨을 잃은 사촌들처럼, 자기 역시 언제 한국전쟁에 징집돼 목숨을 잃을지 모른다는 불안에 시달린다. 몇 차례 룸메이트의 부당한 차별에 참지 못해 싸움이 일어났고, 방을 옮기게 된 마커스는 학생과장에게 호출 받는다.

코드웰 학생과장과의 대화는 93쪽부터 121쪽까지 거의 30쪽 가까이 이어지는, 마커스의 울분이 극에 달하는 부분으로, 책의 클라이맥스라고 여겨진다. 이런저런 편견으로 가득 찬 위선적이고 강압적인 질문에 시달리던 마커스는 마침내 학생과장에게 러셀의 《나는 왜 기독교인이 아닌가》를 읊어주고, 자신을 불평분자나 사회의 선량한 일꾼이 되기를 거부하는 반역자로 몰아가는 그 앞에서 "토할 것 같아요"[1]라고 말하고는 방 깔개에 푸짐하게 토해버린다. 그리고 거의 매주 채플에 참석해야 퇴학을 안 시키겠다는 학교 당국에 반항하며 한국전쟁에 참전했고 끝내 전사한다. 책의 63쪽에서 이미 일인칭 화자 주인공은 충격적인 사실을 밝히는데, "나는 이미 죽었다"[2]라는 것이다. 그러니까 이 책은 죽은 화자의 기술이다.

《울분》은 불길한 기운을 예감하면서도 차마 떨치지 못하는 격정, 자기 파멸적인 분노, 그리고 그것을 통제할 수 없는 젊음에 대한 이야기이면서, 논리적으로는 설명할 수 없는 삶과 죽음에 관한 이야기이기도 하다. 소설은 울분에 찬 유대계 청년의 삶을 통해 젊음의 치기, 미숙함, 성(性)에 대한 호기심과 열정, 용기, 선택과 실수에 관해 이야기한다. 마커스 메스너(1932-

1 필립 로스, 정영목 역, 《울분》, 문학동네, 2011, 일부 인용.
2 위의 책, 일부 인용.

1952)는 대학 동기 중 한국전쟁에서 전사한 유일한 학생이었다. 모든 것에 미숙한 불완전한 인간이 나름의 최선을 다해 선택한 일이 최악의 결과를 빚어내는 경우를 우리는 자주 보지 않는가. 그러나 그 20년이 지난 후 와인스버그 대학에서는 학생의 권리를 요구하는 폭동이 있었고 학교 당국과 학생들 간의 하룻밤 사이 협상에서 지금껏 수십 년간 필수였던 채플은 폐지되었다는 후기를 읽으며 그의 죽음을 다시 한번 생각해 보게 된다. 울분이 치밀 때 중국의 국가를 부르던 청년 마커스는 중국과 미국의 전선이 형성된 한국전쟁에서 사망했다. 미국의 역사가 상처에 취약한 개인에게 어떠한 영향을 미치는가를 끊임없이 탐구해왔던 필립 로스는 이 작품에서도 뛰어난 통찰력과 묘사로 특정한 역사적 상황에 놓여 있는 한 개인의 비극을 밀도 있게 다루었다.

필립 로스는 폴란드와 우크라이나 국경 지역에서 미국으로 이주한 유대계 미국인 1세대 가정에서 1933년에 태어났다. 로스는 유대계 미국 문학의 르네상스로 불리던 1959년 무렵 문단에 이름을 알리기 시작했다. 계간지《문학동네》2011년 봄호에 실린 숙명여대 영문과 박인찬 교수의 글과 필립 로스의 또 다른 소설《휴먼 스테인》뒤에 실린 번역자 박범수 씨의 해설을 참조하자면, 그는 유대계 작가 중 남다른, 좀 튀는 작가였다고 한다. 노벨상 수상자인 솔 벨로 같은 유대계 작가의 작품이 유대인의 전통이나 가치, 지혜를 지키고 후대에 전하려는 시도였다면, (솔 벨로와 교류하다 곧 결별한) 로스는 민족적 자긍심, 선민의식, 도덕주의, 유대 근원주의 등의 대척점에서 전통과 도덕에 대한 개인의 저항을 중시했다. 이뿐만 아니라 편협한 종교관, 극도의 폐쇄성을 보이는 미국 중류사회 유대인들의 부정적 측면을 부각하며 경고와 자기반성을 촉구했다.

우리가 유대인을 바라보는 이중적인 감정이 있다는 것을 인정해야겠다. 디아스포라, 이산의 경험을 유전자 속에 가지고 있으며 자신의 고향땅이 아닌 곳에서 평생을 떠돌며 살아오다가 20세기 들어서는 인류가 영원히 부끄러워해야 할 만한 학살의 피해자였던 유대인, 반면 그 이후 이스라엘을 건국하고 팔레스타인을 차지한 채 중동전쟁을 벌이며 세계 정계, 언론계, 예술계, 금융계를 좌지우지하는 강자로서의 유대인. 종교를 믿는 누군가의 선민의식을 본다는 건 참 힘들고 슬픈 일이다. 더욱 안타까운 건, 그런 이들에게 가해지는 고통은 선민의식을 더욱 강화시키는 촉매가 되어 그 고통에 대해서도 이중적 감정을 갖게 된다는 것이다. 로스가 《휴먼 스테인》에서 이야기하듯이 당시 미국의 전위적 지식인들을 중심으로 유태인의 전후 자기도취가 정점에 다다른 때가 《울분》의 시대 배경이기도 하다.

책 전체를 통틀어 '차별'이라는 단어는 백인 기독교 남학생만 받는 대학 내 서클에 반대하는 친구의 입을 통해 딱 한 번 나오지만, 난 이 책 《울분》을 차별에 대한 섬세한 시선으로 읽었다. 자신이 받았던 차별을 다른 이들을 차별하는 구실이나 빌미로 사용하거나 멋진 척하면서 사실 더 큰 차별을 하고 있다는 걸 자각하지 못하는 경우를 우리는 자주 보지 않는가. '나는 여자 나오는 술집은 안 가'라고 하면서 클래식 연주하는 여대생들이 나오는 바에 가서 연주 마친 여대생들을 옆에 앉히는 남자를 볼 때 나는 마커스처럼 토하고 싶다. 약자를 위한 세상을 말하면서 다음 생에 태어나면 꼭 남자로 태어나겠다고 마음먹는다거나, 여성이라는 젠더적 어려움을 한 번도 겪어본 바 없으면서 여성임을 발판 삼아 지도자가 되는 말도 안 되는 '트랜스젠더' 대통령에게는 침을 뱉고 싶다. 필립 로스는 바로 이런 울분을 알아주는, 기실 탈유대적 인간인 것이다.

그의 칼날 같은 비판과 관찰은 오늘날 미국 사회가 보여주는 편협함과 아집, 자기만 성자인 척하기, 그리고 그것들이 한 개인에게 가하는 폭력을 고발하고 풍자한다는 점에서 참으로 그의 존재, 그의 소설은 소중하다 하겠다. 그와 동시에 인간의 불완전함을 이해하고 있어, 개인을 둘러싼 거대한 역사를 소재로 한 소설을 쓰면서도, 사회와 전통의 관계보다 자유롭고 의미 있는 삶을 추구하는 개인에게 초점을 맞춘다. 그의 다른 소설에서도 역사에 의해 결정되거나 설명될 수 없는 인간(《나는 공산주의자와 결혼했다》의 '아이라'나, 《휴먼 스테인》의 '콜먼' 같은)을 소중하게 기록하고 이해하려는 관점을 엿볼 수 있다.

그래서 필립 로스는 고독해 보인다. 옳지 않다면 그것이 자신의 뿌리라 할지라도 깨끗이 돌아서며, 주류와 비주류 사이에 끼인 인간을 알아보는 인간이니까. 그 고독한 모습에서 인간으로서의 위엄(dignity)을 본다.

그러니까, 내가 나의 위엄을 버리고 문학동네로부터 몇 년간 공짜 책을 받아먹으며 얻은 것은 인간의 진정한 위엄이며, 그 위엄으로부터 받은 위안이다. 그래, 이 거지 같은 세상에 하지만 괜찮은 인간들이 산다! 인간의 위엄이란 게 있다! 그 위엄을 본받으려면, 청년 마커스처럼 죽음에까지 이르는 울분은 아닐지라도 나의 울분과 분노를 늙지 않게 해야 하리라.

* 필립 로스는 2018년 5월 22일 세상을 떠났다.

'적절함'의 그 눈물겨움에 대하여
—로힌턴 미스트리의 장편《적절한 균형(a Fine Balance)》

소위 '밸런스'를 유지하며 산다는 게 어떤 건지 난 사실 아직도 잘 모르겠다. 하물며 그것의 적절함을 논하기란 나 같은 인간에게 얼마나 어려운 것이랴. 하지만 가끔 평균대 위에서 적절한 균형을 취해 걸으며 지혜로운 미소를 보내는 이들을 만나면 마음이 푸근해지곤 한다. 우리는 모두 세상이라는 평균대 위에서 아슬아슬한 줄타기를 하는 어느 정도 슬픈 존재들. 줄을 타며 그러한 미소를 지을 수 있는 이들의 마음을 배우고 싶어진다.

페르시아 조로아스터 교도들이 인도로 이주하여 정착한 파르시족 출신 작가 로힌턴 미스트리는 뭄바이에서 수학을 전공하고 캐나다로 이주해 살고 있다. 수학자가 대차대조표를 꼼꼼히 따져 찾은 균형점이 누구에게나 일괄적으로 적용된다면 참으로 좋겠지만, 우리 각각의 삶은 이미 다 다른 숫자들이라 획일적인 대차대조표를 대입할 수 없다. 작가는 파르시족의 각기 다른 인간들이 자신의 삶 속에서 조화를 꾀하며 살아가는 모습, 그럼으로써 그것이 이 부조리한 세상의 조화가 되는 모습을 보여준다.

외롭고 어린 숫자 1과 같은 느낌의 옴프라카시는 불가촉천민이었다. 불가촉천민이란 접촉할 수도 없는 천민으로 인도의 카스트 제도의 네 계급에도 속하지 못하는 자들이었다. 재봉 일을 배운 아버지와 삼촌 덕에 자신도 10대의 나이에 재봉사가 된다. 직업과 신분은 벗어날 수도 벗어나서도 안 되었다. 위 카스트에 저항했다는 이유로 온몸이 고문당하고 죽은 아버지와 불타 죽은 가족들로 원한에 사무쳐 있는 인물이다.

안정되어 있으면서도 꿈틀꿈틀 새로운 것의 시작이 되는 숫자 3과 같은 느낌의 이시바는 옴프라카시의 삼촌이다. 그는 삶을 감내할 줄 알며 타인과 운명에 대해 의문이나 회의보다는 감사의 마음으로 산다. 늘 좌충우돌인 조카를 딱해하면서도 가르치려 들지 않고 감싸 안는다.

의사의 딸로 행복한 어린 시절을 지냈으나 남편과의 사별, 오빠와의 갈등, 독립심으로 삶의 전선에 뛰어든 여인 디나는 굳이 찾자면 5의 느낌이다. 그는 옴과 이시바를 고용해 주문받은 의류업체에 옷을 납품하는 중개자이다. 옴의 문제 제기대로 재봉사의 노동이 없다면 돈을 벌 수 없는 사람이다. 그가 먹고사는 방법은 의류업체와의 관계 유지, 재봉사 고용과 관리이다. 자본주의는 이 사회의 수많은 1과 10 사이에서 점점 더 많은 중간 브로커를 양산하고 있다. 그는 꽤 올바른 생각을 가진 사람이었으나 생활이 그를 피폐하게 만들어 두 노동자를 의심하고 미워한다. 그래도 천천히 마음을 열어가다가 끝내는 그들이 극한의 고통스러운 상황에 빠졌을 때 그들과 진정한 친구가 된다.

디나의 친구 아들인 대학생 마넥은 객관적으로는 좋은 가문의 행복한 처지이지만 개발의 여파로 폐쇄적으로 변한 아버지에게 많은 상처를 받아 늘 자신이 버림받았다고 여긴다. 그는 이 집의 하숙생으로 기거하며 본래의 따뜻하고 올곧은 품성으로 재봉사들과 친구가 된다. 그의 행동은 처음에는 디나의 화를 돋우고 걱정하게 했으나, 이후 디나의 마음을 여는 계기가 된다. 하지만 정작 마넥 자신은 개인적인 고통에 매몰되어 고향을 떠나있다가 다시 돌아왔다. 모두가 겪고 있었던 어떠한 고통도 나아지기는커녕 '심화'되었음을 엿보고는 세상에 있던 자신의 목숨을 세상 밖으로 던진다. 그는 마치 완전과 가까워지다만 9와 같다.

인도가 독립한 40년대부터 인드라 간디의 70년대 강권통치 시절로 이어지는 혼란기가 등장인물의 뒤에서 그들의 삶을 바꾸고 괴롭힌다. 사람은 시대로부터 자유롭지 못하다. 그들은 삶의 굽이굽이에서 돈과 일 때문에 우연히 만나 교류한다. 소설의 자연스럽고 치밀한 구성 속에서 우리는 진부하지만 다시 한번 각오를 다진다. 삶이 아무리 잔인하고 비루해도 우리는 다만 살아갈 수밖에 없음을. 우리들이 이어가는 삶의 도저함과 숭고함을 되짚는다. 자신의 현재 모습이 각자의 적절한 균형임을 모두 다 자부하게 되기를 바란다.

* 이 책의 끝에 자리한 '옮긴이의 말'에는 옮기지 않을 수 없는 일화가 쓰여 있다. 이 책의 저자인 로힌턴 미스트리의 조상인 페르시아의 조로아스터 교도들이 처음 인도로 이주할 때의 이야기이다.
지금으로부터 천 년도 더 전에 자신들의 땅에서 박해받았던 조로아스터 교도들이 배를 타고 인도 뭄바이 북쪽 산잔 지방에 도착했다. 당시 그 지역을 다스리던 왕은 이방인의 출현에 화들짝 놀라 우유가 가득 든 그릇을 보냈다. 자신들만으로 가득 차서 이방인은 받을 수 없다는 뜻이었다. 조로아스터교의 지도자는 우유 그릇에 설탕을 타서 왕에게 되돌려보냈다. 넘치지 않으며 달콤하고 풍요롭게 같이 살 수 있다는 응대였다. 이러한 기지에 감복한 인도의 왕은 기뻐하며 이들을 받아들였다는 것이다. 이후의 파르시족에 대한 차별이나 가난과 별개로 두 민족의 첫 조우, 훌륭한 지도자들 간의 무언의 대화. 이 얼마나 아름다운가. 그립기 짝이 없다.

우리, 책의 사람들

인간의 특성을 지칭하는 많은 말이 있다. 노동하는 인간 호모 라보란스, 유희의 인간 호모 루덴스, 방랑하는 인간 호모 노마드, 생명의 인간 호모 사케르 등. 이 책의 제목《피플 오브 더 북》은 인간 보편성을 집어낸 '책의 인간'이란 뜻은 물론 아니다. '그 책(더 북)', 사라예보에서 발견된 이스라엘 경전 하가다와 관련된 사람들을 가리킨다.

1480년 세비야에서 만들어져 1492년 타라고나, 1609년 베네치아, 1894년 빈을 거쳐 1940년 사라예보로 들어와 1992년 전쟁의 포화 속에 사라졌다가 1996년 발견된 그 책은 500년 세월을 수도 없는 곡절과 사연으로 지나왔다. '이야기하다'라는 뜻의 '호그드'에서 유래한 하가다는 유대 가족이 기도할 때 쓰는데, '신 외에 어떤 형상도 만들지 말라'는 출애굽기 계명에 억압받아 어떠한 종류의 삽화도 그려 넣지 않았던 것으로 알려져 왔다. 그런데 중세 스페인에서 만들어진 것으로 추정되는 이 '사라예보 하가다'는 화려하게 채식한 세밀화가 그려져 미술사 교과서가 다시 쓰일 만큼 진귀한 것이었다.

중세 필사본 보존 연구를 하고 있는 호주 출신 해나라는 여성은 이 책의 복원을 의뢰받고 뛰는 가슴으로 사라예보로 날아와 책을 마주한다. 사랑을 반나듯, 새로 태어난 아기를 품에 안듯, 이 귀한 것을 마주한 그는 그 안에서 자신의 탄생과 역사를 가늠할 단서들, 즉 깃털이라든가 붉은 자국, 곤충 날개 등을 채취한다. 책은 그 하나하나의 단서를 통해 추적한 과거와 현재가 교차하며 박진감 넘치게 진행된다.

놀랍게도 이 하가다의 시작은 노예로 붙잡혀온 '이슬람' 소녀가 자신의 생명을 이어나가게 해준 '유대' 의사를 위해 하가다에 '기독교'식으로 멋지게 그림을 삽입한 일에서 비롯된다. 이 구릿빛 피부의 소녀는 노예가 아니던 시절 약초 그림을 그리는 아버지에게 그림을 배웠고 행복한 신앙생활을 했었다. 유대 의사는 이슬람인의 약초 그림과 훌륭한 인격을 알고 있었고 코란 경전이 쓰인 아랍어로 아름다운 시를 쓸 수 있는 이였다. 경전은 유대의 것, 삽화는 어깨너머 익힌 기독교적인 것, 그린 이는 이슬람의 딸. 이 절묘한 조화에서 나온 아름다운 물건은 생명력도 질겼다. 스페인의 유대 박해를 지켜봤고 기독교회가 비기독교 서적을 모조리 불살라 없애던 반인륜적 시기에도 살아남았다. 책을 장식하던 멋진 은제 죔쇠는 녹여져 애인의 귀걸이가 되기도 했고 때로는 가난에 의해 몰래 내다 팔리기도 했다.

《피플 오브 더 북》에서 하가다는 무엇보다 '다름'에 대한 존중과 인정의 표상이다. 다른 생명과 종교, 문화를 존중해 준 것에 대한 감사로 시작된 책. 생명을 가진 듯 보이는 이 책은 자신의 이름 '이야기'처럼 아름다운 탄생의 사연 외에도 시대를 달리하며 인간의 여러 이야기를 목도하고 또 이야기의 주인공이 되기도 한다. 그 이야기들은 대개 종교와 문화가 다른 이들 간의 우정과 인간애이다. 이 책을 둘러싼 인간들의 생각은, 다른 건 당연하지 않느냐, 하지만 신을 경외하는 인간이란 점에서 우리는 다 같으니 어려운 처지에 처했을 때 서로 돕는 건 자신의 신에게 충실한 것일 뿐 별다른 일이 아니라는 기본적인 사고방식이다. 지당함에도 생소한 이유는 다들 잘 알 것이다. 이 시대의 생각, 아니 이 시대 강대국의 생각이 이와는 반대이기 때문이다. 이들은 어떤 이익이 있어서, 너의 신과 나의 신이 다를 땐 적이 된다는 자연스럽지 못한 이야기를 생경스럽게 만들어 낸 걸까. 유대의 하가다는 보란 듯이 민족 · 종교 전쟁의 표상이 된 사라예보의 포화 속에서 무슬림 도서관장에 의해 구해진다.

저자는 이 사실과 상상을 조합한 소설을 도서관 사서들에게 바치고는 다음 페이지에 하인리히 하이네의 다음과 같은 글을 인용하고 있다.

책에 불을 지르는 곳에서는 결국 사람에게도 불을 지른다.[1]

---

1 제럴딘 브룩스, 이나경 역, 《피플 오브 더 북》, 문학동네, 2009, 일부 인용.

진나라의 분서갱유 이후에도 인류는 이교도를 처단하고 그들의 책에 불지르는 일을 자행한 적이 있었다. 이 시대에도 사람을 향해 불을 쏜다. 책을 굳이 불사르진 않지만 결국 자신과 다른 사람을 인정하지 못한다는 건 그들의 책에 불을 지르는 것과 같다고 생각한다. 그런데 이 '책의 사람들'은 이 같은 배척의 시대에 서사로써 보여주고 있다. 다른 것을 따돌리고 거부하고 밀쳐낸다면 스스로 불살라질 것이며 다른 것들 간의 조화를 빚는 자가 오래 살아남을 것이라고.

다 다르게 태어나 살아가는 세상 사람들이 자신이 지닌 고유의 탁월함을 깨닫고 그를 잘 누리며 살 수 있는 가장 기본적인 방편은 책, 독서인 듯하다. 다른 이의 고유한 탁월성을 인정하며 어울려 살아가는 일이란 그 책에 은혜받은 우리 모두가 해야 할 보은의 첫 발자국이 아닐는지.

이영아《육체의 탄생》

어느 날 학교 동료인 이영아 선생이 책 한 권을 내밀었다.《육체의 탄생》. 참 근사한 제목이었다. 난 '탄생'이란 단어를 제목에 가지고 있는 작품들을 떠올려보았다. 르네상스의 문을 연 보티첼리의 그림, 1480년 작 〈비너스의 탄생〉, 니체의 첫 작품인 1827년 작《비극의 탄생》, 김태용 감독의 2006년도 영화 〈가족의 탄생〉, 그리고 2008년 나온 이영아의 책《육체의 탄생》. '짐승의 자녀가 어미의 몸 밖으로 나오는 생리적 현상'을 일컫는 탄생이란 단어. 앞의 두 작품의 '탄생'이 각각 본디 뜻과 어떤 것의 시작을 의미한다면, 뒤의 두 작품의 그것은 가족과 육체에 새롭게 주목할 것을 문제 제기하고 있다. 가족과 육체에 대한 다른 시선과 다른 말 걸기가 필요함을 역설하기 위해 채택한 적극적인 단어임에 틀림없다.

국문학 박사로 서울대학교에서 대학 국어를 가르치고 있

는 저자가 자신의 박사 논문을 대중 서적으로 풀어낸《육체의 탄생》은 '몸, 그 안에 새겨진 근대의 자국'이라는 부제에서 알 수 있듯이 '현재 우리가 생각하는 육체란 근대 자본과 권력의 논리에 따른 것'임을 일관되게 서술하고 있다. 이러한 명제는 90년대 문화연구가 활발해지면서 어느 정도 사회에 일반화된 이야기이지만 이 책은 몸과 몸에 대한 생각의 이면을 들여다보는 모습이 정다우면서 치밀하고 귀여우면서 힘이 있다.

근대 이전 동양의 유교적 의식 속에서 몸은 마음과 별개가 아닌 하나라고 보는 심신 일원론의 관점으로 존재했다. 즉 인간의 몸이란 물질이 아니라 정신과 합일되어 있다는 추상적이고 관념적인 이론이었다. 그러다가 서양의 해부학과 결합된 의학이 근대와 함께 들어오면서 몸은 숭고한 그 무엇이 아니라 인간이 소유한 물질이나 기계 정도의 위치로 자리 잡았다. 그러나 이 위치는 강등된 자리가 아니었다. 이성의 힘으로 몸의 수정과 관리가 가능하고 이에 따라 삶이 달라질 수 있다는 것을 발견하면서 오히려 육체의 중요성은 부각되기 시작했다. 쌍꺼풀 수술한 우리나라의 첫 여성 오엽주 등의 일화를 읽는 재미가 쏠쏠하다.

육체의 물질화와 육체에 대한 관심이 동시에 진행된 근대, 여기에 우리나라는 근대화와 식민화가 동시에 진행된 비애가 보태진다. 운동과 위생을 통한 건강, 자유로운 두발이나 의상을 통한 미용, 이러한 근대의 산물을 일본이 개화해줬다는 것, 나아가 병들고 낡은 조선을 일본이 치료하러 왔다는 것이 몸과 결합된 식민 논리였다. '운동-위생-규율-성욕억제-의료-구제-

개체화-순종'으로 연결된 것이다. 그래서 당시의 신소설에는 몸 다친 여성 주인공이 일본 군인이나 의사의 치료로 완쾌되고 이에 감사와 감동을 느껴 수양딸(대등한 관계인 연인이 되진 못한다)이 되는 구도가 자주 등장한다. 우리 사회의 몸통 어느 은밀한 곳에 자리하는 숭일(崇日), 존일(尊日) 의식의 뿌리는 바로 여기, '힘 약한 자의 육체를 통제한 일본 식민의 역사'에 있을 것이다.

저자의 사회적 신분은 서울대학교 강의교수라는 직분이다. 강의교수란 3년 계약으로 한 학기 동안 같은 과목에 4강좌를 12시간씩 가르치는 비정규직 선생이다. 그나마 강의'교수'라는 이름이라도 '허락'된 게 채 몇 년 되지 않는다. 교수라는 이름의 남발을 좋아하지 않는 기존 교수들의 권위로 '강의전담 전임대우강사'라는 길고 긴 이름을 오래도록 달고 있었다. 이영아 선생은 이번 2월이 되면 계약이 만료되어 학교를 떠난다. 이 선생이 왔던 자리 또한 이전 비정규직 강사가 떠나고 난 자리였다.

이 세상에 수많은 차이가 존재하는 건 당연하다. 교수와 강사, 정년보장 전임교수와 비정규직 계약제 교수, 서울대와 비서울대, 대졸과 고졸, 중졸, 국졸, 무학, 부유한 자와 가난한 자, 대기업과 중소기업, 가족이 많은 자와 혼자 사는 자, 남자와 여자. 관건은 이 차이들에 따른 차별, 개인이 느끼는 부당함과 모욕감이 얼마나 그의 가슴을 짓누르느냐 하는 것이다.

우리는 어쩌면 지난 100여 년간 체화한 근대의 논리, 식민의 논리로 끊임없이 나보다 힘이 약한 자의 몸을 통제하며 살고 있지는 않은지 반성해 볼 일이다. 그 근대의 뿌리는 부모로부터 물려받는 타고난 유전자만큼 벗어날 수 없는 것인가. 그렇지 않다. 가끔 고양된 정신은 시대를 초월할 수 있으며 그러한 정신으로 '보고 보이는 근대'를 넘어서 시대에 갇힌 육체의 이면을 냉철히 사고해낸다. 그것만이 우리의 유전자가 진정으로 진화할 수 있는 방법 아니겠는가.

이 선생이 책 앞에 '존경하는 유정아 선생님께'라고 쓴 이유는 내가 그이와 달리 키가 커서가 아닐 것이다. 공중부양하듯 시선을 띄우다가 가끔 공중에서 만난 적이 있어서일 것이다. 결국 우리의 키란 그 시선의 높이까지가 아닐까.

메리 앤 셰퍼 & 애니 배로우즈
《건지 아일랜드 감자껍질파이 클럽》

공교롭게도 한 달 새 신뢰를 갖고 있는 두 사람에게 같은 책을 추천받았다. 그러고 나서도 책을 손에 쥐는 데는 시간이 걸렸다. 길고 생소한 제목 때문이었다. 묻기가 뭐해 억지로 기억해내어 검색한 단어는 다음과 같았다. '건담 프로젝트'. 애들이 어릴 때 가지고 놀던 로봇만 화면 가득 나오는 걸 보고 낙담 후 상대에게 물은 끝에, 첫 글자 '건'과 리듬감만 남은 내 단기 기억의 한계를 슬퍼하며 책을 구입했다.

몇 년 전 오스트레일리아의 한 무학(無學)의 할머니가 대단한 그림을 그려 화제가 된 적이 있었다(Sally Gabori, 1924-2015). 화제의 근간은 한 번도 그림을 그려본 적이 없었다는 점과 그림에 대해 배운 적이 없었던 할머니라는 점이었다. 할머니가 그렸던 그림은 자신이 일하던 염전과 광활히 펼쳐진 바다의 깊은 세계를 보여주었다고 한다. 이 책의 원저자 메리 앤 셰퍼

(1934-2008)는 도서관이나 서점 등 늘 책 주변에서 일한 여인이었으나 이 책이 그의 첫 저작이자 마지막이 되었다(책의 마무리는 작가인 조카가 맡았다고 한다). 70세가 넘어 창작열을 불태운 작가의《건지 아일랜드 감자껍질파이 클럽》은 한 사람의 평생의 창의력이 집약된 정말 짭짤한 저작물이었다.

건지(Guernsey) 아일랜드는 프랑스와 영국 사이의 채널 군도에 실제 위치한 영국령 섬이었고,〈감자껍질파이〉는 2차 대전 중 독일이 점령했던 이 작은 섬에서 모두가 불행했던 시절 꾸려나간 문학클럽 이름이다. 클럽은 자발적으로 결성된 것이 아니었다. 동네 사람들끼리 귀한 돼지를 구워 먹고 돌아오던 어느 통행금지의 밤, 고성방가로 독일군에게 적발됐을 때 한 여인이 기지로 둘러댔던 알리바이가 진짜 독서모임이 되었다. 우리로 치자면 농사일 하는 김 씨, 미쟁이 최가, 배관공 차 씨, 신기 있는 한약방 숙자 씨, 피난 떠난 서 대감 댁 이방 등이 마을 할머니 댁에 모여 감자껍질로 만든 파이라도 먹으며(먹을 게 없으면 안 오겠다는 사람투성이였으므로) 읽은 책에 대해 적나라하고 솔직하게 이야기하는 모임이었다. 책은 전후의 폐허 속에서 이를테면 배관공 차 씨의 편지를 받은 런던의 여성작가를 중심으로 마을 사람들과 작가 주변 인물들이 주고받은 편지 형식으로 되어있다.

이 특이한 설정의 소설이 주는 매력은 바로 각각의 다른 인물에게 책이 주는 의미의 환호성을 들을 수 있다는 점이다. 코믹하게 설정된 모임의 시작에서 감지했듯이, 책은 모임의 인물들에게 계몽주의적이거나 교조적으로 강요된 억압물이 아니다. 어떤 이에게 책은 숭배와 사랑의 대상이나, 어떤 이에겐 심심풀이 땅콩이고, 친구에게 잘난 척하는 수단이고, 그 잘난 척이 꼴사나워 한번 읽어나 보는 무엇이고, 이성을 향해 날리는 요란스러운 날갯짓이고, 때로는 마음속 사랑의 시어이고, 삶에 대한 지혜를 견지하게 해주는 원천이다. 그 효용으로 말할 것 같으면, 타인에게 자신을 알리고자 할 때 자신을 좋아하는 사람과 싫어하는 사람 양자로부터 추천서를 보내게 하는 균형감각이요, 감자 재배법의 전수 교본이요, 별것 있다는 자신감이자 별것 없다는 자신감이요, 어려운 일 있을 때마다 기댈 언덕이요, 사랑을 이어주는 다리이자 삶의 여유이다. 책은 잠시의 자랑거리는 될지언정 유치한 '구별짓기'의 도구로 등장하지는 않는다.

모든 방송에서 책 프로그램이 사라지고 있는 이즈음 유일한 책 프로그램인 〈KTV 북 카페〉를 진행하고 있는 나는 행복한 사람이다. 몇 주 전 김경욱의 《위험한 독서》를 읽고 저자와 평자들과 함께, "독서는 위험해. 자신을 돌아보게 하니까. 가차 없이 돌아보게 하니까" 같은 작가의 말에 대해 이야기 나눌 땐 더할 나위 없는 행복감을 느꼈다.

나는, 다 다르게 태어나 살아가는 세상 사람들이 어떡하면 자신만의 고유한 탁월함을 깨닫고 그것을 잘 누리며 살 수 있는지에 관심이 있다. 그 방편에 있어 지금까지 내가 내린 결론은 진부하지만, 독서이다.

고단한 삶의 길에서, 멀리 있는 시공간 혹은 가상의 인간들이 격려와 깨달음으로 다가오면 그 순간 생은 한바탕 화려한 불꽃놀이가 된다. 배우지 않았고 해보지 않았다는 것, 그리고 읽지 않았다는 것마저도 불꽃이 타오르는 데 아무 거리낌이 되지 않는다는 걸 삶이 알려주고 책이 체험하게 만들어 살 만한 세상이다. 전쟁은 다른 거대한 불꽃을 피우지만, 전쟁이 파괴하거나 절대 건드리지 못하는 인간들의 불꽃이 있다.

르 클레지오《조서》,
프레모 레비《이것이 인간인가》,
다자이 오사무《인간실격》

《Le Proces-verbal》.

2008년 노벨 문학상 수상자 르 클레지오(1940-)의 첫 소설 《조서(調書)》(1963)를 끝까지 다 읽은 이는 그리 많지 않으리라 확신한다.《조서》는 카뮈의《이방인》에 버금갈 최고의 문제작으로 꼽히지만 대단히 도발적이면서도 쉽게 읽히지 않는다는 게 중론이다. 2차 세계대전이라는 전쟁이 가슴에 아로새겨진 당대 젊은이의 의식이란, 잘 읽히지 않는, 끝까지 읽을 수 없는 소설처럼 다가서기 어려운 것일지 모른다. 타인이 다가가기도, 나 스스로도 세계와 인간에게 마음을 열기 어려운 상태. 르 클레지오는 이러한 상태를 난독의 텍스트로 표현한 게 아닐까.

주인공 아담은 버려진 집에 기거하면서 가끔 밖으로 나간다(그에게는 '산다'는 표현이 어울리지 않아 '산다'는 게 뭔지, 인간의 삶의 조건은 무엇인지 생각해 보게 된다). 그는 거리에서 떠돌이 개의 뒤를 좇는다. 그는 개가 된다(인간이 개와 무엇이 다르지 묻는다). 집으로 돌아온 그는 침대 밑으로 숨은 늙은 휜쥐에게 당구공을 던지며 그 존재가 피 흘리며 죽어가도록 잔인하게 괴롭힌다. 숨어있는 더러운 쥐새끼와 이를 공격하는 더러운 인간. 둘 다를 혐오하게 하는 장면이다. 이외에도 소설은 익사의 현장, 더위에 땀 흘리는 모습, 축축하게 비 내리는 거리 등 내내 편치 않은 문체와 장면들로 독자를 힘들게 한다.

한편 아담은 핵 전쟁은 아직 일어나지 않았다며 전쟁의 기억을 부정한다. 전쟁에서 살아남은 자들의 부채의식, 자괴감, 또 다른 전쟁이 발발하지 않을까 하는 불안함이 드러나는 대목이다. 아담은 실재하는지 환상 속의 여인인지 분간이 잘 되지 않는 여자친구 미셸을 계속해서 찾고 있다. 미셸만이 그의 구원이 될 수 있다는 듯이.

프리모 레비(1919-1987)는 화학을 전공한 이탈리아의 유대계 젊은이였다. 작가는 2차대전 말 파시즘에 저항하는 지하운동에 참여하다 체포당해 아우슈비츠 제3 수용소에서 노예보다 못한 삶을 살다가 돌아왔다. 작가는 그 간의 경험을 써 내려갔고 그것이 그의 첫 작품인《이것이 인간인가》이다. 책표지에는 아름다운 필기체로 쓴 이름 'Primo Revi'가, 책날개의 저자 설명 위에는 글씨체만큼이나 유려한 옆모습, 깊은 눈빛의 저자 사진이, 그가 경험했던 수용소를 감싸 안기라도 하듯 빛나고 있다. 글씨체가 못났거나 아예 쓰지 못하더라도, 눈빛이 세상에 천박하기 짝이 없더라도, 인간으로 태어났다면 적어도 모욕당하지 않고 살아갈 권리가 있다고 생각했던 바, 전쟁은 그러한 기본적인 전제를 앗아가버렸다.《조서》와 같은 해 1963년 출간된 이 책이 수상한 제1회 캄피엘로상은 극한의 폭력 앞에 버려졌던 프리모 레비의 존엄에 대한 위로와 목도하고 살아남은 자에 대한 격려가 얹혔을 것이다. 그러나 작가는 1987년 일흔을 앞둔 나이에 돌연 자살로 생을 접고 만다. 인간이 타락하는 현장을 경험한 기억은 지우기 어려웠을 것이다. 인간이 지금 이 순간에는 평온해도 어느 순간 미쳐 날뛸 수 있다는 사실이 너무나 감내하기 힘들었을 것이다. 그래서 젊은 날 모든 공포와 모욕을 견디고 살아남은 레비는 스스로 생을 마감할 방법으로 존엄하게 죽음을 택했을지도 모른다.

일본을 대표하는 작가 중 한 사람인 다자이 오사무(1909-1948)의 소설《인간실격》또한 앞서의 작품들처럼 2차대전을 겪고 난 후 인간에 대한 물음을 던진 작품이다. "부끄럼 많은 생애를 보냈습니다. 저는 인간의 삶이라는 것을 도무지 이해할 수가 없습니다……."[1] 이렇게 시작되는 소설은 인간의 일상에 대한 의문으로 가득 차 있다. 대화는 어떻게 하는지, 인간이 다른 인간을 안다는 건 무엇인지. 그가 관찰한 피상적 삶에 대한 어린 소년의 해답은 '익살'이었다. 그러나 익살만으로 살 수는 없는 것이어서, 작가는 다섯 번째 자살 시도의 성공으로 마흔 전

1 다자이 오사무, 김춘미 역,《인간실격》, 민음사, 2004, 일부 인용.

에 미혹투성이의 삶을 마감한다.

《조서》는 연합군 국민의 작가가, 《이것이 인간인가》는 수용소를 직접 경험한 유대계 작가가, 《인간실격》은 패전국의 작가가 쓴 각기 다르게 경험한 전쟁이지만 공통적으로 관통하는 것이 있다. 인간의 조건을, 무엇이 인간과 짐승을 다르게 만드는 것인지를 자문하고 있다는 점이다. 인간이 두 다리로 걸어서든, 도구를 써서든, 머리가 좋아져서든, 동물의 세계를 평정하고 영장이 되었다면, 적어도 결정적인 순간 '우리 원래 짐승이었잖아'라고 씩 웃으며 짐승과 같은 약육강식의 습성을 드러내서는 안 되는 것이다. 부끄러워하지 않는 탐욕과 잔인함과 비열함이 남아있다면 스스로 일군 문명을 떠나 숲으로 돌아갈 일이다.

정대영《조선시대의 못》

딴 생각을 한 것도 아닌데 첫 장을 펼쳐놓고 한동안 다음 장으로 넘기지 못한 책이 있다. 표지에 저자 이름도 쓰여 있지 않은 책《조선시대의 못》. 표지를 넘기자 왼쪽에 작은 글씨로 지은이 정대영, 펴낸이 동인방이라 쓰여 있고, 그 옆 페이지에서 이렇게 책을 열고 있다.

> 못 만드는 일을 자신의 천직으로 받아들이고 묵묵히 일생을 바친 조선시대 무명의 대장장이들에게 이 책을 바칩니다.[1]

내가 본 헌사 가운데 가장 아름답다. 그 한 문장에 마음이 먹먹해져서 오래도록 첫 장을 펼쳐들고 앉아있었다. 글 쓰고 방

1 정대영,《조선시대의 못》, 동인방, 2005, 일부 인용.

송하고 가르치는 것으로 생계를 유지하며 손에 잡히는 무엇 하나 생산하는 것 없이 이름만 내걸고 사는 게 그 순간 부끄럽기도 하였던 것 같다. 헌사는 무명(無名)과 작은 것에 대한 배려로 아름다웠다면, 천천히 읽어 내려간 본문은 당연한 것에 대한 너무나 맞는 글들이어서 아름다웠다.

> 일반적으로 조선시대의 못은 쓰일 대상체에 기준하여 만들게 되며 기물의 용도에 따라 자연스럽게 기물의 한 부분이 되므로 합리적인 면이 있습니다. (……) 못은 작고 미약한 존재이지만 하나하나 깎고, 두들기고, 말아서 만들었습니다. 또한 가구의 앞면에 쓰일 때는 조화를 이루도록 염두에 두고 만들었습니다. (……)[2]

이러한 들어가는 말로 시작해 책은 못의 재료와 형태, 종류, 각각의 제작 방법과 다양한 역할을 서술해 놓았다. 그 서술에서는, 땀 흘리며 못을 두들기던 대장장이가 잘 안 떼던 입을 열어 갓 들어와 일을 배우고 있는 후배에게 들려주는 말처럼 신뢰감이 느껴진다.

> 못이 나무속에 묻혀 어떤 관계를 가지고 있는지 실용성과 함께 역으로 끼칠 영향도 고려해야 하며, 쉽게 못을 박는 것도 삼가야 한다.[3]
>
> 못의 길이는 대상에 따라 결정하는데, 대상체 속에 묻힐 것인가

2 위의 책, 일부 인용.
3 위의 책, 일부 인용.

통과할 것인가에 따라 달라진다. 못의 두께는 길이와 굵기에 따른 힘의 유지와 판재 두께와의 관계를 계산해서 정해진다.[4]

못을 하나의 개체로 볼 때, 못의 굵기가 굵을수록 입수가 어렵다.[5]

아무 꾸밈도 은유도 없는 이 문장들은 왜 이토록 내 가슴에 남는 것인가. 이러한 문장들이 주는 미감의 정체는 무엇인가. 사실 자체를 말의 무늬나 색채 없이 단출하고 소박하게 전달하는 것. 그 이상도 이하도 아닌 이 세상 물건이 만들어지는 이치 그대로를 말에 싣는 것. 그간 말이나 글에 너무 멋을 부리고 살았다는 생각이 들었다. 그래서 나의 말과 글은 현실을 담는 게 아니라 저 멀리에서 홀로 춤추고 있는지도 모른다는 생각…….

책의 마지막 장은 '결구'이다. 結句가 아니라 結構이다. 맺는다는 뜻의 결(結)은 '끝을 맺는다'와 '둘 사이를 이어준다'는 아주 다른 의미로 쓰인다. 이 책에서 설명하는 結構란 '못 아닌 못'을 말한다. "목재 가구를 제작할 때 밀착 결속은 가구의 견고함과 오랜 수명, 그리고 바른 유지를 위해 매우 중요한데"[6], 결속의 한 방법인 쐐기와 촉은 일반적인 못은 아니지만 못과 같은 역할을 하는 것이다.

평상시 읽던 책과 확연히 다른 주인공, 주변인도 못 되는 미물 못에 대해 새로이 안 것을 마구 자랑하게 된다. 못의 끝은

4 위의 책, 일부 인용.
5 위의 책, 일부 인용.
6 위의 책, 일부 인용.

대상에 박힐 때 쉽게 박힐 수 있도록 뾰족하게 만들며 머리는 박을 때 망치로 내리쳐서 힘을 가하기 위한 부분이라는 아주 단순한 이치를 또 버릇처럼 인간사에 대입해 보게 된다.

두 사람이나 두 집단이 결합하려 할 때 이를 이어주는 못과 같은 말이나 몸짓은 어떠해야 할까? 둘의 관계가 어떠하기를 바라며 관계의 독은 없는지, 상대가 어떤 깊이의 사람인지를 생각해 적당한 못을 택해야 할 것이다. 우리가 이어지기 위해 박은 못은 사람들 보기에 조화로워 보이는가, 관계가 헐거워졌을 때 다시 박을 수 있는가, 나는 제대로 못을 박기 위한 정교한 망치질에 노력을 기울여본 적이 있는가, 생각이 꼬리에 꼬리를 문다.

이 책의 저자 정대용을 검색해 보니 답십리동에서 '동인방'이라는 골동품 가게를 운영하는 분으로 이미《한국의 궤》나《한국의 장》이라는 책을 펴낼 정도로 우리 목가구에 대한 해박한 지식과 사랑을 가졌다. 법학도를 꿈꾸던 오만했던 어린 시절이 있었으나 여러 차례 고난을 겪으며 그런 자세를 버렸다. 스스로를 낮추며 살다 보니 사물을 좀 더 세밀하게 관찰하는 습관을 가지게 됐다고 했다. 이 책은 그러니까 해이리도 서교동도 아닌 동대문구 답십리동에 위치한, 골동품 가게와 같은 이름인 출판사에서 나온 세 번째 책인 셈이다.

고독한 그곳에서 다음 책으로는 어떤 쓸모 있고 작은 것에 대한 진실을 준비하고 있을지 궁금하다.

'책 헐다'와 '책 맺다'

셋이서 하는 책 읽는 모임에서 어느 날 느낀 일이다. 세 권의 같은 새 책이 한 달간 각자의 소유자와 '읽기'라는 화학작용을 마치고 다음 달 테이블 위에 올려졌을 때 그 세 권의 헌책은 다 다른 얼굴을 하고 있다는 것. '헐다'의 의미, 새것이 아니라는 게 새것보다 좋은 의미를 갖는 일임을 알게 된다. 책은 자신을 헐어서, 무너뜨려서, 읽는 자에게 나누어준다. 헐어서 나누어 취하는 부분이 읽는 사람마다 달라서 화학작용의 세부가 달라지고, 각자 다른 것을 헐어내준 책들은 그토록 다른 모습으로 변하는 것이리라. 읽는 자의 머리와 가슴과 교류하며 변화시키고 뛰게 하고 확장시킨 후의 책이 처음과 다른 모습을 하고 있음은 물론이다. 책은 읽힘으로써 비로소 숨을 쉬고 살아난다. 읽히기 전과 다르며, 누구에게 읽혔느냐에 따라 다 다르게 달라진다.

책과 관련해서는 '헐다' 외에 '맺다'에 대해 더 이야기하고 싶다.

세상의 모든 책은 끝을 맺는다. '결어(結語)', '결구(結句)', '결론(結論)'을 통해서. 맺을 '결(結)' 자는 '결합'이나 '연결' 등 사이를 이어준다는 뜻인데, 동시에 단절을 뜻하는 끝을 맺는다는 데에 쓰이는 것이 의아한 적이 있었으나, 곧 깨닫게 되었다. 책에서 맺는 끝이란 단절이 아니라 책의 세계와 책 밖의 사람들을 맺어주는 것, 연결이란 것을. 그뿐이겠는가. 책은 맨 앞에도 '결'을 가져야 한다. 작가가 본 역사와 풍경과 진리와 세상들, 그리고 책을 통한 맺어짐.

책을 이루는 한 편 한 편의 글 또한 마찬가지이다. 그러니까 글이란 내가 본 역사와 풍경과 세상을 글을 통해 읽는 당신과 연결하는 것이다. 쓰기 시작하는 글의 마지막 결어가 무엇이 될지 늘 기대된다. 실은 독자 당신과의 연결로서의 '결'일 뿐, 이 순간이 끝나지 않기를 바라는 게 나의 심정이다.

내가 책이기를 바란다. 도도한 홀로의 새것이 아니고 싶다. 읽힌 책이고 싶다. 보잘것없지만 온전한 하나인 나를 헐고 무너뜨리고 나누어, 시원의 정신과, 다가올 미래와, 세상을 지나며 비슷한 것을 염려하는 당신과 연결되고 싶다. 헐리고 맺어진 책이고 싶다.

본문에서 인용한 책

* 언급된 순서를 따름

〈1부〉

이븐 할둔, 김호동 역, 《역사서설》, 까치, 2003

클라우디오 마그리스, 이승수 역, 《다뉴브》, 문학동네, 2015

미겔 데 세르반테스 사아베드라, 안영옥 역, 《돈키호테》, 열린책들, 2014

신경숙, 《엄마를 부탁해》, 창비, 2008

〈3부〉

박규원, 《상하이 올드 데이스》, 민음사, 2003

미셸 옹프레, 이아름 역, 《철학자의 뱃속》, 불란서책방, 2020

유성애, 《철학자의 거울》, 미진사, 2021

프랑수아 누델만, 문경자 역, 《철학자의 거짓말》,낮은산, 2020

파울로 코엘료, 임두빈 역, 《포르토벨로의 마녀》, 문학동네, 2007

로맹 가리, 용경식 역, 《자기 앞의 생》, 문학동네, 2003

존 버거, 김현우 역, 《A가 X에게》, 열화당, 2009

〈4부〉

마르그리트 유르스나르, 곽광수 역, 《하드리아누스 황제의 회상록 1 · 2》, 민음사, 2008

이노우에 야스시, 양억관 역, 《공자》, 학고재, 2013

자크 아탈리, 이재룡 역, 《깨어 있는 자들의 나라》, 사월의책, 2010

톰 맥니콜, 박병철 역, 《표준 전쟁》, 알마, 2007

최종현, 김창희, 《오래된 서울》, 동하, 2013

심윤경, 《영원한 유산》, 문학동네, 2021

정지돈, 《모든 것은 영원했다》, 문학과지성사, 2020

아론 바스타니, 김민수 · 윤종은 역, 《완전히 자동화된 화려한 공산주의》, 황소걸음, 2020

김초엽, 《우리가 빛의 속도로 갈 수 없다면》 수록 단편 〈순례자들은 왜 돌아오지 않는가〉〈공생 가설〉〈우리가 빛의 속도로 갈 수 없다면〉, 허블, 2019

김초엽, 《방금 떠나온 세계》 수록 단편 〈최후의 라이오니〉〈마리의 춤〉〈오래된 협약〉〈인지 공간〉, 한겨례출판, 2021

김초엽, 《지구 끝의 온실》, 자이언트북스, 2021

김초엽, 《행성어 서점》, 마음산책, 2021

김초엽, 《므레모사》, 현대문학, 2021

김초엽, 김원영, 《사이보그가 되다》, 사계절, 2021

가와바타 야스나리, 유숙자 역, 《설국》, 민음사, 2002

이유리, 《브로콜리 펀치》 수록 단편 〈이구아나와 나〉, 문학과지성사, 2021

루이스 세풀베다, 정창 역, 《연애 소설 읽는 노인》, 열린책들, 2009

정대영, 《조선시대의 못》, 동인방, 2005

최유미, 《해러웨이, 공-산의 사유》, 도서출판b, 2020

권여선, 《안녕 주정뱅이》 수록 단편 〈이모〉, 창비, 2016

최진영, 《겨울방학》 수록 단편 〈겨울방학〉, 민음사, 2019

이기호, 《김 박사는 누구인가?》 수록 단편 〈밀수록 다시 가까워지는〉, 문학과지성

사, 2013
이민진, 신승미 역, 《파친코 1 · 2》, 인플루엔셜(주), 2022
할레드 호세이니, 왕은철 역, 《천 개의 찬란한 태양》, 현대문학, 2022
W. G. 제발트, 이경진 역, 《캄포 산토》, 문학동네, 2018
필립 로스, 정영목 역, 《울분》, 문학동네, 2011
필립 로스, 정영목 역, 《에브리맨》, 문학동네, 2009
필립 로스, 박범수 역, 《휴먼 스테인 1 · 2》, 문학동네, 2009
필립 로스, 김한영 역, 《나는 공산주의자와 결혼했다》, 문학동네, 2013
로힌턴 미스트리, 손석주 역, 《적절한 균형》, 도서출판 아시아, 2020
제럴딘 브룩스, 이나경 역, 《피플 오브 더 북》, 문학동네, 2009
이영아, 《육체의 탄생》, 민음사, 2008
메리 앤 섀퍼, 애니 배로스, 김안나 역, 《건지 아일랜드 감자껍질파이 클럽》, 매직하우스, 2008
김경욱, 《위험한 독서》, 문학동네, 2008
J.M.G. 르 클레지오, 김윤진 역, 《조서》, 민음사, 2001
프리모 레비, 이현경 역, 《이것이 인간인가》, 돌베개, 2007
다자이 오사무, 김춘미 역, 《인간실격》, 민음사, 2004